LES CHRONIQUES DE MON ONCLE

Évadés de L'Ile au Trésor

Les chroniques de mon oncle: Évadés de l'île au Trésor
Texte © 2006 Darren Krill

Édition: Alison Fripp
Rédaction: Alison Fripp, Karen Li et Meghan Nolan
Assistante à la rédaction: Morgan Dambergs
Traduction: Christine Archambault
Révision linguistique: Marie Brusselmans
Couverture: C.R.É.É. Alain Salesse
Chef de la production et conception graphique: Tammy Desnoyers

Nous reconnaissons l'aide financière du gouvernement du Canada par l'entremise du programme d'aide au développement de l'industrie de l'édition (PADIÉ) pour nos activités d'édition.

The Canada Council | Le Conseil des Arts
for the Arts | du Canada

Aide financière du Conseil des Arts du Canada et du ministère du Patrimoine canadien par l'entremise du Programme d'aide au développement de l'industrie de l'édition.

Société
de développement
des entreprises
culturelles
Québec

Gouvernement du Québec – Programme de crédit d'impôt pour l'édition de livres – Gestion SODEC

Catalogage avant publication de Bibliothèque et Archives Canada

Krill, Darren, 1967-
[Uncle Duncle chronicles. Français]
    Les chroniques de mon oncle: évadés de l'Île au trésor / Darren Krill ; traduction, Christine Archambault.

Traduction de: The Uncle Duncle chronicles.
ISBN-13: 978-2-922435-09-2
ISBN-10: 2-922435-09-1

    I. Archambault, Christine, 1971- II. Titre. III. Titre: Uncle Duncle chronicles. Français.

PS8621.R54U6314 2006   jC813'.6   C2006-902737-4

Imprimé et relié au Canada.

À mes parents, Ron et Ester,
Qui ont allumé mon imagination
Et nourri le feu toute ma vie

Et à ma femme, Kelly,
Qui garde la flamme vivante

– Darren Krill

LES CHRONIQUES DE MON ONCLE

Évadés de L'Ile au Trésor

Un roman de **Darren Krill**

Les Éditions Homard

REMERCIEMENTS

Écrire un livre est un périple éminemment personnel, mais qui devient rapidement un projet d'équipe. J'aimerais remercier tous ceux qui ont contribué à faire des *Chroniques de mon oncle* une réalité. Merci donc ;

À ma femme Kelly, pour m'avoir permis de poursuivre mon rêve et pour m'avoir encouragé à en voir l'aboutissement. Tu es ma conjointe et compagne de voyage, et notre avenir à deux sera notre plus grande aventure.

À mes parents, Ron et Ester, pour m'avoir inculqué l'amour de la lecture à un très jeune âge et l'avoir alimenté toute ma vie durant. Vous avez été de grands modèles pour moi, et je vous suis extrêmement reconnaissant.

À mon frère et ma sœur, John et Sabrina, pour m'avoir légué une pléiade d'anecdotes où je peux puiser mon inspiration. On conseille aux auteurs d'écrire sur ce qu'ils connaissent, et grâce à vous deux, j'ai du matériel pour une vie entière. Et merci pour les fous rires à profusion.

À mes nombreux neveux et nièces, Matthew, Erin, Leanne, Brendan, Ethan, Estella, Aimee, Joel, Braedon, Brooklyn et Ainsley, j'ai écrit ce livre pour vous, et j'espère qu'il vous ouvrira les yeux sur le monde extraordinaire qui vous entoure. Aimez mon livre, c'est un ordre!

À mes nombreux amis qui m'ont soutenu tout au long des années, et en particulier Matt, Carrie, Zac, Doug, Mike et Peter.

Aux Krill et aux Gagliardi ainsi qu'à ma belle-famille, les Hames, qui me donnent un appui familial hors pair.

À toute la bande du club de hockey des Oilers d'Edmonton, pour leur soutien et encouragement incessant et pour m'avoir appris à devenir un vrai champion. Allez, les

Oilers, allez!

À Robert Louis Balfour Stevenson, pour avoir créé de si merveilleux personnages dans votre roman *L'Île au trésor* et pour m'avoir incité à revisiter les rivages de votre île

Finalement, merci à toute l'équipe des Éditions Homard, pour avoir cru en mon manuscrit et pour m'avoir permis de réaliser un rêve. Je remercie tout particulièrement mes éditrices Alison Fripp, Karen Li et Meghan Nolan, qui ont poli mon récit avec générosité pour qu'il brille de tous ses feux. Merci également à Stephanie Hindley et à Stephanie Normandin qui travaillent avec acharnement pour faire connaître le fruit de mon travail en Amérique du Nord et partout dans le monde.

Sur les ailes du vent, je m'envole!

Darren Krill

CHAPITRE 1

SAGE SMILEY FUT réveillé par le bruit des casseroles venant d'en bas, dans la cuisine. Au prix d'un grand effort, il ouvrit l'œil gauche et tourna la tête vers le réveille-matin sur la table de chevet. 7 h 14. Comme le poids irrésistible du sommeil lui refermait les paupières, un sourire fendit lentement son visage. On était samedi, mais ce n'était pas un samedi matin ordinaire.

Samedi. Le mot résonna dans la tête de Sage alors qu'il glissait dans une rêverie mi-éveillée. *Qu'avait donc ce samedi de si extraordinaire?*

La veille, la cloche de l'école primaire de Spruce Ridge avait sonné à 15 h 20 précises. À peine quelques secondes plus tard, toutes les portes de l'école s'étaient ouvertes brusquement alors que des centaines d'enfants sortaient en trombe, en lançant leurs livres et leurs cahiers dans les airs avec des cris joyeux. La dernière cloche annonçait le début des vacances scolaires et la fin de la sixième année pour Sage.

Comme si ce n'était pas déjà suffisamment excitant pour tout enfant qui se respecte, la fin de l'école coïncidait avec le dernier carré blanc sur le calendrier de Sage sur les héros du hockey. Un mois plus tôt, Sage avait encerclé la date du samedi 28 juin à l'encre rouge. Depuis lors, il comptait les jours qui le séparaient de la date fatidique. Le samedi 28 juin, les parents de Sage l'emmèneraient en vacances, ses premières *vraies* vacances à l'extérieur de Spruce Ridge. Le samedi 28 juin, Sage découvrirait enfin quand, et surtout *où* ils partiraient en vacances. C'était une double dose d'excitation pour Sage, qui terminait sa dernière année à l'école primaire. Et aujourd'hui, le jour des grandes vacances était enfin arrivé. Le jour J!

« On est samedi! » Les mots sortirent de la bouche de Sage comme la lave d'un volcan. Les yeux grands ouverts, Sage repoussa ses draps et balança ses jambes en dehors du lit. Il n'était pas question de faire la grasse matinée, ni même de prendre une douche. *On était samedi!*

Sage se précipita vers sa commode et tira d'un coup sec le tiroir du bas. Il prit une paire de chaussettes de sport blanches et sautilla gauchement sur un pied puis sur l'autre pour les enfiler. Puis il se glissa dans un vieux jean usé et mit un t-shirt blanc propre. Une fois habillé, Sage prit le feutre rouge sur le haut de la commode et traça le X final sur son calendrier. Le grand jour était enfin arrivé.

Depuis des semaines, des visions de destinations possibles avaient trotté dans sa tête: la visite des nombreux mondes de Disneyland – il se voyait arpenter la rue principale de Tombstone comme Wyatt Earp et Doc Holliday ; il s'imaginait à califourchon sur un âne, sur un sentier escarpé du Grand Canyon ou alors en train de s'amuser dans les vagues, à la mer, *n'importe quelle mer ferait l'affaire*. D'une façon ou d'une autre, le suspense allait bientôt se terminer.

En remettant le feutre rouge à sa place sur la commode, Sage jeta un coup d'œil sur son impressionnante collection de cartes postales aux couleurs vives de tous les coins de la Terre: l'Afrique, la Russie, le Pérou, l'Égypte, la Chine, l'Alaska et de nombreuses autres régions du monde. Il y avait exactement cinquante-sept cartes postales épinglées au mur de sa chambre, et chacune d'entre elles avait été envoyée par le célèbre Dunkirk Smiley, le fameux aventurier et explorateur. Il était l'oncle paternel de Sage. Avec un large sourire, Sage se dit que cet été, il ajouterait sa propre carte postale à la collection.

Comme si c'était le matin de Noël, Sage dévala l'escalier, traversa le salon en quatrième vitesse et se précipita dans la cuisine, où l'arôme du café frais trahissait la présence de ses parents. De fait, Irène, sa mère, s'activait devant la cuisinière, l'air décontracté dans son survêtement de sport du samedi, en train de faire du pain perdu, tandis que son père, Wyatt, était assis à sa place habituelle à la table de la cuisine, une tasse de café à la main. Devant lui était assis un étranger.

Étonné par cette intrusion inattendue dans son programme du matin, Sage glissa sur ses chaussettes sur le linoléum fraîchement ciré, le mot « bonjour! »

coincé dans la gorge alors qu'il jetait un autre regard vers le visiteur.

L'homme ne lui était pas entièrement inconnu. Il avait de courts cheveux noirs, relevés sur l'avant, avec quelques cheveux blancs sur les côtés. On aurait dit les bandes autocollantes blanches sur le modèle de voiture de course Revell. Sous son nez proéminent trônait une moustache noire soignée, dont les extrémités se terminaient en pointes rigides à la commissure des lèvres. Son visage était rude et portait des rides profondes, mais ses yeux bleus brillaient avec chaleur et de manière espiègle sous d'épais sourcils noirs. L'étranger lança un regard au-dessus de la table de la cuisine, un sourire éclaira son visage, et il fit résonner une voix grave de baryton: « *Sa wat di*, Sage. »

Sa wat di. Sage avait déjà entendu ces mots, mais où? C'est alors que la mémoire lui revint: il n'avait jamais *entendu* ces mots, il les avait *lus*. *Sa wat di* était une forme de salutation figurant sur l'une des cinquante-sept cartes postales épinglées au mur de sa chambre. Une carte postale envoyée par l'oncle Dunkirk Smiley, l'aventurier. Sur chaque carte postale, l'oncle Dunkirk avait écrit la salutation propre au pays où il se trouvait. Au cours des années, Sage avait mémorisé toutes les formes de salutation, et reconnut rapidement *Sa wat di*, qui voulait dire « Bonjour » en thaïlandais.

Sage n'en croyait pas ses yeux: « Oncle Dunkirk? »

« Tu veux dire *oncle Dunki*? », répondit l'homme.

Lorsque Sage était petit, prononcer « oncle Dunkirk »
se révélait pratiquement impossible. Un jour, en
tentant d'articuler son nom, Sage avait laissé échapper
« oncle Dunki », et son oncle avait ainsi hérité d'un
surnom pour la vie.

L'oncle Dunkirk se leva en faisant glisser sa chaise et
il traversa la cuisine. « Comme tu as grandi! », s'exclama-
t-il en observant rapidement Sage. « Je crois que la
dernière fois que je t'ai vu, tu étais haut comme trois
pommes, comme les pygmées Baka du Cameroun. »

Et c'était vrai. Sage avait cinq ans la dernière fois
qu'il avait vu l'oncle Dunkirk en personne. Mais pour
quelqu'un qu'il n'avait rencontré qu'une seule fois,
l'oncle Dunkirk Smiley avait exercé une influence
majeure sur sa vie. Depuis qu'il était tout petit, des
cartes postales aux couleurs vives de ports et de villes
exotiques des quatre coins du monde atterrissaient
sur le pas de la porte des Smiley, à Spruce Ridge.
Avant même qu'il ne sache lire, sa mère et son père le
bordaient le soir en lui faisant le récit captivant des
dernières aventures de l'oncle Dunki, et des visions
fantastiques et des gens remarquables prenaient alors
place dans son jeune esprit impressionnable. Pour
Sage, l'heure du conte devint rapidement l'heure de
l'oncle Dunki, et les livres d'images furent relégués au
fond des rayons de sa bibliothèque. Après tout, qui
avait besoin d'histoires imaginaires quand on avait un
oncle comme Dunki, qui avait bu du vin de poulet
népalais et mangé des pattes de loutre?

Et à l'âge de cinq ans, quand Sage avait rencontré l'oncle Dunkirk, l'homme était à la hauteur de tout ce que Sage avait imaginé et même davantage. Il s'était présenté chez les Smiley sans s'annoncer, chargé de cadeaux et de colifichets d'Afrique. Il y avait un éléphant richement sculpté pour Maman, fabriqué par un membre de la tribu des Zoulous, expliqua l'oncle Dunkirk, ainsi qu'un cendrier fait d'un sabot de bœuf pour la pipe de Papa. Pour Sage, l'oncle Dunkirk avait rapporté une petite longue-vue escamotable en cuivre. Il dit à Sage qu'il s'agissait d'une antiquité qui avait appartenu à un pirate nommé Capitaine Kidd, et qu'en regardant dans la longue-vue, on pouvait apercevoir de nouveaux mondes à conquérir. La longue-vue était toujours là, à une place d'honneur dans la chambre de Sage, sur une tablette à côté de la fenêtre, prête à regarder par-dessus les toits de Spruce Ridge.

Puis, aussi rapidement que l'oncle Dunkirk était sorti d'une carte postale pour entrer dans la vie de Sage, il repartit pour une nouvelle aventure. La seule indication que les Smiley avaient qu'il était sain et sauf était une carte postale livrée par le facteur une fois par mois. Une carte postale porteuse d'un cachet de poste exotique, d'un résumé de ses aventures et du salut en langue étrangère que Sage allait mémoriser.

« Je croyais que tu étais en Thaïlande », dit Sage, fier de connaître les allées et venues de l'oncle Dunkirk. « C'est la dernière carte postale que j'ai reçue de toi. »

« J'y étais, répondit l'oncle Dunkirk en souriant. J'ai passé deux mois en Thaïlande, à la recherche d'une des légendaires jonques à neuf mâts que Zhu Di, le troisième empereur de la dynastie Ming, avait mises à la mer en 1421. Je suivais la piste d'anciennes pièces de monnaie en bronze dans le fond marin du golfe thaïlandais, et si mes mois de recherche et de calculs étaient justes, j'étais à peine à quelques heures de pouvoir prouver l'existence des extraordinaires jonques de Zhu Di. Jusqu'à ce que – comment dire? – on me prie gentiment de quitter le pays. »

« Avais-tu fait quelque chose de mal? », demanda Sage, impatient de connaître la suite.

« Non, bien sûr que non. Quand on travaille en sol étranger, on apprend rapidement à suivre la loi au pied de la lettre. » Puis avec un clin d'œil à son frère Wyatt, l'oncle Dunkirk ajouta: « Enfin, la plupart du temps. J'imagine que la jonque légendaire de Zhu Di repose toujours au fond de l'océan, dans le golfe thaïlandais, ou alors elle fait partie du trésor royal du roi Rama qu'il l'aura pillée. Mais que peut-on y faire? Parfois on gagne, et parfois on perd. C'est le jeu de la vie. Mais assez parlé de la Thaïlande et des trésors perdus. Oncle Dunki est ici maintenant, à Spruce Ridge! Comment trouves-tu la surprise? »

« C'est une formidable surprise, Oncle Dunkirk! », répondit Sage avec chaleur. Puis il rajouta en fronçant les sourcils: « Mais tu tombes mal, nous partons en vacances en famille. Pas vrai, Papa? »

Le père de Sage répondit: « Eh bien, en quelque sorte, Sage. Assieds-toi donc, mange du pain perdu, et nous t'en dirons plus. »

En quelque sorte? Sage se sentit défaillir tout à coup en entendant la réponse vague de son père, mais à contrecœur, il suivit l'oncle Dunkirk à table et s'assit sur sa chaise habituelle.

Le pain perdu avait doré délicatement sur la cuisinière, et sa mère en déposa deux tranches dans l'assiette de Sage. Elle remplit les autres assiettes et vint les rejoindre à table.

« Sage, ta mère et moi ne t'avons pas tout dit au sujet des grandes vacances », commença Wyatt. Sage faisait couler un mince filet doré de sirop d'érable sur son pain perdu, mais quand son père se mit à parler, le sirop fut oublié sur-le-champ.

« Il y a un peu plus d'un mois, ton oncle Dunkirk nous a appelés de Thaïlande. Il nous a dit qu'il venait nous rendre visite quelques jours, et qu'il voulait passer du temps avec toi. »

Même en s'y efforçant du mieux qu'il pouvait, Sage ne put cacher la déception qu'il ressentait. Son sourire tombait maintenant piteusement et se trans-formait en grimace de chien battu. Bien sûr, il était ravi de voir l'oncle Dunkirk. À n'importe quelle autre époque de l'année, l'oncle Dunkirk aurait reçu un accueil triomphal, digne d'un empereur romain, et Sage aurait compté les jours sur son calendrier avec autant d'enthousiasme. Mais aujourd'hui, c'était *le*

Jour J. Le jour que Sage avait attendu durant tout le mois de juin, sans parler des douze ans qu'il avait passés à attendre de vraies grandes vacances.

Wyatt reprit: « Ainsi, ta mère et moi avons décidé de te laisser partir en voyage avec ton oncle Dunkirk. »

On entendait le tic-tac du coucou au-dessus de la table de la cuisine. Le ventilateur derrière le réfrigérateur ronronnait doucement. Dans la cuisine, le silence sembla durer une éternité, comme si les paroles de son père étaient suspendues dans l'air, flottant quelque part au-dessus de la table de cuisine, et n'arrivaient pas à s'enregistrer dans sa tête. Sage partait en voyage avec l'oncle Dunkirk. Celui-là même qui avait parcouru le globe sans se lasser et dont les aventures avaient habité les rêves de Sage durant des années.

Finalement, le silence fut rompu par le cri de Sage: « C'est vrai? »

Les yeux de l'oncle Dunkirk pétillèrent, et les pointes effilées de sa moustache semblèrent se relever de cinq centimètres tandis que son sourire se fendait jusqu'aux oreilles. « Oh, c'est vrai, Sage. Bel et bien vrai. Mais je crois que tu devrais d'abord poser le sirop sur la table. »

Sage cligna des yeux comme s'il se réveillait d'un rêve, et remarqua la mare de sirop dans laquelle baignait son pain perdu. « Oups, pardon. »

Irène Smiley hocha la tête, amusée, et le père de Sage continua: « Nous te l'aurions dit plus tôt, mais nous voulions que tu te concentres sur l'école. Tu as eu une année chargée, et le voyage est un cadeau de fin d'année de la part de ta mère et moi. »

« Et d'Oncle Dunki », ajouta l'oncle Dunkirk.

« C'est exact, corrigea Wyatt. Et de l'oncle Dunki, euh, Dunkirk. »

Quatre semaines d'anticipation contenue explosèrent d'un seul coup, et éjectèrent Sage de sa chaise. Il fit une danse, qui l'amena dans tous les coins de la cuisine, et sauta de joie en agitant les bras avant de retrouver assez de maîtrise pour sauter au cou de ses parents. Puis, en tapant avec enthousiasme dans la main de l'oncle Dunkirk, Sage demanda, hors d'haleine: « Alors, où est-ce que nous allons, Oncle Dunkirk? »

« Sage, annonça l'oncle Dunkirk de manière grandiloquente, c'est là toute la beauté du voyage. Nous allons simplement suivre le vent et voir où il nous mènera. »

CHAPITRE 2

LE FAMEUX SAMEDI se transforma en branle-bas de combat. Il fallut faire des bagages pour ensuite les défaire et procéder aux vérifications d'usage, multipliées par deux. La première chose que l'oncle Dunkirk largua par-dessus bord fut la valise bleu poudre que Wyatt avait déterrée de dessous l'escalier et ouverte sur le lit de Sage.

« Elle ne convient pas du tout! », jugea l'oncle Dunkirk. Il emprunta les clefs de la fourgonnette bleue des Smiley, se précipita hors de la maison et revint une demi-heure plus tard, une boule de toile verte sous le bras. En la lançant en direction de Sage, il affirma: « *Voilà* un sac qui mérite de voyager. »

Sage attrapa le paquet au passage et le défit en vitesse pour découvrir le même type de sac à dos en toile résistante que ses acteurs favoris utilisaient dans les films de guerre au cinéma Strand.

Sage suivit son oncle Dunkirk à l'étage et observa, ébahi, son oncle attaquer sa garde-robe. Les cintres glissaient sur la tringle avec un grincement métallique, alors que l'oncle Dunkirk décrochait cinq chemises, trois pantalons et deux vestes. Puis, satisfait de son choix, il dirigea ses assauts contre la penderie, en ajoutant à la pile des chaussettes, des sous-vêtements, un maillot de bain, des t-shirts et un gros pull de laine. Il ajouta les chaussures de sport de Sage, ses bottillons de randonnée, son sac de couchage, une trousse de toilette et ce qui sembla être un million de bricoles diverses: un coupe-ongle, une gamelle, des lacets et même une fourchette et une cuiller. Une énorme pile de choses s'élevait maintenant sur le lit. L'oncle Dunkirk se mit à placer chaque objet dans le tout nouveau sac à dos de Sage, issu du magasin de surplus de l'armée.

« N'oublie pas le *Sirop pour enfants* », lança une voix serviable depuis le cadre de porte.

L'oncle Dunkirk et Sage levèrent tous deux les yeux et virent Irène arriver, une boîte de *Sirop pour enfants naturel contre le rhume* à la main. La mère de Sage avait toujours vanté les mérites des médicaments naturels, et la semaine précédente, la fidèle boîte de *Sirop pour enfants* avait trôné sur la table de chevet de Sage. Ce dernier avait absorbé des quantités industrielles de son mélange puissant d'échinacée, de bêta carotène et de vitamine C, afin de combattre un redoutable rhume d'été. « Sage se remet d'un rhume de cerveau, Dunkirk, et j'apprécierais que tu veilles sur sa santé. De manière naturelle. »

« *Maman*, grogna Sage, je me sens beaucoup mieux maintenant. Je ne renifle plus et je ne me suis même pas mouché ce matin. »

« Il vaudrait mieux écouter ta mère, répondit

l'oncle Dunkirk avec sagesse. On ne sait jamais quand le rhume nous guette. »

Irène hocha la tête d'un air satisfait en direction de Sage alors qu'il lui prenait la boîte de *Sirop pour enfants*. Il remit la boîte à l'oncle Dunkirk qui lui trouva une place dans la trousse de toilette de Sage.

Pendant que son oncle continuait à équilibrer le poids dans le sac à dos de Sage, ce dernier fit le tour de la chambre au cas où il aurait oublié quelque chose. Il prit la longue-vue en cuivre que l'oncle Dunkirk lui avait donnée – après tout, ils partaient à la découverte de nouveaux mondes – ainsi que sa boussole porte-bonheur Jim Hawkins, un vieil article promotionnel de Disney que Sage avait payé dix sous dans une braderie et qui avait guidé nombre de ses balades en bicyclette du samedi. Sage glissa la longue-vue à la verticale dans le sac à dos et la boussole dans la poche avant de son jean ; elle serait prête à donner l'orientation en tout temps. L'oncle Dunkirk jugea qu'ils avaient tous les articles indispensables. Il ferma donc le haut du sac et le souleva pour le placer sur les épaules de Sage.

« Maintenant, Sage, tiens-toi debout, les jambes écartées, décréta l'oncle Dunkirk. Cela permet d'équilibrer le poids. »

Une fois que Sage fut dans la bonne position, l'oncle Dunkirk lâcha le sac et laissa Sage porter tout son poids. Les courroies émirent un grincement quand le sac à dos prit ses aises sur la frêle silhouette.

Sage était déterminé à se comporter comme un homme et à transporter ses propres bagages. Immobile, il s'efforça de supporter vaillamment le poids écrasant du sac. *Quand donc l'oncle Dunkirk avait-il mis cette tonne de briques dans son sac?*

« Très bien », affirma l'oncle Dunkirk, en reculant pour admirer son travail. Sage essayait de ne pas bouger, mais tanguait légèrement.

« C'est plutôt lourd, commenta Sage, la voix tremblotante. Surtout sur les épaules. Les courroies commencent à me rentrer dans la peau. »

« Hausse les épaules. Le sac glissera un peu vers l'avant. »

Sage secoua les épaules et sentit le sac à dos se déplacer légèrement. Il refit l'opération avec davantage de force, et les courroies glissèrent vers l'avant dans une position plus confortable. Sage sourit. Il ramena ensuite ses jambes sous lui et les colla, jusqu'à être tout à fait droit.

« Très bien, Sage, très bien, approuva l'oncle Dunkirk. Voilà le travail! »

« Oui! s'exclama Sage. Ça y est! » Puis, le corps aussi droit et rigide qu'une règle à mesurer, Sage bascula en l'arrière et tomba à la renverse.

Un éclat de rire sonore retentit dans toute la chambre. Quand Sage ouvrit les yeux, il aperçut le plafond blanc et le dessous gris de ses modèles réduits d'avion qui survolaient sa chambre, suspendus par du fil à pêche. En baissant les yeux, Sage vit l'oncle

Dunkirk pris d'un fou rire incontrôlable à la vue de son neveu, coincé sur le dos, battant l'air de ses jambes comme une tortue désemparée. Le rire de l'oncle Dunkirk était contagieux: un long souffle bruyant et saccadé qui se terminait en gloussement grave. Une fois silencieux, il reprenait un bol d'air frais et repartait de plus belle pour un autre tour.

« Je crois qu'il est un petit peu trop lourd », réussit à prononcer l'oncle Dunkirk en s'essuyant une larme au coin de l'œil. Il tendit la main à Sage et le releva du sol. Puis il libéra Sage du sac à dos, qu'il déposa doucement sur le lit. « Nous devrons refaire tes bagages, Sage. Je devrai peut-être transporter une partie de tes affaires. »

Ensemble, ils transférèrent un quart des effets de Sage dans le sac à dos de l'oncle Dunkirk avant de faire remonter le monstre de toile vert sur les épaules de Sage. Cette fois-ci, le poids du sac sembla mieux convenir aux épaules de Sage et, mieux encore, à la gravité.

Une fois que l'oncle Dunkirk et Sage eurent fini leurs préparatifs, un arôme de rôti braisé en sauce embaumait la maison. Lorsque l'odeur alléchante chatouilla les narines de Sage, son estomac gargouilla bruyamment. La fébrilité entourant les préparatifs du départ lui avait fait oublier de manger le dîner que son père lui avait apporté dans sa chambre. Une fois le souper servi, Sage enfourna trois tranches de rôti, deux pommes de terre, de la salade et trois pointes d'asperge, au plus grand bonheur de sa mère.

Après le souper, les quatre Smiley prirent place dans le salon pour prendre le café et le dessert. L'oncle Dunkirk brillait par son bagout et amusa sa famille avec le récit époustouflant de ses aventures autour du monde. Il leur raconta comment il était parti à la recherche d'un obélisque de trente-cinq tonnes, perdu au fond du Nil, et de la cité perdue de Catalhöyük, en Turquie. Il s'appliqua à leur décrire un rituel appelé le *Nagol*, qu'observait une tribu isolée de l'île de Pentecôte, où les garçons et les hommes plongent la tête la première d'une tour de vingt mètres, retenus par des lianes attachées à leurs chevilles afin d'arrêter leur chute juste avant de se fracasser le crâne au sol. Sage aurait pu écouter les histoires de l'oncle Dunkirk toute la nuit, mais les émotions fortes de la journée eurent raison de lui. Au milieu de la chasse au mystérieux serpent de mer canadien, l'Ogopogo, Sage, épuisé, s'endormit.

Chapitre 3

« **AU REVOIR, MAMAN!** Au revoir, Papa!
Merci encore pour la surprise! », cria Sage par la vitre
arrière du taxi à motifs de damier, alors qu'il s'éloignait
du trottoir. L'air frais du matin souleva les cheveux
blonds de Sage au moment où la voiture accéléra.

Un nouveau monde s'ouvrait à lui aujourd'hui, et
l'excitation se lisait sur son visage resplendissant. Il
regarda par la fenêtre jusqu'à ce que sa mère et son
père disparaissent de sa vue, cachés par le sommet
d'une colline sur la rue Wellington. Puis, en souriant,
il regarda droit devant lui, prêt à entreprendre le
voyage qui le mènerait en un lieu inconnu, à
l'occasion de ses premières vraies vacances d'été.

L'oncle Dunkirk était en pleine forme. Penché
vers l'avant, il indiquait au chauffeur de taxi la
direction à suivre, en agitant son index par-dessus
l'épaule de l'homme. En l'observant, Sage se
demanda si l'oncle Dunkirk ressentait encore un
frisson d'excitation au début d'un périple ou si les
nombreuses années passées à voyager, un sac sur le
dos, avaient diminué l'attrait magique du voyage.
Mais en observant l'oncle Dunkirk, Sage comprit que
c'était là sa vie. L'endroit où son oncle se sentait le

plus chez lui, c'était *sur la route.*

Le taxi à motifs de damier emprunta la rue Wellington jusqu'au coin de la route Delwood, puis il tourna à droite. L'oncle Dunkirk avait opté pour la route panoramique sinueuse qui contournait Spruce Ridge. Sage regarda les éléments familiers du décor de Spruce Ridge défiler devant la fenêtre du véhicule: la bijouterie Ducey, où il avait, à deux reprises, lancé une balle de baseball au-dessus du grillage de la clôture ; l'épicerie Bing's, où on trouvait la meilleure crème glacée mélangée à la vanille et au chocolat de la ville et puis le Bazar du Livre Le Hobbit, la seule librairie de livres usagés de Spruce Ridge, où Sage échangeait deux bandes dessinées écornées contre un album de seconde main en bon état. Le taxi longea le commerce de voitures usagées Charlie La Bonne Affaire, qui marquait les limites officieuses de Spruce Ridge. L'oncle Dunkirk se détendit enfin, s'enfonçant dans la banquette et donnant une petite tape rassurante à Sage sur le genou. Sage lui répondit par un sourire, tout à sa hâte de se lancer dans l'aventure.

Le taxi poursuivit son chemin sur l'autoroute, laissant Spruce Ridge derrière, tel un souvenir dans l'esprit de Sage. La route I-18, qui permettait d'aller à Spruce Ridge ou d'en sortir, était peu fréquentée pour un dimanche matin. Pas de trace des gros camions à dix-huit roues qui venaient d'habitude approvisionner la ville, sept jours par semaine. À l'exception des rares véhicules dans la voie opposée, la route était pratiquement déserte.

Quelques minutes plus tard, l'oncle Dunkirk demanda au chauffeur de tourner à droite à la prochaine sortie. Le chauffeur de taxi dirigea la voiture vers l'accotement et tourna à droite sur une route de terre: deux ornières entièrement couvertes de gravier et de poussière.

« Suivez cette route pendant trois kilomètres », indiqua l'oncle Dunkirk.

En regardant par la fenêtre, Sage sentit un doute naître en lui. Ce n'était pas la route menant à l'arrêt d'autobus ou à la gare. L'aéroport le plus proche se trouvait à quatre-vingts kilomètres, dans le sens inverse. Ils étaient hors des limites de la localité de Spruce Ridge et roulaient sur une route de terre qui donnait l'impression de ne pas avoir été pratiquée depuis des années. Mais Sage retint sa langue et fit confiance à l'oncle Dunkirk.

Après quelques minutes de silence supplémentaires, au cours desquelles le taxi cahota sur tous les nids de poule et les dépressions de la route, l'oncle Dunkirk ouvrit enfin la bouche. « Vous voyez cette allée d'arbres plus loin, vers la gauche? Vous pouvez nous déposer là. »

Les yeux du chauffeur de taxi se posèrent sur le rétroviseur. « Vous savez que vous êtes au milieu de nulle part, n'est-ce pas? »

« En fait, je suis à environ quatorze kilomètres au nord de la ville de Spruce Ridge, répondit l'oncle

Dunkirk. Croyez-moi sur parole, jeune homme, j'ai parcouru le vaste monde, et nous sommes loin de nulle part. »

« C'est votre argent après tout », répondit le chauffeur d'un ton nonchalant, son regard se portant à nouveau sur la route. Il freina doucement, s'arrêta sur le bas-côté et sortit du véhicule. Il ouvrit le coffre et aida l'oncle Dunkirk à sortir les deux sacs à dos.

« Ça vous fera seize dollars pour la course. »

L'oncle Dunkirk glissa sa main dans la poche de son pantalon kaki et en sortit une liasse désordonnée de billets. Sage remarqua que nombre d'entre eux n'étaient pas des billets de banque américains. Au contraire, la collection de devises semblait reproduire toutes les couleurs de l'arc-en-ciel: bleu, rouge, vert, jaune, violet, et portant assez de symboles étrangers pour embrouiller le voyageur le plus aguerri. Finalement, l'oncle Dunkirk sortit de la liasse deux billets de dix dollars et les remit au chauffeur de taxi. « Gardez la monnaie. »

Le chauffeur de taxi souleva son chapeau pour saluer l'oncle Dunkirk et retourna à sa voiture. Puis, après avoir fait demi-tour brusquement, il fit retentir son klaxon deux fois et s'éloigna dans un nuage de fumée.

Sage, debout à côté de son sac à dos, était perplexe devant cette route de terre déserte à quatorze kilomètres de Spruce Ridge. Une foule de questions se bousculèrent dans sa tête, toutes plus angoissantes les unes que les autres. *L'autobus passe-t-il par ici? Est-ce* qu'on a rendez-vous avec quelqu'un? Nos vacances d'été se résumeront-elles à un séjour en camping moche à côté de Spruce Ridge? Le soleil a-t-il tapé sur la tête de l'oncle Dunkirk trop longtemps?

« Oncle Dunkirk, y a-t-il une raison pour laquelle nous sommes… ici? », s'entendit demander Sage, avant d'ajouter:

« Au milieu de nulle part? »

L'oncle Dunkirk se tourna vers Sage. « Eh bien, Sage, notre aventure commence ici. »

Sage regarda autour de lui attentivement. Le côté gauche de la route était bordé d'un épais fourré. À droite, des champs de blé s'étendaient de coteau en coteau, et au loin, des bosquets plus petits marquaient le début de la campagne. Droit devant et loin derrière eux, la route de terre s'étendait jusqu'à l'horizon, tel un ruban qu'on eut laissé tomber. Autrement, il n'y avait rien par ici, *absolument rien* que Sage eut pu considérer comme le point de départ de leurs vacances.

« Ici même? », demanda Sage d'un air lugubre en pointant la route de terre sous ses pieds.

« Enfin, pas *ici même*, corrigea l'oncle Dunkirk, mais dans les environs. »

« Je ne vois pas d'arrêt d'autobus », s'aventura Sage.

« Qui a parlé d'autobus? », demanda l'oncle Dunkirk en lui faisant un clin d'œil.

Puis en mettant son sac à dos sur ses épaules, l'oncle Dunkirk chassa la perplexité de son neveu par ces mots: « En route, Sage. Ne perdons pas de temps. »

Sage mit son sac à dos sur ses épaules et, sa curiosité piquée au vif, il suivit son oncle. Celui-ci prit la direction d'un talus qui descendait abruptement vers le fossé parallèle à la route de terre. Ils grimpèrent ensuite du côté opposé. En se frayant un chemin à travers des herbes hautes jusqu'à leurs genoux, ils suivirent le côté nord du bosquet. Puis ils s'éloignèrent de la route et longèrent les arbres vers l'ouest.

Dix minutes plus tard, ils arrivèrent au bout du bosquet. Mais sans explication, l'oncle Dunkirk obliqua, demeura près de la lisière et marcha le long du côté sud du petit bois, en retournant vers l'est. Avec un air d'incompréhension figé sur son visage qui tournait au cramoisi, Sage le suivit sans enthousiasme.

Ils poursuivaient leur marche ardue. Sage regarda autour de lui, s'attendant à apercevoir une voiture, un campement, une maison, enfin *quelque chose*. Mais il n'y avait rien, à part du blé, de la terre, des arbres et des broussailles épars.

Finalement, l'oncle Dunkirk s'arrêta, se retourna et entreprit d'étudier les arbres et le sol autour d'eux. Sage observa patiemment son manège, puis se pencha pour arracher un brin d'herbe qu'il mit entre ses dents. « Corrige-moi si je me trompe, mon oncle, mais j'ai l'impression qu'on tourne en rond autour de ces arbres. »

« Mais tu as tout à fait raison, Sage », répondit l'oncle Dunkirk, avant de tourner le dos à son neveu pour analyser le devant d'un énorme buisson. Sage jeta un regard sur le buisson et remarqua qu'il était étrange. Il dépassait, par sa taille, tous les autres buissons des alentours, et il semblait avoir été déposé entre les souches de deux arbres gigantesques.

« Récapitulons pour voir si je saisis », dit Sage en appuyant sur les doigts de sa main, un à la fois, pour souligner chacune de ses phrases. « Nous ne prenons pas l'autobus. Nous n'allons pas à l'aéroport. Nous n'avons pas de voiture. Et Maman et Papa me mettraient en punition pour la vie, *et toi aussi*, si nous faisions de l'auto-stop. »

« Et ils auraient bien raison », approuva l'oncle Dunkirk par-dessus son épaule.

Exaspéré, Sage insista. « Mais comment allons-nous pouvoir partir en vacances au beau milieu d'un champ? »

L'oncle Dunkirk s'arracha finalement à la contemplation du buisson pour décocher à Sage un sourire malicieux. « J'ai pensé amener un petit ami avec nous, dit-il. J'espère que ça ne te dérange pas. »

En prononçant ces paroles, l'oncle Dunkirk mit la main sur le drôle de buisson et tira vers lui. Comme Superman qui arrache à mains nues le mur de briques d'un immeuble, l'oncle Dunkirk détacha un pan d'un mur massif de branches et de feuilles. Avant même que Sage eut le temps de cligner des yeux, l'hélice d'un avion apparut.

« Sage, annonça l'oncle Dunkirk, je te présente mon compagnon de route, Willy C. »

CHAPITRE 4

SAGE EN RESTA bouche bée de stupéfaction. « Un avion! », s'exclama-t-il.

« Non, pas un vulgaire avion, corrigea l'oncle Dunkirk, mais l'un des plus grands avions de chasse de tous les temps, un Spitfire Supermarine, dit "Cracheur de feu"! »

Les jambes molles, Sage se leva et s'avança vers l'hélice géante à quatre pales qui le surplombait. Il tendit la main et toucha doucement la pale de métal noire, puis caressa de sa paume sa surface froide. Même si l'hélice n'avait pas été exposée au soleil matinal, Sage pouvait presque sentir une chaleur fantomatique sous ses doigts, comme si, à son contact, le Spitfire lui livrait son histoire guerrière mouvementée. Sur un ton trahissant le plus grand des respects, le mot « *Supeeeeeeeeeer!* » sortit de ses lèvres.

Les avions exerçaient une véritable fascination sur Sage depuis toujours. Lorsqu'il était plus jeune, il passait des heures allongé sur la pelouse de son jardin, fixant le ciel et s'émerveillant à la vue d'un avion à réaction qui fendait le ciel au-dessus de Spruce Ridge. Il suivait du doigt les longues traînées de gaz d'échappement que les avions laissaient derrière eux et regardait, fasciné, la fumée se dissiper graduellement et puis disparaître, telle le souvenir oublié d'un voyage fugace.

Ces derniers temps, Sage et ses amis s'imaginaient qu'ils étaient pilotes et qu'ils protégeaient vaillamment le ciel des attaques ennemies. Ils transportaient des boîtes de carton vides du garage au jardin et se sculptaient des cockpits à l'aide de ciseaux. Leur imagination alimentait alors des scénarios de bataille. La pelouse verte devenait l'azur infini, leurs boîtes de carton, des avions, et les jeunes garçons plongeaient et chargeaient au cours d'un glorieux combat aérien.

Une constante revenait toujours dans leurs batailles imaginaires: le Spitfire, la machine volante la plus aérodynamique, la plus rapide et la plus meurtrière de la Deuxième Guerre mondiale. Et maintenant, Sage Smiley allait voler sur les ailes de l'une d'entre elles.

« Je n'arrive pas à croire que tu possèdes un Spitfire », dit Sage, le souffle coupé d'admiration.

« Et pas n'importe lequel, répondit l'oncle Dunkirk, les yeux brillants. Tu as devant toi un avion d'entraînement Mark IX. Quand cet avion était en service durant la Deuxième Guerre mondiale, il n'avait qu'un seul poste de pilotage. Mais après la Guerre, il a été converti en avion d'entraînement. Ils ont avancé le cockpit avant et en ont ajouté un second derrière. Tu auras même un siège surélevé de manière à voir au-dessus de la grosse tête de ton oncle. »

La bouche ouverte, la mâchoire pendant mollement, Sage n'arrivait pas à assimiler la description que son oncle venait de faire du Spitfire Supermarine. « Je n'arrive pas à croire que tu possèdes un Spitfire », répéta-t-il.

L'oncle Dunkirk se mit à rire et ébouriffa les cheveux de Sage. Puis il tapa dans ses mains. « Bon, Sage, il est temps que tu travailles pour gagner ta récompense. Nous devons enlever les feuilles et les branches qui restent pour pouvoir sortir Willy C de là. »

« En passant, demanda Sage en empoignant un tas de branches, pourquoi l'appelles-tu Willy C? »

L'oncle Dunkirk était déjà devant lui, affairé à déposer sur le sol une grosse branche à environ six mètres de l'appareil. « Je propose de garder cette anecdote-là pour le vol, Sage. Le voyage jusqu'à destination sera long, et une bonne histoire fera passer le temps. »

Encouragé par la promesse d'une histoire, Sage travailla rapidement. Il ajouta un tas de branches à la pile de son oncle et retourna pour aller en chercher d'autres. L'oncle Dunkirk fut bientôt prêt à faire sortir l'avion dans la clairière.

« Tiens-toi à côté du tas de branches, indiqua l'oncle Dunkirk. Je dois dégager Willy C du bosquet et l'amener dans la clairière. Je ne veux pas que tu t'approches de l'hélice ou des ailes pendant que le moteur tourne. » Sur ces paroles, l'oncle Dunkirk monta sur l'aile et poussa la verrière vers l'arrière. Il se glissa d'un bond dans le cockpit et fit une inspection rapide d'avant le décollage avant de faire démarrer l'engin. Willy C bafouilla et toussa, en crachant quelques nuages de fumée noire avant que l'hélice ne morde l'air et ne se mette à tourner à plein volume. Après avoir desserré le frein à main, l'oncle Dunkirk manœuvra délicatement pour faire sortir Willy C de sa retraite, et l'amener en terrain découvert. Un long champ plat s'étendait devant l'appareil, et Sage saisit, pour la première fois, l'importance de leur marche autour des arbres. Il s'agissait d'une cachette et d'une piste d'atterrissage parfaites, à l'abri des regards.

L'oncle Dunkirk coupa le contact et descendit de l'avion en criant à Sage de s'approcher. Ensemble, ils placèrent leurs sacs à dos en sûreté, dans un compartiment à bagages situé dans la queue de l'avion. Puis l'oncle Dunkirk fit le tour de Willy C avec Sage, en relevant les diverses caractéristiques de l'appareil: la cellule renforcée, le moteur Merlin V12 surcomprimé, l'hélice à quatre pales, le fuselage arrière et les mitrailleuses Browning 0.303 enchâssées dans les ailes, qui, précisa l'oncle Dunkirk, avaient été entièrement neutralisées. Fasciné, Sage écouta la description du Spitfire, encore incrédule à l'idée de voler sur les ailes d'un tel engin.

Finalement, le moment du départ arriva. L'oncle Dunkirk expliqua brièvement à Sage comment monter sur les ailes, mais ce dernier avait un talent inné pour ce genre d'exercice. Il monta sur les ailes avec l'agilité d'un singe grimpant dans un arbre. Puis il monta dans le cockpit arrière et se glissa sur le siège du navigateur. Un casque d'aviateur au cuir fatigué se trouvait à côté du siège. Sage s'en empara, le secoua et le posa sur sa tête d'un geste désinvolte. Maintenant qu'il avait l'air d'un pilote, Sage étudia les instruments à l'allure sérieuse qui se trouvaient devant lui: les cadrans, les boutons, les écrans. Les yeux de Sage passaient de l'un à l'autre, avides d'enregistrer tous les détails du cockpit. *Mes amis ne me croiront jamais.*

Quelques instants plus tard, le moteur surcomprimé de Willy C revint à la vie en crachotant, et cette fois-ci, Sage sentit la puissance de l'engin sous lui. Willy C vibra comme un animal indompté en secouant Sage comme une fève sauteuse. Il tira sur la ceinture du siège de toutes ses forces et sentit son corps s'enfoncer davantage dans le siège du navigateur. « Accroche-toi bien, Sage, lança l'oncle Dunkirk d'une voix forte pour couvrir le vacarme du moteur. Nous allons décoller. »

Ne voulant rien manquer, Sage regarda par le hublot du cockpit au moment où Willy C se mit à avancer. Les roues de caoutchouc épais de l'avion rebondissaient rudement sur chaque bosse, trou et ornière du champ. Puis il prit de la vitesse, et devant les yeux de Sage, les arbres de chaque côté de l'avion perdirent leur rigidité et s'estompèrent dans une palette mélangée de vert, de jaune et de marron. Finalement, Sage trembla d'anxiété au moment où la queue de l'appareil s'éleva du sol, et Willy C s'envola. La course cahoteuse à travers champs se transforma en douce glissade alors que l'oncle Dunkirk redressait son manche et les transportait dans le ciel.

En dehors du hublot du cockpit, le paysage s'éloigna sous eux, et Sage put contempler, émerveillé, la vue imprenable qu'il avait d'en haut. Ils volaient avec les oiseaux au-dessus de la cime des arbres. Willy C montait au-dessus de forêts d'émeraude. Le paysage était ponctué de lacs turquoise, et l'eau étincelait d'une lumière blanche dans le soleil du matin. Ils suivirent des rubans d'autoroute loin en bas, et virent les voitures – réduites à la taille de fourmis – passer d'une voie à l'autre. Ils s'élevèrent plus haut dans les airs et traversèrent des poches de nuages blancs duveteux. Des bandes floues passaient rapidement à côté du hublot du cockpit et reformaient d'étranges formes derrière l'avion. Le soleil brillait à travers la verrière. C'était une journée absolument superbe.

L'oncle Dunkirk rompit le silence. « Je t'ai promis de te parler de Willy C, pas vrai? », dit-il.

« Oui », répondit Sage, avide d'en savoir plus.

« Eh bien, Sage, baptiser un avion est une affaire des plus délicates. Le nom d'un avion est entouré de mille et une superstitions. Certains pilotes, surtout ceux qui sillonnaient les airs en temps de guerre, choisirent le nom de leur femme ou de leur petite amie dans l'espoir que cela les protègerait. Je devais me résoudre à une autre solution pour le nom de mon Spitfire. Comme je ne me suis jamais marié et que je n'ai jamais été le petit ami de quelqu'un très longtemps, j'ai décidé de nommer mon Spitfire en l'honneur d'un très brave pilote, Willy Omer François Jean Coppens de Houthulst. »

« Willy *qui*? », s'exclama Sage.

« Willy Omer François Jean Coppens de Houthulst, mieux connu sous le nom de Willy Coppens, mais il est probable que tu n'aies jamais entendu parler de lui. Il a vécu bien avant ton temps, et même le mien », ajouta l'oncle Dunkirk.

« Willy était un as de l'aviation durant la Première Guerre mondiale, membre de la fameuse Compagnie des Aviateurs. Il pilotait un monoplace Hanriot et était considéré comme un expert dans l'art de descendre les ballons d'observation de l'ennemi. Il se lançait dans la bataille, le soleil dans le dos, visant l'artillerie et les shrapnels ennemis, et d'une seule rafale, il abattait le dirigeable. Quand le dirigeable tombait au sol, il exécutait des acrobaties aériennes autour de l'ennemi. »

« Comme quand on fête un but, au football? », suggéra Sage.

« Exactement! C'est comme au football. C'était un grand pilote et un des membres originaux de la flotte des as. Je me souviens d'avoir lu des livres sur lui et sur les exploits des autres as de l'aviation quand j'étais jeune. Il y avait Edward Rickenbacker, l'as américain, et Brumowski, de l'Autriche. Il y avait René Fonck, le Français, le Britannique Ed Mannock, et Billy Bishop, du Canada. Et il y avait, bien sûr, le célèbre Baron Rouge, un as allemand nommé Manfred von Richthofen. C'étaient tous des pilotes exceptionnels, mais une des histoires sur Willy Coppens a réellement enflammé mon imagination. »

« La Première Guerre mondiale fait rage. Une bataille féroce a lieu alors que Willy attaque un des dirigeables de l'ennemi. On pourrait croire qu'un biplan peut abattre un dirigeable sans problème, mais si l'on songe à la vitesse avec laquelle le vent tourne, et que le dirigeable se laisse porter par le vent, ça n'a rien d'une partie de plaisir. Willy apprit la leçon ce jour-là. Il fonce sur un dirigeable ennemi, prêt à l'éventrer avec ses tirs furieux de mitrailleuses lorsqu'un coup de vent soudain fait monter le dirigeable et le projette tout droit sur l'avion de Willy. Le pauvre Willy n'a nulle part où aller. Son Hanriot est engagé dans l'assaut, il n'a pas le temps de changer de bord et il ne peut s'éloigner aussi vite qu'il le faudrait. »

« Qu'est-ce qu'il fait? », demanda Sage.

« La plupart des pilotes abandonneraient, en voyant qu'ils s'apprêtent à aller rejoindre leur Créateur. Après tout, si le Hanriot entre en collision avec le dirigeable, l'avion et le dirigeable exploseront, et le destin de Willy Coppens sera scellé. Mais notre ami Willy est un as, rappelons-le, et il tente la seule manœuvre qui lui permettra peut-être de survivre. »

« Qu'est-ce que c'est? », demanda Sage, en retenant son souffle.

« Il pose son appareil au sommet du dirigeable », répondit l'oncle Dunkirk, la voix empreinte de respect.

« *C'est pas vrai!* » Les mots fusèrent de la bouche de Sage comme un tir de mitrailleuse.

« C'est tout à fait vrai, reprit l'oncle Dunkirk. Sans perdre un instant, Willy pose son Hanriot au sommet du dirigeable. Puis il éteint le moteur pour sauver son hélice. Quand l'avion finit par glisser, Willy remet le contact et réussit à s'éloigner. »

« Ça alors! s'exclama Sage. On dirait une scène du film *Indiana Jones*. »

« Tout à fait, sauf que c'était réel, ce n'était pas du cinéma. Il s'agit du pilotage élevé à une forme d'art extrême, quand il s'agit de vie ou de mort, et qu'un homme n'a qu'une fraction de seconde pour se décider et qu'il doit ensuite en assumer les conséquences. »

« Est-ce que Willy Coppens est mort pendant la Guerre? », demanda Sage en espérant que cette histoire héroïque avait une fin heureuse.

« Il a survécu, en fait. Son avion a été abattu, et on a dû l'amputer d'une jambe, mais ce brave Willy Coppens a eu une longue vie bien remplie. Il a été attaché militaire en Europe et il est décédé en 1986. Il demeurera toujours un as à mes yeux. Ce fut un pilote d'exception, ce Willy C. »

« Je suis bien d'accord », approuva Sage, en rangeant dans un tiroir de sa mémoire l'aventure de

Willy Coppens, pour la revivre un jour, aux commandes d'un Hanriot de carton, dans son jardin. Tout joyeux, Sage reporta son regard en dehors du cockpit. Il fut étonné de voir comment les champs tachetés de vert, de marron et de jaune étaient déjà loin. Sage n'avait pas remarqué leur ascension rapide, mais il s'apercevait maintenant que le Spitfire continuait de grimper dans les airs, se hissant toujours plus haut au-dessus des nuages.

« Mais je ne t'ai pas encore tout dit sur Willy C, reprit l'oncle Dunkirk. C'est un avion très spécial, Sage. Il m'accompagne depuis vingt ans et m'a amené aux quatre coins du globe. Il a été mon ami et mon compagnon de route, mais surtout, il a été la porte d'entrée de toutes mes aventures. »

Puis, l'oncle Dunkirk se retourna sur son siège, regarda Sage et lui demanda: « Que penses-tu de la magie? »

CHAPITRE 5

« **DE LA MAGIE**, répondit Sage, comment cela? »

Le Spitfire continuait à grimper dans les airs, la terre en bas s'estompant pour ne devenir qu'une palette bigarrée de couleurs appliquées à la va-vite sur une immense toile. Le moteur de Willy C grondait puissamment, mais de temps en temps, Sage entendait distinctement un bégaiement dans la voix de l'avion, un léger hoquet au travers du doux ronronnement du moteur, mais qui lui faisait dresser les cheveux sur la tête.

L'oncle Dunkirk semblait sourd aux légers soubresauts du moteur de Willy C. Il continua à parler: « Il y a des années, alors que je venais de sortir de l'université et que j'étais assoiffé de gloire, je suis parti à la recherche du royaume mythique de *Shambhala* qui a servi d'inspiration à James Hilton, l'auteur du roman *Horizon perdu*. J'explorais l'arrière-pays himalayen en faisant de la randonnée. Pendant des semaines, j'ai traversé chaînes de montagne après chaînes de montagne jusqu'à un lieu si reculé que les sherpas qui portaient mes bagages refusèrent de me suivre. »

« Qu'est-ce qu'un sherpa? », demanda Sage avec curiosité.

« Les sherpas sont certainement les gens les plus résistants du monde. Ils vivent dans les hautes montagnes du Népal, et travaillent comme commerçants et fermiers, mais ils sont probablement mieux connus pour leurs talents de guides et de porteurs. Ils installent d'énormes paniers sur leur dos, paniers qui égalent parfois leur poids, et les transportent dans d'abrupts cols montagneux et le long de sentiers accidentés. Pratiquement tous ceux qui font de la randonnée dans l'Himalaya sont guidés par un sherpa, surtout dans les régions aussi inhospitalières que celle que j'explorais. Je me trouvais hors des sentiers battus, là où les *vrais* voyages commencent. »

« J'ai dit adieu à mes sherpas et j'ai poursuivi mon chemin, avec seulement ce que je pouvais porter sur mon dos. Un matin, alors que je cheminais d'un pas lent, j'entendis un terrible grognement qui étouffa tous les autres bruits et secoua le sol comme un tremblement de terre. Je compris que j'avais évité, de quelques minutes à peine, le passage d'une avalanche. Heureusement, le sentier que je suivais m'avait entraîné derrière un affleurement rocheux et m'offrait alors une place aux premières loges pour assister au spectacle d'un paysage se métamorphosant sous l'assaut de la neige. C'était phénoménal: Mère nature qui se déchaîne, dans toute sa gloire. »

« Quand la neige eut fini de tout ensevelir, j'ai mis mes bottes à crampons et j'ai entrepris de traverser la vallée couverte de neige. J'avais fait la moitié du chemin quand je vis quelque chose d'étrange du coin de l'œil. *Un éclair.* Je levai les yeux vers le coteau et vis à nouveau un éclair de lumière brillant soixante mètres plus haut, comme si quelqu'un envoyait un signal de détresse. »

« Je m'élançai dans la vallée, aussi vite que mes jambes purent me porter, en suivant les éclairs qui étincelaient devant moi. J'étais à la moitié du chemin vers le sommet quand je compris que la personne qui avait envoyé les signaux m'avait vu ou alors devenait de plus en plus faible, car les éclairs cessèrent. Je notai l'endroit et franchis les derniers mètres. En arrivant au sommet, je vis la chose la plus étrange du monde: la tête chauve d'un homme qui émergeait de la neige. D'après ses traits, je vis qu'il était soit Népalais soit Tibétain. Plus étrange encore, il ne portait pas de lunettes sur lesquelles la lumière aurait pu se refléter, et ses deux mains, sans oublier tous les membres de son corps sans exception, étaient enterrés sous la neige. Comment avait-il pu envoyer les éclairs, je n'en avais aucune idée. »

« Je parvins jusqu'à lui et je lui indiquai que j'étais là pour l'aider. Un faible sourire éclaira son visage et il murmura, avec un fort accent: "Soyez béni" avant que ses yeux ne chavirent et qu'il ne perde connaissance. » Je me suis attaqué à la neige autour de lui, en creusant de toutes mes forces. En dégageant son corps, je remarquai qu'il s'était cassé les deux jambes. Je n'aurais pas été étonné qu'il eût une hémorragie interne. Après tout, il semblait avoir été violemment secoué dans l'avalanche. Je remarquai aussi qu'il portait le vêtement traditionnel des *bhikkhus*, les moines bouddhistes. »

« Quand je réussis finalement à le libérer de la neige, je pus constater à quel point son état était grave. Je l'enveloppai dans mon sac de couchage. Je massai doucement ses membres gelés afin d'activer sa circulation puis je creusai un abri dans la neige. L'avalanche avait entraîné avec elle tout le bois qui aurait pu servir à faire un feu. Je savais donc que ses chances de survie étaient minces. Dans le fin fond de l'Himalaya, il n'y a aucun hôpital, aucun médecin, rien de tout cela. Uniquement la volonté de vivre. »

« Plus tard, dans la soirée, il reprit conscience un bref moment. Je fis du thé à l'aide de mon réchaud de camping et je lui tins la tête pendant qu'il but. Une fois qu'il eut terminé, il sourit à nouveau, fouilla sous son vêtement et retira un collier de son cou. Au début, je crus que ce n'était qu'une relique de pacotille, une babiole sans grande valeur. Mais en y regardant de plus près, je vis que le collier était unique. Une pierre d'ambre était attachée à une fine cordelette de cuir. Jusqu'à ce jour, je n'ai jamais rien vu de semblable. La pierre était de couleur jaune marron, mais on voyait à travers, comme si elle était translucide. Et au milieu de la pierre, il y avait un éclat de lumière, ressemblant à une étoile qu'on aurait capturée et qui palpitait d'une vie propre. Il mit la pierre dans ma main et dit, en butant sur les mots: "Recherchez la vérité et la lumière sur le chemin de votre vie". En termes simples, il me disait de rechercher le *nirvana*. »

« Le *nirvana*? demanda Sage, encore plus intrigué. J'imagine que tu ne parles pas de Kurt Cobain. »

« Mais alors pas du tout! gloussa l'oncle Dunkirk. Vois-tu, les moines bouddhistes recherchent le *nirvana* tout au long de leur vie. Le *nirvana* n'est pas un lieu, mais l'aboutissement d'un voyage de toute une vie ou l'atteinte de la vérité absolue. Les bouddhistes considèrent que la vie n'est qu'un cycle. Lorsqu'une personne qui a trouvé le *nirvana* meurt, elle atteint le *parinirvâna*, c'est-à-dire qu'elle quitte ce monde *définitivement*. Sa vie constituait le dernier lien de la boucle de la mort et de la renaissance, et elle s'arrêtait à tout jamais. J'ignore si le moine avait trouvé le *nirvana* au soir de sa vie, mais je sais qu'il acceptait son sort et était en paix. Il médita tandis que j'analysai la pierre. Quelques secondes plus tard, son corps se tordit de douleur. Je tentai de l'aider, mais il saisit ma main, me regarda dans les yeux et me dit: "Sur les ailes du vent, je m'envole" et il mourut. »

« Sur les ailes du vent, je m'envole? répéta Sage. Qu'est-ce que ça veut dire? »

« Je n'en avais aucune idée, répondit l'oncle Dunkirk, mais je me demandai si cela avait un quelconque rapport avec les éclairs mystérieux. »

L'oncle Dunkirk se tut. Sage jeta un coup d'œil par le hublot du cockpit pour regarder la terre s'éloigner de plus en plus. Le moteur de Willy C avait toujours le hoquet, mais les ratés étaient plus espacés. Soudain, l'hélice de l'appareil s'arrêta puis repartit de plus belle. Sage arracha ses yeux de la vue pour observer la cadence saccadée de l'hélice qui arrêtait de tourner puis repartait à nouveau. Son visage se vida rapidement de ses couleurs, et les battements de son cœur s'accélérèrent.

« Je jouai avec la pierre d'ambre pendant des jours », reprit l'oncle Dunkirk, perdu dans ses souvenirs et apparemment inconscient des ratés mortels de l'hélice. « La nuit venue, je m'étendais dans mon sac de couchage, et pressant la pierre dans ma main, je chantais "Sur les ailes du vent, je m'envole" encore et encore, mais rien ne se passait. Après un certain temps, je me la mis autour du cou puis je n'y repensai plus. »

« Puis un jour, ton oncle Dunkirk était en randonnée et leva les yeux vers le versant escarpé qu'il aurait bientôt à escalader. La crête se trouvait deux cent mètres plus haut, et j'avais les jambes molles. J'avais l'impression qu'on les avait compressées et qu'elles ne pouvaient plus avancer, encore moins me faire grimper plusieurs centaines de pas plus haut. Je rêvai que je volais jusqu'au sommet, quand les mots du moine franchirent mes lèvres: "Sur les ailes du vent, je m'envole". »

« Tout à coup, un éclair aveuglant enveloppa mon corps tout entier. Quand j'ouvris les yeux, je me trouvai au sommet. Plus bas, se trouvait le sentier que je suivais l'instant d'avant. »

« C'est bizarre », commenta Sage.

« Ça, tu peux le dire », renchérit l'oncle Dunkirk.

Avec un grincement aigu, l'hélice de Willy C s'arrêta tout à fait ainsi que le moteur, qui devint silencieux. Contraint dans ses mouvements par la ceinture, Sage réussit à se pencher vers l'avant et regarda par-dessus l'épaule de l'oncle Dunkirk pour voir sa réaction. Néanmoins, ce dernier se contenta de couper le contact et d'agripper plus fermement le manche tandis que Willy C commençait à piquer du nez.

« Ce qui nous amène à notre situation actuelle, fit remarquer l'oncle Dunkirk avec désinvolture. Qui se produit plus rapidement que ce que j'avais anticipé. » En inclinant le manche, il précipita Willy C dans un plongeon, en pointant l'hélice tout droit vers la terre en dessous d'eux. Puis il continua son histoire, à peine déconcentré.

« Je découvris que la pierre d'ambre est une espèce d'outil de téléportation très ancien. L'incantation fait référence au vent, qui est *mouvement*, quand on y pense bien. Après avoir fait quelques expériences, j'ai supposé qu'une fois qu'on a atteint un certain degré de mouvement, on peut se téléporter n'importe où dans le monde. Tout ce qu'il suffit de faire, c'est d'imaginer une destination, réciter l'incantation et, comme par magie, on s'y retrouve. Cela expliqua aussi les mystérieux éclats de lumière qui provenaient de la montagne. Le moine tentait de se mettre à l'abri en se téléportant, mais il était pris au piège par la neige. Et incapable de bouger, les deux jambes cassées, il n'a pu aller nulle part. »

Le sifflement rassurant du vent en dehors du hublot du cockpit gagna en force et se transforma en hurlement strident tandis que les doigts de la gravité agrippèrent Willy C et l'entraînèrent vers le sol de toute leur puissance. La gorge nouée, Sage regarda par le hublot et vit Willy C filer vers une couverture de nuages énorme qui semblait grossir à vue d'œil. Sage, sur le point de céder à la terreur, gémit tout bas, mais l'oncle Dunkirk, très calme, poursuivait son histoire.

« Je poursuivis mes expériences avec la pierre dans la région de l'Himalaya. Je récitai l'incantation alors que je me trouvais sur une pente glacée. J'étais en train de traverser une crête acérée quand je glissai. Je perdis pied et tombai sur le dos violemment. Malheureusement, avant que je puisse me retourner et me servir de mon piolet, je commençai à dévaler la face abrupte de la montagne. »

« J'allais m'écraser au fond du ravin quand je murmurai l'incantation et fus enveloppé à nouveau dans un éclair d'énergie. Quand je revins à moi, je me retrouvai au sommet de la Déesse mère de la Terre en personne, la *Chomolungma*, que tu connais proba- blement sous le nom de "mont Everest". »

« Tu rigoles! » s'écria Sage, en réprimant son

envie de hurler. Ses doigts agrippaient les parois du cockpit, l'écrasant sur son siège, mais le récit captivant de l'oncle Dunkirk le distrayait de leur trajectoire funeste. Néanmoins, bien que l'esprit de Sage enregistrât lentement la réalité sibylline de la pierre d'ambre magique de son oncle, un torrent de chair de poule dévala sur ses bras.

« Tu t'es retrouvé au *sommet* de la *plus haute* montagne *du monde*? Qu'est-ce que tu as fait? »

« Eh bien, j'ai planté un drapeau que j'avais apporté au cas où, j'ai pris une petite photo et je suis retourné à mon sentier par téléportation. Mais, aussi spectaculaire que puisse être la vue sur le toit du monde, la découverte qui en découla était encore plus incroyable. Plus vite j'allais, plus loin je voyageais. »

Willy C déchirait le ciel, fendant le vent et les menant, Sage en était convaincu, à une mort certaine. Tout à coup, un mur de nuages apparut devant eux. Willy C le traversa à toute allure, et des poches d'éther d'un blanc laiteux filèrent en volutes à côté du hublot du cockpit. Elles étaient apparues, et l'instant d'après, elles avaient disparu. Au moment même où ils sortaient des nuages, ils retrouvèrent le spectacle de la terre en courtepointe bigarrée.

« J'ai continué à tenter toutes sortes d'expériences avec la pierre d'ambre, au cours des années suivantes. Chaque nouvelle téléportation m'en apprenait davantage sur ses pouvoirs. Un jour, alors que j'étais de retour aux États-Unis, je fis appel à la pierre alors que je volais avec Willy C, que je venais d'acquérir, reprit l'oncle Dunkirk d'une voix forte pour couvrir le hurlement du vent. J'avais trouvé l'avion dans la grange d'un fermier. Il avait été oublié là, enterré sous la poussière. Ce fut le coup de foudre. Un fermier astucieux l'avait acheté après la Guerre pour en faire un avion poudreur. Il voulait s'en défaire après une longue année de sécheresse. Je lui ai donné jusqu'à mon dernier sou, puis j'ai appris à manœuvrer le manche avant de faire un tour dans les airs. »

L'intérêt de Sage pour le récit de l'oncle Dunkirk ne l'empêchait pas de paniquer à l'idée de s'écraser au sol. Mais en prenant son courage à deux mains, il serra ses poings en sueur et réussit à se concentrer sur les paroles de son oncle. « Où t'es-tu retrouvé cette fois-là ? »

« Je me suis retrouvé dans le Montana », répondit l'oncle Dunkirk le plus sereinement du monde tout en remettant le contact. Avec un rot de fumée noire, le moteur de Willy C tourna au ralenti, et l'hélice revint à la vie précipitamment. Le cri strident du vent frôlant le cockpit fut remplacé par le martèlement puissant du moteur surcomprimé de Willy C, et Sage sentit l'appareil faire une embardée vers l'avant.

« Dans le Montana ? », répéta Sage.

« Oui, dans le Montana. À proximité de la rivière Little Bighorn, pour être exact. »

« Mais ce n'est pas loin du tout, dit Sage, en tirant sur sa ceinture nerveusement.

Ça n'a rien à voir avec la téléportation magique au

sommet du mont Everest. »

« C'est juste, répliqua l'oncle Dunkirk, mais ce qui est frappant, ce n'est pas tant que j'ai été transporté à Little Bighorn, au Montana, mais bien que sans le savoir, je me suis retrouvé en train de défier toutes les lois connues du temps et de l'espace et que j'ai sauté dans le temps pour arriver quelques instants à peine avant que le lieutenant-colonel George Armstrong Custer ne livre sa dernière bataille. Je suis arrivé là le 25 juin 1876, pour être témoin d'une des plus grandes défaites de l'histoire militaire américaine. »

« C'est pas vrai! s'exclama Sage, saisi de stupeur. Tu peux voyager dans le temps? »

« Si je vole avec suffisamment de vitesse, oui. Nous le pouvons tous les deux, répondit l'oncle Dunkirk. En faisant plonger Willy C dans le vide à une altitude d'au moins neuf mille mètres, nous pouvons atteindre une vitesse assez grande pour téléporter le poids de nos deux corps plus Willy C, où que nous voulions aller. *N'importe où*. Et je dis bien n'importe où. »

« Je te laisse choisir notre destination, Sage. Nous irons là où tu as envie de passer tes vacances d'été. Le choix t'appartient. » Sur ces mots, l'oncle Dunkirk se tourna et tendit la main vers Sage. Étincelant de mille feux, la pierre d'ambre se balançait sur sa cordelette de cuir.

Sage attrapa la pierre d'un geste vif et la serra fort

dans ses mains. L'altimètre encastré dans le tableau de bord devant Sage tournait, affolé. Sage regarda une dernière fois par le hublot du cockpit et il fut certain de pouvoir distinguer les voitures sur l'autoroute ainsi que les fermes occupant le paysage campagnard.

« Sage? insista l'oncle Dunkirk, Nous n'avons pas beaucoup de temps. Mets le collier autour de ton cou. Concentre tes pensées sur un endroit que tu as toujours voulu visiter, ferme les yeux et récite: "Sur les ailes du vent, je m'envole". D'accord? »

Sage pressa la pierre d'ambre dans sa main moite et se dit qu'il pouvait presque sentir une chaleur mystique émaner de la pierre. Il passa la cordelette de cuir autour de son cou et sentit le poids de la pierre sur sa poitrine. Une quantité phénoménale de destinations traversèrent rapidement l'esprit de Sage ; des places qu'il avait toujours voulu voir, des lieux qu'il avait vus au cinéma ou à la télévision et des endroits qu'il ne pouvait que rêver de visiter. Comment se concentrer et limiter son choix à une destination alors qu'il pouvait voir clairement les lignes jaunes sur l'autoroute?

Sage sentit un cri naître au creux de son estomac comme du lait tourné et monter jusqu'à sa gorge puis à ses lèvres. La terre s'élevait rapidement vers eux, et il s'imagina avec horreur Willy C s'écrasant sur le sol, en se fracassant en des millions de morceaux éparpillés. Cherchant à s'accrocher à quelque chose de connu et de réconfortant, Sage mit la main dans la poche de son pantalon et serra fort sa boussole porte-bonheur Jim Hawkins. Ce grigri l'avait protégé dans le passé, et Sage espéra qu'il soit toujours aussi efficace. Puis, juste avant qu'il ne laisse échapper un cri à réveiller les morts, l'oncle Dunkirk s'écria: « Maintenant, Sage, maintenant! »

« Sur les ailes du vent, je m'envole! », récita Sage d'une voix forte, en fermant les yeux pour échapper à la vue de la terre qui s'approchait à vive allure et en pétrissant sa boussole avec autant de vigueur. « Sur les ailes du vent, je m'envole! Sur les ailes du vent, je m'envole! »

CHAPITRE 6

SAGE SENTIT UNE chaleur soudaine l'envahir, et un éclair éblouissant enveloppa le cockpit. Quoique Sage gardât les yeux fermés, une lumière orange très vive parvint à se faufiler à travers ses paupières.

Puis tout revint étrangement à la normale. Le ronronnement régulier et réconfortant du moteur de Willy C se fit entendre à nouveau, sans signe du bruit horrifiant d'une hélice exténuée ou d'un moteur surmené. Et le hurlement incessant du vent qui les avait accompagnés dans leur descente en piqué avait disparu. Venant de tout près, Sage reconnut une voix, *sa propre* voix qui répétait: « Sur les ailes du vent, je m'envole! Sur les ailes du vent, je m'envole! » jusqu'à ce que l'oncle Dunkirk parle.

« Tu peux ouvrir les yeux maintenant, Sage. ».

Sage ouvrit légèrement les yeux, et fut soulagé de constater qu'ils ne fonçaient plus tout droit vers la terre. Willy C volait dans ses lignes, son moteur vrombissant comme si jamais rien ne s'était passé. Par contre, en dehors du cockpit, le paysage avait changé du tout au tout. Où s'étaient trouvés des vallons et des bosquets disséminés par ci par là, se trouvait maintenant de l'eau, *à perte de vue*.

À la gauche de Willy C s'étendait un océan bleu foncé, parsemé de moutons de mousse blanche. Sage fouilla l'étendue d'eau des yeux, à la recherche d'un point identifiable, un bateau, une voile. Mais il n'y avait que de l'eau jusqu'à la ligne d'horizon.

Sage se tourna pour regarder du côté droit, et fut stupéfait de découvrir que Willy C longeait une masse de terre au beau milieu de l'océan. L'île s'étendait sur environ huit kilomètres en longueur, et environ la moitié en largeur. Trois grosses collines, couvertes de broussailles vert émeraude, s'élevaient vers le ciel, donnant à l'île l'allure d'un chameau à trois bosses. Des forêts touffues de palmiers encerclaient le pied de chaque colline, dissimulant le sol par leur ombrage. Plus loin sur la côte, l'île était tachetée de plages de sable blanc immaculé, et les contours d'un magnifique récif de corail se devinaient à travers l'eau.

« Où sommes-nous, Sage? », demanda l'oncle Dunkirk, la voix emplie d'émerveillement.

« À vrai dire, répondit Sage nerveusement en observant l'île en bas, je ne sais pas. Le sol s'approchait tellement vite que je n'arrivais pas à me concentrer et à trouver un endroit. J'avais trop peur.

« Eh bien, nous sommes bien loin de Spruce Ridge, alors tu as dû penser à quelque chose, fit l'oncle Dunkirk. Puis, avec un sourire, il ajouta: Profitons-en donc. Pourquoi n'explorons-nous pas cette petite île? »

Sur ces mots, l'oncle Dunkirk fit faire à Willy C un virage sur l'aile. Le Spitfire réagit immédiatement, et descendit en altitude pour suivre les pourtours de l'île. Comme ils longeaient l'extrémité nord de l'île, une petite crique apparut, enclavée par deux hautes falaises de chaque côté. En observant les gigantesques falaises, Sage devina que le bras de mer s'avançait en louvoyant profondément à l'intérieur de l'île, en laissant une trace d'eau derrière lui. Autrement, le côté nord de l'île semblait complètement impénétrable.

La côte est de l'île semblait également protégée. De hautes falaises surplombaient la mer, et à leur pied, des rochers massifs jaillissaient au milieu du ressac afin de protéger le littoral de l'assaut de l'océan et de ses lames de houle qui s'écrasaient sur lui en soulevant des gerbes d'embrun vers le ciel. Tandis que Sage s'émerveillait des gigantesques trombes d'eau que projetaient les vagues déferlantes, l'oncle Dunkirk observa tout haut: « Pas de signe de vie jusqu'à maintenant. »

Il avait raison. Jusqu'à maintenant, ils n'avaient vu aucun signe de présence humaine sur cette île. Aucun village ou habitation n'était apparue à travers la verrière. Pas de villa luxueuse ou même de belvédère construit au sommet des trois collines. Pas de touriste se faisant dorer au soleil sur la plage ou d'enfants pataugeant dans l'écume. Et, plus étrange encore, il n'y avait pas de hors-bord, de jet ski ou de paquebot de croisière dans les eaux entourant l'île, une chose impensable à notre époque. À bord de

Willy C, l'île avait l'air complètement déserte.

« Je crois voir un bon endroit pour atterrir là-bas », dit l'oncle Dunkirk, en dirigeant l'avion vers une vallée profonde près du centre de l'île. Une clairière naturelle semblait s'être formée à l'orée de la forêt, entre deux collines. « Nous y regarderons de plus près quand nous aurons fini notre tour de reconnaissance. »

Willy C s'approchait maintenant de l'extrémité sud de l'île, après avoir dépassé la dernière colline de l'île, quand l'oncle Dunkirk s'écria au comble de l'excitation: « Sage! Juste au-dessous de nous! »

Suivant les indications de l'oncle Dunkirk, Sage aperçut ce qui ressemblait à un petit fort en bois, bâti au sommet d'un tertre. La construction était carrée, et on avait défriché un modeste périmètre tout autour. Les murs du fort étaient faits de rondins attachés solidement. Leurs extrémités avaient été taillées en pointes dirigées vers le ciel. À l'intérieur de la petite enceinte, il y avait un bâtiment carré, mais encore une fois, personne ne courut à l'extérieur, intrigué par l'intrusion bruyante de Willy C.

« S'il y a quelqu'un sur cette île, nous le saurons bien assez tôt », déclara l'oncle Dunkirk avant de virer de bord et de diriger Willy C tout droit vers le fort. L'oncle Dunkirk fit descendre l'avion à quinze mètres à peine au-dessus de la futaie, puis chargea au-dessus de l'enceinte avec un grondement à rendre sourd.

Sage se retourna sur son siège pour voir si leur

passage avait déclenché une quelconque réaction. Il n'y en eut aucune, à sa plus grande déception. Personne ne sortit de sa cachette ou courut pour se mettre à l'abri. Ou bien le fort avait été abandonné il y a fort longtemps ou alors ses occupants s'étaient absentés.

« Nous irons y voir de plus près une fois qu'on aura atterri », dit l'oncle Dunkirk, une pointe de déception dans la voix.

En inclinant le manche, l'oncle Dunkirk changea de cap pour continuer leur visite aérienne au-dessus de la côte sud. Alors qu'ils contournaient la dernière colline, un énorme lagon apparut, niché sur la rive opposée de l'île et protégé des vagues violentes qui s'échouaient sur l'île. Son eau, d'un bleu cristallin, brillait comme un diamant et promettait une baignade rafraîchissante. Comme Willy C s'approchait, une menace se précisa sous leurs yeux: des silhouettes noires sillonnaient le fond du lagon, leurs queues fendant l'onde énergiquement.

« Des requins, précisa l'oncle Dunkirk, on les reconnaît par leur… »

Bada boum!

L'écho d'une détonation retentissante se propagea dans l'île, en provoquant des envolées d'oiseaux affolés. Sage se retourna sur son siège pour regarder derrière eux quand un gros objet noir siffla aux côtés de Willy C.

« Mais qu'est-ce que c'était que ça? », cria Sage en se tortillant dans tous les sens dans le cockpit arrière dans l'espoir de mieux voir.

La réaction de l'oncle Dunkirk ne se fit pas attendre. Il fit virer Willy C brusquement vers la droite. « Je crois qu'on nous attaque », dit-il. Il tendit le cou lui aussi pour regarder par le hublot du cockpit, en essayant de déterminer l'origine de la mystérieuse détonation.

Bada boum!

À nouveau, le grondement tonitruant troubla la quiétude de l'île paradisiaque. Du coin de l'œil, Sage aperçut un nuage de fumée blanche provenant d'un coin du lagon masqué par un mur de palmiers. Mais avant même qu'il ne puisse prononcer une parole, son monde chavira.

La deuxième boule noire atteint l'extrémité de l'aile droite de Willy C, en secouant l'avion d'une manière épouvantable et en projetant Sage et l'oncle Dunkirk violemment vers la gauche. Sage reprit rapidement ses esprits et regarda par le hublot du cockpit. Il fut horrifié de voir un trou percé dans l'aile droite.

Bada boum!

Dans le cockpit avant, l'oncle Dunkirk lutta pour garder le contrôle de l'appareil, agrippant le manche entre ses deux poings fermés et en tentant de neutraliser le choc qui se répercutait dans tout l'avion. Afin de s'éloigner des assaillants, il fit passer Willy C en vitesse supérieure et le fit monter plus haut pour qu'il soit rapidement hors d'atteinte du feu de l'ennemi. Willy C passa au-dessus du lagon et s'éloigna de l'île, en regagnant la mer.

« Nous sommes touchés, Sage, et il faut nous poser », annonça l'oncle Dunkirk. Ses yeux allaient d'instrument en instrument et se posaient hors du cockpit pour examiner l'aile droite. « Je vais tenter de me rendre jusqu'à la clairière au centre de l'île. Nous n'avons pas le choix. »

L'oncle Dunkirk fit virer Willy C avec précaution, en évitant d'exercer trop de pression sur l'aile endommagée. Il semblait maintenant avoir repris le contrôle de l'appareil, mais Sage se sentirait tout de même plus rassuré quand ils auraient regagné la terre ferme.

Willy C filait au-dessus de l'océan le long du rivage, en s'éloignant du lagon. Bientôt, la première colline imposante apparut à leur gauche, et Sage sentit Willy C ralentir.

« Nous n'avons pas le temps de vérifier de quoi a l'air cette clairière, il se peut donc que l'atterrissage soit un peu brutal, Sage. Vérifie que ta ceinture est bien bouclée, et accroche-toi! »

Sage tira sur sa ceinture, mais elle le comprimait déjà dans son siège. Il appuya son dos contre le dossier. Willy C descendait en roue libre, quelques mètres à peine au-dessus des arbres. Le feuillage devint une tache floue de vert et de marron, sous l'avion.

Finalement, la forêt sous l'appareil disparut, et le sol se précipita à leur rencontre. Willy C glissa au-dessus de la clairière et rasa le sol de la vallée.

« Nous y voilà, Sage. Tiens bon. »

L'oncle Dunkirk fit basculer Willy C vers le bas pour franchir la distance qui les séparait du sol, en tentant un atterrissage mouvementé sur la piste de fortune. Willy C sembla planer un bref instant avant que ses roues ne touchent terre et rebondissent sur le sol dur. Ils atterrirent à nouveau en cahotant, et cette fois-ci, les roues s'accrochèrent au sol, en les faisant rouler à grande vitesse en direction d'un talus d'arbres à l'extrémité de la clairière.

Sage eut l'impression d'être un pot de peinture dans un malaxeur. Son corps fut secoué violemment dans le cockpit arrière en absorbant le choc de l'atterrissage brutal et de cette course sur une terre inégale sous les roues. Dans le cockpit avant, l'oncle Dunkirk sembla bondir hors de son siège. En faisant appel à toute la force dont il était capable, il appuya sur les freins, en tentant de réfréner l'allure de Willy C. Alors que la lisière de la forêt s'approchait dangereusement, Sage se dit qu'il serait triste d'avoir survécu à un plongeon trompe-la-mort de neuf mille mètres, sans compter l'attaque traîtresse d'un ennemi mystérieux, pour trouver finalement la mort dans un écrasement d'avion alors que l'engin était déjà au sol.

Ils fonçaient tout droit sur les arbres qui bordaient la clairière, leurs larges troncs surplombant le terrain découvert et menaçant d'arracher les ailes de Willy C. L'oncle Dunkirk continuait à freiner vigoureusement en poussant de plus en plus fort, et réussit à faire ralentir Willy C. Les longues feuilles de palmier qui pendaient juste devant l'appareil se retrouvèrent sous l'hélice et volèrent en éclats. Puis, avec un cahot bienvenu, Willy C s'immobilisa.

Ils avaient survécu une fois de plus. Ils retrouvaient le plancher des vaches, sains et saufs. Enfin, c'est ce qu'ils croyaient.

CHAPITRE 7

« **CE N'EST PAS** mon atterrissage le plus réussi, observa l'oncle Dunkirk d'un ton pince-sans-rire, mais compte tenu des circonstances, ce n'est pas le pire non plus. » Après avoir détaché sa ceinture, l'oncle Dunkirk ouvrit la verrière et grimpa sur l'aile. Sage réussit à s'extirper de son siège et sortit aussi. Il avait toujours sa boussole Jim Hawkins dans la main. Et après avoir vérifié qu'elle fonctionnait toujours – nord, sud, est, ouest – Sage remit le précieux instrument dans sa poche et essuya ses paumes moites sur l'arrière de son jean. Après les nombreuses catastrophes qu'ils avaient évitées aujourd'hui, la boussole portait chance, il n'y avait aucun doute là-dessus.

« Nous devons faire vite, Sage », conseilla l'oncle Dunkirk en balayant du regard la clairière, pour le moment déserte. « Ceux qui ont tiré sur nous sont peut-être partis à notre recherche. »

L'oncle Dunkirk sauta de l'aile, et Sage le suivit, foulant le sol de cette île mystérieuse pour la première fois. « Sors les sacs à dos du compartiment arrière pendant que je prends quelques mesures. Il faudra s'occuper de réparer l'aile plus tard. »

Obéissant aux instructions de son oncle, Sage

ouvrit le compartiment à bagages à l'arrière et réussit à sortir les sacs à dos. Puis, en les soulevant par les courroies, il les transporta cinquante mètres plus loin et il les plaça derrière les racines entremêlées d'un banian imposant, où ils ne seraient pas dans le chemin, se dit-il.

Pendant ce temps, l'oncle Dunkirk s'appliquait à mesurer la distance qui séparait les arbres, juste devant Willy C. En tapant dans ses mains, il annonça: « Cet endroit est parfait. Et Willy C a été assez gentil pour couper quelques feuilles de palmier pour nous. Sage, je voudrais que tu ramasses autant de feuilles et de branches que tu peux trouver et que tu me les apportes aussi vite que possible. Je vais déplacer Willy C. » En grimpant à nouveau sur l'aile, l'oncle Dunkirk le mit en garde: « Et ne t'enfonce pas trop dans le bois. Nous ne savons pas ce qui s'y trouve. »

En essuyant la sueur sur son front avec son avant-bras, Sage courut dans la forêt et commença à ramasser des tas de feuilles de palmier. Le sol de la forêt tout entière était également couvert de branches qu'une tempête tropicale ou un ouragan avait probablement fait tomber. Une fois que ses bras ne purent plus en porter davantage, Sage revint sur ses pas jusqu'à la clairière et laissa tomber son paquet près de l'avion.

Sage en était à son troisième voyage dans les bois quand il entendit le moteur de Willy C tourner au ralenti. Le mouvement de l'hélice souffla un amas de terre et de feuilles virevoltant entre les arbres, et Sage fut forcé de se couvrir les yeux et de se réfugier plus loin dans la forêt. Tandis qu'il courait, Sage aperçut un rayon lumineux se faufilant à travers la cime des arbres, à une centaine de mètres devant lui. En regardant dans cette direction, Sage se demanda pourquoi les arbres se faisaient plus rares à cet endroit précis, en laissant un tel flot de lumière se frayer un chemin. Y avait-il là une autre clairière? Peut-être une habitation construite au milieu de la forêt?

Sage décida de faire une petite enquête. Après tout, une minute de plus ou de moins n'allait pas changer le cours des choses, et il risquait de faire une découverte importante.

Il courut vers la lumière, en se frayant un chemin entre les arbres. Alors qu'il s'en approchait, une pluie de rayons de soleil venue du ciel l'aveugla. En levant le bras pour se protéger les yeux, Sage trébucha vers l'avant. Il tenta de se ressaisir, mais ses pieds refusèrent de lui obéir. Le sol compact de la forêt avait cédé sa place à de l'argile meuble et fit glisser Sage sur une vague poussiéreuse de cailloux et de terre. Ses chaussures de sport semblaient bouger toutes seules le long d'un talus. Sage dévalait une pente à toute vitesse et il n'avait nulle envie de savoir où ce chemin vertical menait.

Affolé, Sage se retourna en cherchant quelque chose à agripper. À sa gauche se trouvait un arbre noueux aux branches arthritiques qui pourrissait. Sage tomba sur les genoux, mais réussit à saisir une des branches avec son bras droit. Il sentit une douleur atroce au tibia gauche, mais l'ignora. La douleur pouvait attendre, stopper cette dégringolade vertigineuse était plus pressant.

Bien que la branche craquât avec fracas sous son poids, elle demeura fermement attachée à l'arbre, ce qui permit à Sage d'arrêter sa chute. En poussant un soupir de soulagement, Sage commença à tapoter doucement le schiste argileux pour prendre pied, ce qui détacha un jet de pierres et de terre qui tombèrent dans le vide derrière lui. Finalement, il parvint à se hisser en haut du talus, où il se laissa tomber, épuisé.

Le cœur battant furieusement, Sage jeta un bref regard à son tibia gauche. Son jean déchiré laissait voir une vilaine blessure couverte de poussière rougie par le sang. Sage se cracha sur les doigts et nettoya doucement la coupure, en prenant soin de ne pas frotter trop fort. « Super, murmura-t-il, et quoi encore? »

En se servant de l'arbre comme béquille, Sage se releva. Une fois qu'il eut retrouvé son équilibre, il se pencha prudemment vers l'avant en agrippant fermement la branche, pour regarder en bas du talus. Ce qu'il vit le fit frissonner: le talus de schiste argileux s'étendait sur trois mètres à peine avant de devenir une gorge escarpée d'une profondeur d'une centaine de mètres. Tout en bas, un ruisseau strié de rochers coulait faiblement. Sage supposa qu'il était nourri par la crique qu'ils avaient vue du haut des airs. Si l'arbre n'avait pas été là, Sage et ses chaussures de sport auraient glissé par-dessus le rebord, et il aurait fallu dire adieu à la vie.

Sage tapota sa boussole Jim Hawkins pour préserver sa bonne fortune. Puis en retournant vers la clairière, il remarqua pour la première fois que les bois s'étaient tus à nouveau. Le moteur de Willy C ne ronronnait plus. *L'oncle Dunkirk doit avoir fini.*

Sage ramassa autant de branches qu'il pouvait en porter et marcha à pas lents vers la clairière. L'oncle Dunkirk avait garé l'avion entre deux arbres rapprochés, tout comme il l'avait fait dans le champ près de Spruce Ridge. Il avait disposé quelques feuilles de palmier contre le fuselage, ce qui camouflait quelque peu l'avion, mais l'oncle Dunkirk n'était pas dans les parages.

« Oncle Dunkirk! », appela Sage, en essayant de ne pas crier trop fort. Il marcha vers l'avion, s'attendant à voir son oncle apparaître, mais il n'y eut aucune réaction à son appel. Même le babillage des oiseaux dans les arbres avait cessé. Une vague d'inquiétude envahit l'esprit de Sage. « Oncle Dunkirk, où es-tu? »

Encore une fois, seul un silence glacial répondit à son appel.

Sage chercha dans les bois environnants, mais l'oncle Dunkirk était introuvable. *Il doit être en train de ramasser du bois,* se dit Sage en laissant tomber son paquet de branches près de Willy C. Les trois quarts de l'avion étaient toujours à découvert, et le soleil faisait reluire son fuselage métallique. Comme le travail était loin d'être terminé, Sage décida d'aller chercher d'autres branches. Cette fois-ci, il tâcherait d'en trouver dans le bois juste derrière Willy C.

Comme Sage faisait le tour de la queue de l'avion, son cœur bondit dans sa poitrine, et il étouffa un cri. Un homme de taille géante et d'allure débraillée gisait sur le sol. Il devait mesurer près de deux mètres et avait de longs cheveux noirs et des muscles saillants. Il avait une mâchoire carrée proéminente et un nez écrasé qui avait dû être cassé une fois ou deux. Il portait un gilet rouge, déboutonné, richement cousu de fil doré et un pantalon noir bouffant, rentré dans une paire de hautes bottes noires.

Sur le front du géant, une tache de sang brillait au soleil, et à ses côtés, gisait une branche d'arbre cassée. Il a dû recevoir un coup de branche sur la tête, pensa Sage. Mais une question demeurait sans réponse: où était l'oncle Dunkirk?

Par le ventre du géant qui se gonflait et s'affaissait, Sage conclut que l'homme respirait toujours. Voulant éviter de réveiller le Léviathan, Sage se mit à reculer sans quitter le géant des yeux. Comme il dépassait la queue de Willy C, il dressa l'oreille, alerté par un bruit. Un son porté par le vent, mais qui ne provenait pas du monde animal. Distant, mais pas trop loin non plus. Ça ressemblait presque à… *un sifflement*?

Sage s'arrêta et tourna la tête d'un côté et de l'autre pour tenter de déterminer d'où provenait ce bruit mystérieux. Comme le son s'amplifiait, Sage se rendit compte qu'il avait raison. Quelqu'un sifflait, et il s'approchait. Ce devait être l'oncle Dunkirk.

Néanmoins, vu les circonstances étranges dans lesquelles il se trouvait, Sage jugea plus prudent de prendre des précautions. Il courut aussi vite que son tibia éraflé le lui permit et se cacha derrière un gros arbre, à plat ventre, les jambes allongées derrière lui. Puis, en espionnant à travers le sous-bois, Sage espéra voir la démarche assurée de l'oncle Dunkirk, sortant du bois et sifflant une chanson joyeuse.

Quelques instants plus tard, Sage vit une silhouette émerger du feuillage et traverser la clairière en direction de Willy C. Sage loucha pour déjouer le soleil éblouissant et regretta de ne pas avoir sa fidèle longue-vue pour mieux voir. Mais c'eut été superflu. Comme la silhouette s'approchait, l'ombre s'évanouit, et les traits de l'homme se précisèrent. En avalant sa salive nerveusement, Sage vit que l'homme n'était pas l'oncle Dunkirk, mais alors pas du tout.

Puis il reconnut l'air que sifflotait l'inconnu: *Ils étaient quinze hommes sur le coffre du mort... Ho, hisse! et une bouteille de rhum!*

CHAPITRE 8

L'HOMME QUI PÉNÉTRAIT dans la clairière était un type maigrelet et nerveux, et beaucoup plus petit que le géant. Il mesurait environ un mètre sept et avait les cheveux bruns, longs jusqu'aux épaules, attachés soigneusement en queue de cheval. Son visage, au teint cramoisi brûlé, était couvert de poils hirsutes. Un nez de faucon trônait au milieu de la figure, juché fièrement au-dessus d'une bouche mince. Il avançait les lèvres pour siffler.

L'homme portait une vareuse blanche aux grandes manches bouffantes ainsi qu'un pantalon noir, également bouffant. Alors qu'il avançait, Sage remarqua sa ceinture, ou plutôt la longue épée menaçante qui y était accrochée. L'homme semblait également porter une espèce de gourde à l'épaule, qui se balançait tandis que l'homme avançait en sifflant gaiement.

L'inconnu s'approcha de Willy C et s'arrêta un instant devant l'hélice noire à quatre pales. Il fixa longuement l'avion et puis il tendit la main, hésitant, pour toucher l'hélice. Il retira sa main soudainement comme si ce simple contact lui avait brûlé la main. Puis, craintif, l'inconnu renifla ses mains.

Sage observa ce curieux spectacle depuis sa

cachette derrière l'arbre. Les appréhensions de l'homme étaient évidentes, mais Sage détecta quelque chose au-delà de sa nervosité, *la cupidité*. Qu'importe qui était cet homme, il était totalement envoûté par Willy C.

L'étrange contemplation de l'inconnu fut interrompue au moment où un grognement de douleur franchit les lèvres du géant terrassé. Le maigrichon s'éloigna vivement de l'hélice, sans lui accorder un autre regard, et fit le tour de l'aile. Arrivé aux côtés du géant, il déboucha le capuchon de la gourde et versa un filet d'eau continu sur le visage de l'homme.

« Mais qu'est-ce… », bredouilla le géant. Son énorme main s'activa et chassa l'eau de son visage, et avec l'agilité d'un chat, d'un *très* gros chat, il se mit à genoux, puis bondit sur ses pieds, les poings brandis, prêt à se battre.

« Doucement, Red, doucement, l'apaisa le maigrichon, en arrêtant de verser de l'eau sur lui. C'est moi, monsieur Hands. »

Bien que le géant continuât à crachoter, la réalité sembla disperser le brouillard dans sa tête. Ses poings colossaux, levés et prêts à affronter toute menace, retombèrent tranquillement de chaque côté de son corps. Puis, avec une voix aussi profonde que les sombres abysses de l'océan, Red demanda: « Qu'est-il arrivé? »

« Tu as reçu un gros coup sur la caboche », expliqua Hands, lui offrant la gourde amicalement.

Red attrapa la gourde et avala quelques gorgées d'eau avant de jeter un regard aux alentours, comme s'il tentait de rassembler les morceaux d'un puzzle dans sa tête. Finalement, ses yeux se posèrent sur Willy C. Il suivit des yeux les contours de l'avion, du nez à la queue, avant de déclarer: « C'était cet oiseau venu du ciel. »

« Le cap'taine a tiré sur l'oiseau depuis le lagon et a atteint l'une de ses ailes, expliqua Hands. Nous cherchions le trésor de Flint au pied de la colline Longue-Vue et nous avons vu l'oiseau se poser dans la clairière. »

« Ça me revient maintenant, répondit Red, bien que sa voix trahît son incertitude. Nous nous cachions dans les bois et sommes sortis furtivement dans la clairière… » L'ahurissement se lisait sur le visage de Red. Il passa la main dans ses cheveux humides et fit une grimace de douleur quand ses doigts touchèrent la plaie béante sur sa tête. « Et c'est tout ce que je me rappelle. »

« Je te le dis, Red, ce démon devait avoir des yeux derrière la tête parce qu'il nous a vus venir, dit Hands. Il se cachait derrière un arbre comme un capon sans cœur au ventre. Quand tu es passé devant lui, il t'a assommé avec cette branche qu'il a cassée en deux sur ta caboche dure. »

À l'idée d'avoir été victime d'un guet-apens, une veine aussi large qu'un lacet jaillit soudainement sur le front du géant, se tortillant et ondulant au-dessus de son sourcil avant de disparaître le long de son œil gauche. Sa voix grave baissa d'un cran et il émit un grognement aux accents effrayants: « Où se trouve ce bougre de froussard? »

« Quand il t'a assommé, les hommes l'ont encerclé rapidement. Le démon a perdu l'envie de guerroyer quand il vit la pointe de mon sabre. Je lui ai assené un grand coup sur la tête avec la garde de ma lame, et les gars l'ont emmené à bord pour que le cap'taine décide de son sort. »

« Je l'attacherai au mestre, rugit Red furieux, la voix pleine de menace, et je l'écorcherai avec le fouet. »

« Ou alors, proposa Hands, une promenade sur la planche, avec les requins juste en dessous, nous fournirait une belle distraction ce soir. Le démon vole, mais sait-il nager? »

Horrifié, Sage écouta l'échange des deux hommes sur la meilleure manière de torturer son oncle. Il sentit la peur le gagner en entendant la description de ces châtiments plus atroces les uns que les autres. Lui et son oncle étaient en grand péril. Ce n'étaient pas le genre d'hommes à écouter la voix de la raison. Il s'agissait de brutes assoiffées de sang. S'il voulait que son oncle soit épargné, il devait se porter à sa rescousse rapidement.

La pierre d'ambre serait aussi une solution, pensa Sage. La pierre d'ambre magique de l'oncle Dunkirk lui permettrait de se téléporter jusqu'à Willy C et de quitter cette île périlleuse. Mais Sage ne voulait pas se fier à la pierre magique. L'oncle Dunkirk était prisonnier, et trop de doutes subsistaient dans son esprit: *Et si on saisissait les possessions d'oncle Dunkirk? Et s'il ne pouvait pas s'enfuir, comme le moine emprisonné par la neige? Et s'ils étaient pris au piège de cette île pour l'éternité?*

Avec un hochement de tête déterminé, Sage se rendit compte qu'il était peut-être la seule chance de survie de l'oncle Dunkirk. Il devrait simplement suivre ces brutes et espérer que le sort lui donne une chance de libérer son oncle de leurs griffes. Il n'y avait pas d'autre solution.

Comme Sage changeait de place pour se préparer à suivre les deux hommes, une petite branche craqua sous ses pieds. Red et Hands firent immédiatement volte-face, alertés par le bruit, et portèrent un regard soupçonneux vers la forêt. Avec un geste économe de ses doigts expérimentés, Hands dégaina son sabre d'abordage silencieusement tandis que Red se baissa pour ramasser la branche cassée qui l'avait assommé plus tôt. En tournant vigoureusement ses poings puissants, il acheva la cassure pour se retrouver avec un bout de branche dans chaque main.

« Qu'est-ce que tu en penses? », demanda Red d'une voix calme, ses yeux balayant attentivement les arbres et le sous-bois.

« Peut-être que le démon s'est échappé du collet et retourne au nid », répondit Hands, ses yeux étudiant aussi les arbres, un par un.

Un sourire diabolique fendit le visage de Red. « J'espère que tu as raison, Hands. Rien ne me ferait plus plaisir que de lui rendre la pareille et de lui fendre le crâne. »

Le cœur battant dans la poitrine, Sage risqua un bref coup d'œil autour du pied de l'arbre. Red et Hands étaient à sept mètres de lui et avançaient lentement, en vérifiant derrière chaque arbre et dans chaque buisson. Hands cinglait le sous-bois de son sabre en envoyant des nuées de feuilles dans les airs. Il accompagnait chaque coup de sabre angoissant par un grand pas en avant dans le feuillage dense.

Red, entre-temps, s'était fait un chemin entre les broussailles du côté opposé à Hands et avançait, d'arbre en arbre, vers Sage. Lui aussi éliminait les arbres et les buissons les uns après les autres d'un coup de sa matraque improvisée. Sage savait qu'il serait pris au piège dans quelques secondes.

Pendant les quelques instants qu'il lui restait, il chercha désespérément une solution. S'il se mettait à courir, Red et Hands le verraient sans nul doute. La forêt était dense, mais les deux brutes étaient assez proches pour le voir. *Est-ce que je peux les battre à la course?* Sage jeta un œil sur la clairière et évalua la distance qui le séparait de l'autre côté, et pensa que dans un sprint de la mort, il pourrait y arriver. Ensuite, il serait capable de les semer de l'autre côté de la forêt. La vitesse ne causait pas d'inquiétude à

Sage. Au cours de la dernière année scolaire, il était arrivé deuxième à l'épreuve sur piste de l'école primaire de Spruce Ridge.

Battre Red à la course ne serait pas trop ardu. Le géant était trop massif pour la vitesse, et avait un autre handicap: une blessure à la tête qui lui causait des élancements. Il n'était pas dans l'état idéal pour courir. Hands, c'était une autre paire de manches. L'homme était svelte et ne semblait pas transporter beaucoup de choses autour de la taille. Sage ignorait s'il saurait se débrouiller à la course, mais l'homme pourrait sans doute lui donner du fil à retordre.

Le temps filait, et Red et Hands s'approchaient à grands pas. D'une façon ou d'une autre, il était temps d'agir. Il sembla à Sage qu'une seule solution s'imposait: traverser la clairière en courant. Au moment où il s'armait de courage et se donnait mentalement un signal de départ pour la traversée de la clairière, une main rugueuse se posa sur sa bouche en appuyant fortement. Sage sentit le poids glacial d'une lame de couteau contre sa gorge, puis entendit un murmure funeste dans son oreille: « Bouge d'un cil, et je te tranche la gorge. »

CHAPITRE 9

SAGE SE FIGEA sur-le-champ. Pas un clignement d'œil, pas un souffle. Il pouvait sentir la paume calleuse brosser ses lèvres comme du papier de verre. Il goûta la saveur aigre de la terre sur sa langue. Mais rien ne le troubla autant que la froideur de la lame de fer appuyée sur sa gorge.

La main calleuse fit lentement tourner la tête de Sage sur le côté. Les yeux écarquillés d'épouvante, Sage osa regarder l'homme, s'attendant à voir un autre monstre musclé. À sa grande surprise, son assaillant était un vieil homme.

Le vieil homme murmura: « Chut! » avant d'enlever le couteau de la gorge de Sage. Puis, en posant un doigt crasseux sur ses lèvres, il enleva sa main posée sur la bouche de Sage.

Maintenant, Red et Hands se trouvaient à cinq mètres à peine. Ils battaient les buissons frénétiquement en s'approchant dangereusement. Le vieil homme jeta un rapide coup d'œil dans leur direction puis il porta son attention vers le sol. En remuant rapidement la terre, il déterra une petite pierre. Puis, avec un autre regard rapide vers Red et Hands, l'inconnu lança la pierre en chandelle de façon à ce qu'elle suive un arc jusqu'à la lisière, de l'autre côté de Willy C.

Patak!

Red et Hands se retournèrent au son de la pierre ricochant sur un arbre. « Le démon, s'écria Hands, en indiquant une direction avec son sabre, il est par là! »

Red et Hands sortirent du bois en chargeant, comme deux taureaux en colère. Ils beuglèrent en passant à côté de Willy C, et traversèrent la clairière dans un assaut déchaîné. Aussitôt qu'ils eurent pénétré dans le bois de l'autre côté, le vieil homme murmura dans l'oreille de Sage: « Par ici. » Puis il s'accroupit pour s'enfoncer plus profondément dans le bois.

À cette étape de ses vacances d'été, Sage se trouvait dans de bien mauvais draps. Il était clair dans son esprit qu'il devait s'éloigner de Red et Hands autant que possible. Mais d'un autre côté, le vieil homme avait menacé de lui trancher la gorge, allant même jusqu'à appuyer la lame d'un couteau contre celle-ci. Néanmoins, il avait ainsi sauvé Sage d'un sort sans nul doute brutal, entre les mains de Red et Hands. L'esprit occupé par plus de questions que de réponses, Sage comprit rapidement que son choix était limité. Et si jamais la pierre d'ambre était saisie et que Sage devait rescaper l'oncle Dunkirk, le vieil homme serait peut-être utile. En regardant Willy C une dernière fois, Sage se pencha aussi et suivit le vieil homme au cœur de la forêt.

Le chemin était parsemé d'embûches, et Sage

devait constamment ralentir pour contourner les arbres, sauter au-dessus de rondins sur le sol et regarder par-dessus son épaule pour voir s'il n'y avait pas d'assaillants derrière lui. Ils marchèrent sans arrêt pendant cinq minutes avant que le vieil homme ne s'arrête enfin au milieu d'un ruisseau. Pieds nus dans l'eau, l'inconnu se tint complètement immobile pour écouter avec la plus grande attention les sons de la forêt. Sage l'imita, en essayant d'identifier tout bruit qui eut l'air singulier. Finalement, quand le vieil homme eut l'air sûr qu'ils étaient hors de danger, il s'accroupit, et en formant une coupe de ses mains, il porta de l'eau à ses lèvres, avant de lever les yeux vers Sage.

Sage se rendit soudainement compte que le vieil homme n'était pas si vieux que ça. L'inconnu avait probablement le même âge que son père, soit trente-cinq ou quarante ans. C'est l'apparence de l'homme qui avait mis Sage sur une fausse piste. Il portait des haillons: une chemise aussi usée que crasseuse et un pantalon en lambeaux ; un gîte pour itinérants n'en aurait même pas voulu. Il était pieds nus. Ses pieds étaient aussi sales que le reste, mais la plante de ceux-ci devait être aussi dure que le cuir à chaussures pour que l'homme ait pu survivre à une telle course dans les bois sans émettre la moindre petite plainte. Ce qui étonnait le plus chez lui, toutefois, c'était sa tignasse. Ses cheveux étaient aussi blancs que les neiges éternelles d'une montagne et lui arrivaient à la moitié du dos. Une barbe semblable, longue de trente centimètres, lui pendait au menton.

« Je crois que je vous dois des remerciements », dit Sage hors d'haleine. Sa poitrine se soulevait fortement après leur course folle, mais il tenait absolument à établir des relations amicales avec son sauveur. Il voulait également en apprendre le plus possible sur cette île étrange, et sur les hommes qui avaient enlevé son oncle. « Merci de m'avoir sauvé de ces hommes. »

« Tu devrais te tenir loin d'eux », répondit brusquement l'homme entre deux gorgées. L'eau coulait sur sa barbe et sur sa chemise, mais il n'avait pas l'air de s'en formaliser.

« Oui, c'est ce que je pense aussi, approuva Sage. Ce n'était pas intentionnel, je ramassais du bois dans la forêt… »

« Oui, je sais, l'interrompit l'homme. J'ai tout vu. »

« Vous avez tout vu? s'étonna Sage, une pointe d'espoir dans la voix. Alors, vous savez ce qui est arrivé à mon oncle? »

L'homme sortit du ruisseau et s'approcha de Sage en mouillant tout sur son passage. « Tu es avec celui qui est tombé du ciel? »

Qui est tombé du ciel? « Oui », répondit Sage prudemment. En choisissant ses mots avec soin, il expliqua: « On a tiré sur mon oncle et moi tandis que nous volions au-dessus de l'île. Il fallait nous poser ou alors nous nous serions écrasés. »

« Tu es un sorcier? », demanda l'homme avec méfiance.

« Un sorcier? bredouilla Sage. Non. Je viens de terminer l'école primaire. »

« Comment peux-tu voler alors? », demanda l'homme, ses yeux bleu pâle plongeant dans ceux de Sage. Ce dernier comprit qu'il devait donner davantage d'explications.

« Avec un avion, bien sûr », répondit Sage stupéfait. Puis, avec un accent de fierté, il ajouta: « Un Spitfire, un Cracheur de feu, pour tout vous dire. »

Le vieil homme recula, comme frappé de stupeur, en se protégeant le visage de ses mains. Sage se retourna, ses petits poings levés, prêts à frapper sur l'ennemi. Il s'attendait à voir Red ou Hands foncer sur lui, en brandissant leur sabre menaçant. Mais il n'y avait personne.

Sage ne comprenait plus rien et se retourna vers l'homme qui tremblait:
« Qu'y a-t-il? Pourquoi avez-vous fait ça? »

« Tu peux cracher du feu! s'écria l'homme effrayé. Il pointa Sage du doigt: Tu es *vraiment* un sorcier! »

Sage comprit tout à coup. Il essaya de calmer l'homme. « Non, non, non, dit-il pour le rassurer, vous ne comprenez pas. Le Cracheur de feu est un type d'avion. Un chasseur de la Deuxième Guerre mondiale. »

L'homme baissa lentement les bras. « La Deuxième Guerre mondiale? répéta-t-il. Entre l'Espagne et l'Angleterre? »

Une fois de plus, Sage était perplexe. *Ce bonhomme-là était vraiment nul en histoire.* « Non, la Deuxième

Guerre mondiale entre les États-Unis, l'Angleterre et l'Allemagne. Oh et le Japon aussi. » Puis, après un moment, les cours d'histoire de Mme Minckler lui revinrent en mémoire. « Et le Canada, ajouta-t-il, et la Russie. Et l'Italie. Et la France. Et plusieurs autres pays. C'était une guerre *mondiale*, après tout. »

L'homme eut l'air complètement abasourdi, et Sage comprit que l'inconnu habitait cette île depuis probablement très, très longtemps. Il était *vraiment* coupé du monde, un peu comme Robinson Crusoé.

« Nous devrions peut-être commencer par le commencement, proposa Sage. Je m'appelle Sage. Heureux de vous rencontrer. » Il tendit la main, et après un moment, l'homme la lui serra.

« Je m'appelle Ben. », répondit-il timidement. Puis, la cérémonie lui donnant de l'assurance, il ajouta: « Je suis fort aise de faire ta connaissance, moi aussi. »

« Bien, sourit Sage. Nous faisons des progrès. Je viens des États-Unis. »

Une fois encore, l'homme ne saisit pas.

« Vous savez, développa Sage, les États-Unis d'Amérique. »

« *Ahhhh*, fit Ben avec un hochement de tête. Tu viens des colonies. Je savais que ton accent était d'ailleurs. » Il gesticula. « Et ton accoutrement. »

« Eh bien, j'imagine que nous étions autrefois une colonie, répondit Sage légèrement perplexe. Je viens d'une ville appelée Spruce Ridge. D'où venez-vous, Ben? »

« Je suis de Cardiff, répondit Ben, de plus en plus à l'aise de converser. Mais il y a trois ans que je suis sur cette île. En fait, tu es la deuxième personne à qui je parle en trois ans. »

« C'est vrai? s'exclama Sage. Je croyais que vous connaissiez les deux hommes de tout à l'heure. »

« Je les connais *de vue*, répondit Ben avec amertume, mais ce ne sont pas mes compères. Ce sont de vils assassins, tous autant qu'ils sont. »

De vils assassins. C'est bien dit. « Vous avez fait naufrage? » demanda Sage.

« Oh non, on m'a sauvagement abandonné. Laissé seul sur ce rivage il y a trois ans, et tout cela à cause de ma cupidité. Tu vois, il y a des années de cela, je naviguais avec le capitaine Flint. Tu as peut-être entendu parler de lui dans les colonies. »

« Non, répondit Sage. Je n'en ai jamais entendu parler. »

« Tu n'as *jamais* entendu parler de Flint, le pirate? s'étonna Ben. C'est curieux. Je croyais que tout le monde avait entendu parler du capitaine Flint. Oh, c'était un homme mauvais, à l'âme noire comme le charbon. À la seule mention de Flint dans une taverne ou une auberge, de Cardiff à Madagascar, la salle devenait aussi silencieuse qu'une église. Il avait cet effet-là sur les gens, Flint. Et j'ai vu des hommes matures tombant à genoux, terrifiés, et braillant comme des marmots, quand ils rencontraient la lame de son couteau. »

Fasciné, Sage écoutait le récit de Ben. « Il y a des

années de cela, j'étais jeune et vigoureux, et habile marin. La légende de Flint avait voyagé jusqu'aux antipodes, et même s'il était craint par les grands de ce monde, les pauvres en avaient fait leur héros. Flint était de basse extraction. Il était né dans les rues de Londres, et avait réussi à améliorer son sort, même si le prix à payer fut élevé. »

« Un jour, ma réputation de marin parvint jusqu'aux oreilles du second de Flint, Hannibal Blight, et très vite, on m'offrit une couchette sur le navire de Flint, le *Walrus*. En pauvre gars de Cardiff que j'étais, rêvant d'échapper à son lot misérable dans l'existence, je sautai sur cette chance. J'y vis la possibilité d'échapper à la pauvreté et au dur labeur des quais de Cardiff. Et il faut l'admettre, cette vie-là semblait glorieuse, voguer sur les sept mers avec l'infâme capitaine Flint. »

« Je perdis rapidement mes illusions sur la gloire d'une vie de flibustier. À peine quelques jours après avoir quitté Cardiff, nous croisâmes une goélette anglaise, voguant sur les vagues. Elle était chargée de marchandises et naviguait en eaux anglaises, à un jour de navigation seulement de la terre, mais cela n'arrêta pas Flint. En tant que nouvelle recrue, on m'assigna la tâche de surveiller les navires de guerre de la couronne depuis le mât de hune. En scrutant l'horizon, j'avais une vue d'ensemble sur le spectacle: l'équipage de Flint aborda la goélette. Ce qui prit au début des allures de farce devint vite terrifiant. L'équipage de

Flint massacra celui de la goélette. Ceux qui n'avaient pas de sabre pour se défendre étaient jetés à la mer et se noyaient ou alors allaient nourrir les requins. Je regardai, horrifié, tous les hommes tomber sous le fer de Flint ce jour-là, et je compris que la vie humaine ne valait pas un seul doublon pour ce forcené. Après avoir pillé le navire, l'équipage de Flint le saborda et l'envoya rejoindre les bas-fonds. »

« Et ce ne fut que la première de nombreuses attaques. Flint était un pirate sanguinaire. L'éclat d'une pièce d'or suffisait à effacer toute compassion de son cœur de pierre, et je vis, maintes et maintes fois, Flint et ses hommes piller et assassiner des hommes, des femmes et des enfants innocents. Ce fut là un choc brutal pour le pauvre gars de Cardiff que j'étais, ce n'était pas ce à quoi je m'attendais, pardi. »

« Quelques mois plus tard, alors que la cale du *Walrus* regorgeait de butins, Flint mouilla dans le lagon d'une île déserte. Il choisit six marins vigoureux et rama jusqu'à terre avec son imposant trésor empilé dans une barque. Puis une fois qu'il eut enterré son trésor, Flint assassina les six hommes... ses *propres* hommes, de sang froid, afin de garder le secret sur l'emplacement du trésor. »

« Las de ces massacres, je quittai le capitaine Flint et le *Walrus* lorsque nous jetâmes l'ancre au port suivant. Je me perdis parmi la foule de marins sur les quais et me cachai dans les collines surplombant la bourgade jusqu'à ce que le *Walrus* mît les voiles avec la marée une semaine plus tard. Plus tard, cette année-là, j'appris qu'un navire de guerre de la couronne anglaise avait coulé le *Walrus* au large du Cap africain et que Flint avait sombré avec le navire. Flint et son équipage disparus, je compris que j'étais probablement le seul survivant à savoir où Flint avait caché son or. Je n'avais qu'à m'emparer du butin. »

« Je réussis à convaincre un armateur de m'emmener ici en échange de la moitié du trésor de Flint. Nous fouillâmes l'île de fond en comble durant douze jours, mais Flint avait caché son butin habilement. Les hommes se découragèrent et certains firent courir la rumeur que j'avais de l'eau de mer dans le cerveau. Ils décidèrent de quitter l'île. Dépités d'avoir perdu des gages et du temps, ils me laissèrent seul ici pour chercher le trésor de Flint. Et je suis ici depuis trois longues années. »

« Eh ben, dis donc », fit Sage perdu dans ses pensées, ne sachant pas quoi dire. Le récit de Ben l'avait secoué jusqu'à la moelle: le capitaine Flint, les pirates, les navires de la couronne, un trésor caché. Les morceaux commençaient toutefois à se mettre en place. *Pas étonnant que Ben croie que je suis un sorcier et que je m'habille drôlement.* Tandis que Sage tentait d'assembler le casse-tête, une question toute bête lui vint à l'esprit.

« En passant, Ben, savez-vous où nous sommes, exactement? Connaissez-vous le nom de l'île? »

« Pardieu, répondit Ben. C'est l'île au Trésor. »

CHAPITRE 10

L'ONCLE DUNKIRK REVINT à lui au moment où l'eau salée de l'océan emprisonnait sa tête. Il crachota et paniqua, et comme il essayait de mettre ses idées au clair, une main l'empoigna par les cheveux sans ménagement et lui sortit la tête de l'eau.

« C'est ça, camarade, résonna un accent cockney dans ses oreilles. On se réveille! »

L'eau salée coula sur le visage de l'oncle Dunkirk, en faisant retomber les pointes de sa moustache noire, qui perdit de son panache en ressemblant à du spaghetti mou. Il s'essuya le visage et cligna des yeux pour débarrasser ses cils de l'eau salée. Puis en secouant la tête d'un bord à l'autre, il tenta de remettre ses idées en ordre. Quand le brouillard commença à se dissiper dans son esprit, deux pensées s'imposèrent à lui: sa tête le faisait *atrocement* souffrir, et il y avait quelque chose dans l'eau.

« Je te conseille de sortir ton bras de l'eau, camarade », suggéra une voix qui sembla émaner de l'éther qui enveloppait l'esprit de l'oncle Dunkirk.

Tandis qu'il relevait sa tête en proie à des élancements, l'oncle Dunkirk tenta de comprendre ce qui se passait. Il était allongé sur le ventre, à l'avant d'une chaloupe, son bras gauche pendant dans l'eau tiède. Quatre hommes assis derrière lui, agrippaient fermement des avirons. Ils ramaient de toutes leurs forces à contre-courant, tandis qu'un cinquième homme était assis à côté de lui pour le surveiller. L'oncle Dunkirk étudia les rameurs et remarqua que chacun d'entre eux avait l'air louche de ceux qui ont souvent maille à partir avec la police. C'étaient des hommes endurcis, fort en muscles et zébrés d'étranges tatouages sur le dos. Avec le prochain coup d'aviron, l'oncle Dunkirk comprit que les drôles de tatouages *n'étaient pas* des tatouages du tout. C'étaient des marques de fouet. Certaines étaient fraîches, d'autres plus anciennes, mais chaque cicatrice trahissait une cruauté sans nom.

Le marin à l'accent cockney était assis à côté de l'oncle Dunkirk et lui offrit un sourire crochu. Le bout de trois dents cariées apparut entre ses lèvres gercées: « Sors-le, camarade, répéta-t-il sur un ton plus insistant. Sors ton bras de l'eau. »

Quand les paroles de l'homme traversèrent enfin le brouillard, l'oncle Dunkirk, tourna sa tête lourde et regarda la mer. À moins de trois mètres de la chaloupe, un énorme aileron fendait l'eau, en laissant des bulles dans son sillage. L'aileron n'était que la partie visible d'un requin qui fonçait tout droit sur son bras gauche, la gueule béante d'anticipation.

Soudain alerte, l'oncle Dunkirk sortit son bras de l'eau au moment où la tête du requin brisa la surface et heurta violemment la coque de la chaloupe. La gueule de la bête était de la taille d'un gigantesque piège à ours et laissait entrevoir des rangées de dents étincelantes et effilées. Comme le requin poursuivait son chemin, l'oncle Dunkirk entendit le *clac* redoutable de ses mâchoires puissantes.

« Trois yards, fit remarquer le Cockney. Avec des dents aussi aiguisées que mon sabre. »

L'oncle Dunkirk sentit la nausée monter en lui et fut pris d'une toux soudaine et de haut-le-cœur. En faisant appel au peu de force qu'il lui restait, il réussit à se redresser et à se réfugier sur le banc à l'avant, loin des eaux infestées de requins.

Sage! Une lumière fulgurante s'alluma dans son cerveau et dans un moment de lucidité, il se rappela ce qui s'était passé. Il avait atterri dans la clairière, puis il avait envoyé Sage dans les bois pour aller chercher de quoi camoufler Willy C. Une fois qu'il avait dissimulé l'avion entre deux arbres, il avait entrepris de disposer des feuilles et des branches de palmier sur le fuselage de l'appareil pour le dissimuler aux regards indiscrets. En retournant dans le bois chercher d'autres feuilles de palmier, il avait vu un comité d'accueil sortant du bois et s'approchant de l'avion. Néanmoins, à la vue des armes menaçantes entre les mains des inconnus, il en avait conclu qu'ils ne venaient pas lui souhaiter la bienvenue sur l'île.

L'oncle Dunkirk avait bien tenté de s'échapper, mais il était pris au piège. Les inconnus s'étaient déployés dans la forêt et prévoyaient visiblement d'entourer Willy C avant de signaler leur présence. L'oncle Dunkirk décida d'opter alors pour une autre tactique. Sage allait revenir d'un moment à l'autre, et l'oncle Dunkirk voulait gagner le plus de temps possible pour son neveu. Il se glissa derrière un gros palmier, et attendit qu'un des maraudeurs passe devant lui.

Après avoir sauté sur un géant, il avait frappé comme Babe Ruth. La dernière chose dont il se souvenait, était la pointe d'un sabre sous son nez. Puis tout devint noir.

Pendant une fraction de seconde, l'oncle Dunkirk jongla avec l'idée de nager jusqu'à la rive. Il devait retrouver Sage. Mais l'incident avec le requin le dissuada sur-le-champ. C'était une chose de se retrouver face à face avec un requin, revêtu d'un scaphandre (ce dont il avait l'habitude) ; c'en était une autre de traverser le lagon à la nage comme un fou, en frappant l'eau comme un phoque blessé. Ce serait suicidaire.

En comprenant qu'il était pris au piège pour l'instant, l'oncle Dunkirk mit sa tête entre ses mains et poussa un grognement. Une douleur lancinante prit son crâne d'assaut, et un examen rapide du bout des doigts lui révéla une bosse de la taille d'une pièce de monnaie. Autrement, il se sentait aussi bien que d'habitude, exception faite d'un léger étourdissement.

C'est alors qu'il aperçut le navire le plus magnifique qu'il avait vu de toute sa vie.

Le bateau, mouillant dans les eaux turquoise du lagon, était d'une beauté à couper le souffle. Il avait deux hauts mâts s'élevant au-dessus du pont, drapés de voiles d'un blanc éblouissant. Un poste d'équipage d'arrière très élevé commandait la poupe tandis qu'un poste d'équipage d'avant légèrement plus court gardait la proue. Le pont principal était long et occupé par de nombreux marins, juchés sur le bastingage et qui hurlaient des encouragements. L'oncle Dunkirk se demanda si leurs cris étaient destinés aux rameurs ou au requin.

Après un moment, l'oncle Dunkirk arracha ses yeux de sa contemplation pour se concentrer sur sa nouvelle réalité. Il examina le paysage environnant et observa qu'il se trouvait au milieu d'un lagon, dans un endroit tropical. Il était prisonnier, mais en retrouvant ses esprits, il se rappela que l'évasion ne dépendait que d'une petite formule magique de huit mots. Après tout, il avait toujours la pierre d'ambre.

En s'efforçant de ne pas se faire remarquer, l'oncle Dunkirk se dépêcha de calculer mentalement la longueur de la chaloupe. L'embarcation faisait sans doute cinq mètres, mais la courte distance devait être suffisante pour lui permettre de se téléporter sur la rive tout au moins. Ensuite, il pourrait semer les inconnus en courant sur la plage pour ensuite se téléporter de nouveau jusqu'à Willy C, et, avec un peu de chance, jusqu'à Sage. Il ne leur resterait plus qu'à s'envoler avant le retour des brutes, et se diriger vers un endroit plus tranquille, comme Disneyland.

En évitant soigneusement d'attirer l'attention, l'oncle Dunkirk fit dos à ses geôliers en faisant semblant de regarder le paysage. Quand il fut certain que personne ne le regardait, il glissa sa main dans sa chemise. La seule chose qu'il y trouva fut sa poitrine velue. Fou d'inquiétude, l'oncle Dunkirk glissa ses doigts sur son cou, en cherchant la cordelette de cuir. Son cœur bondit dans sa poitrine. Pas de trace ni de la cordelette, ni de la pierre d'ambre.

L'oncle Dunkirk se tourna sur son siège et observa nerveusement les marins, occupés à ramer. Ils avaient tous enlevé leur vareuse pour ramer, et aucun d'entre eux n'avait de cordelette de cuir autour du cou. L'angoisse s'empara de l'oncle Dunkirk. Sage était seul dans une contrée inconnue, et la pierre d'ambre avait disparu. *Que faire?*

Puis, tout à coup, au plus profond du désespoir, naquit chez l'oncle Dunkirk une nouvelle émotion réjouissante: la volonté. Le regard plein de détermination, l'oncle Dunkirk se dit qu'il devait échapper à ses geôliers, trouver Sage et retrouver la pierre d'ambre. Il n'y avait pas d'autre issue. S'il échouait, ils seraient prisonniers de cette île – dont il ignorait le nom – à jamais. Ou pire encore, ils seraient tués. Pas tout à fait les vacances qu'il avait voulu offrir à son neveu.

« Ohé, du bateau! »

L'oncle Dunkirk leva la tête et vit que la chaloupe était maintenant à quelques mètres du grand navire.

Quelques marins mal dégrossis s'étaient hissés sur le bastingage, et hurlaient des salutations grossières et des railleries à l'intention du prisonnier. La chaloupe se colla contre le navire, les rameurs rangèrent leurs avirons, puis attachèrent la chaloupe à l'aide de filets qui pendaient sur le côté du navire.

En sautant sur ses pieds, le marin Cockney dégaina son sabre et poussa rudement l'oncle Dunkirk avec la pointe. « Monte, camarade. Le capitaine t'attend. »

L'oncle Dunkirk agrippa le filet de cordage et se hissa hors de la chaloupe. Il escalada le bord du navire échelon par échelon, et quand il fut près du but, des mains l'empoignèrent par la chemise et le soulevèrent par-dessus le bastingage en le laissant tomber sur le pont sans ménagement. L'oncle Dunkirk roula sur le dos en grimaçant de douleur, puis s'assit, en regardant le groupe de rustres devant lui.

C'étaient des hommes endurcis, et tous avaient la mine patibulaire des rameurs. Plus d'une vingtaine d'hommes encerclèrent l'oncle Dunkirk. L'équipage au complet avait délaissé sa besogne pour assister au spectacle qui se déroulait sur le pont. Étrangement, personne ne parla ou ne prit d'initiative.

Après un malaise qui dura une minute, un murmure se répandit parmi l'équipage, et le cercle se brisa pour laisser passer un homme. Il était de stature imposante, et l'oncle Dunkirk remarqua que la plupart des marins avaient baissé les yeux et s'écartaient pour le laisser passer.

L'homme portait un tricorne qui cachait sa longue chevelure ébène du soleil brûlant. Il était vêtu d'une riche redingote, cousue de fils d'or et ornée de boutons de cuivre étincelants. Ses yeux étaient noirs comme le charbon sans en dégager la chaleur. Son nez long et pointu était flanqué de joues creuses. Ses lèvres minces esquissaient un sourire sadique. L'oncle Dunkirk sentit un frisson le traverser dès que leurs yeux se croisèrent.

L'homme s'avança, et l'oncle Dunkirk entendit un léger *toc* sur le pont. Il s'aperçut alors que l'homme avait perdu la presque totalité de sa jambe droite. Elle avait été amputée au-dessus du genou, et le bas droit de son pantalon était relevé et retenu par une petite ficelle sous le moignon. Partant de celui-ci, un pilon taillé à la main soutenait l'homme. Ce dernier s'appuyait sur une béquille en forme de Y qu'il tenait sous le bras droit.

L'homme s'arrêta juste devant l'oncle Dunkirk et baissa les yeux vers lui d'un air mauvais. L'oncle Dunkirk croisa son regard et sentit un autre frisson lui traverser l'épine dorsale ; c'était comme regarder le démon dans les yeux.

L'homme parla enfin, d'une voix coupante comme le verre:

« Bienvenue à bord de l'*Hispaniola*. Je suis le capitaine du navire, John Silver. Nous avons beaucoup de choses à nous dire. »

CHAPITRE 11

« **L'ÎLE AU TRÉSOR!** s'exclama Sage, son esprit encaissant le choc. Ça ne peut pas être l'île au Trésor! »

Ben se tenait devant lui, l'air déconcerté. « Bien sûr que c'est l'île au Trésor! J'ai orienté le navire précisément selon les coordonnées, pardi! Et il s'agissait des mêmes coordonnées que celles du capitaine Flint, des années auparavant. »

« Non, vous ne comprenez pas, répliqua Sage, en essayant de démêler l'écheveau. L'île au Trésor n'est pas un endroit réel. C'est de la fiction. Une histoire. »

« Bien sûr que c'est un lieu réel! rétorqua Ben en colère. Nous sommes ici, non? » Il ramassa un tas de cailloux dans le lit du ruisseau. « Et ces cailloux sont réels, non? Et cette terre? Et l'eau de ce ruisseau? »

« Non, Ben, c'est vous qui ne comprenez pas, tenta d'expliquer Sage. *L'Île au Trésor* est un livre écrit par Robert Louis Stevenson. C'est une histoire inventée de toutes pièces. »

« Eh bien, je ne connais pas grand-chose sur la lecture ou sur les livres de monsieur Stevenson, mais je sais que l'île au Trésor existe. Tout comme moi, j'existe. Je ne sais pas ce qu'ils vous enseignent dans les colonies, Sage, mais les livres empoisonnent la cervelle. Ne le sais-tu donc pas? »

« Je suis sérieux, Ben, lança Sage, en s'enfonçant encore davantage, mais incapable d'arrêter. Je ne me souviens pas bien du livre, mais j'ai vu le film à la télé il y a quelque temps. Il y avait un pirate qui menait tout le monde en bateau, tout en essayant de voler un trésor caché. C'était un affreux bonhomme. Oh, et il y avait même un type comme vous, Ben. Un homme qui avait été laissé en rade sur l'île. Comment s'appelait-il déjà? Gunn! C'est ça, Ben Gunn! »

Sage s'arrêta net. Le nom avait traversé ses lèvres sans que sa tête eût le temps de l'enregistrer. *Ben Gunn. Un marin abandonné. Des pirates.*

Ben se figea devant Sage, la bouche grande ouverte et ses yeux aussi ronds que des roues de locomotive. Puis il leva son bras en tremblant, en pointant Sage du doigt, la voix chevrotante: « Tu es *vraiment* un sorcier! »

Ben tourna sur les talons et détala. Il sauta par-dessus le ruisseau avec aisance et s'enfonça dans le sous-bois de l'autre côté. Trois ans de réclusion sur l'île au Trésor semblaient avoir rempli Ben de crainte et de méfiance.

Sage se mit à courir de toutes ses forces en tentant de soutenir la cadence du marin aux abois. Sans ralentir, il lui cria, pour calmer ses craintes: « Ben! Arrêtez! Vous devez me croire! Arrêtez, Ben! »

En vain. Ben lui échappait. Il courait à vive allure, et Sage était en terrain inconnu. Bientôt, il perdrait Ben de vue dans ce labyrinthe d'arbres et de buissons, et tout espoir de sauver l'oncle Dunkirk serait perdu. Il serait seul et perdu sur cette île aux mille et un périls.

Il fouilla dans son esprit pour trouver quelque chose qui puisse tranquilliser Ben, la moindre parcelle d'information qui prouverait à Ben qu'il n'était pas un sorcier et qu'il n'était pas tombé du ciel. Un déclic se fit dans son esprit ; oui, voilà comment les choses s'étaient passées. Sage comprit maintenant comment lui et l'oncle Dunkirk s'étaient retrouvés sur l'île au Trésor.

Il ne restait que quelques secondes avant l'écrasement, Willy C fonçait droit sur le sol. Les idées défilaient à toute vitesse dans la tête de Sage, et le sol se rapprochait dangereusement. L'oncle Dunkirk criait: « Maintenant, Sage, maintenant! », et Sage réagit en prenant sa boussole porte-bonheur dans sa main et en récitant ces mots: "Sur les ailes du vent, je m'envole!" Sa boussole porte-bonheur. La boussole porte-bonheur *Jim Hawkins*, probablement trouvée dans une boîte de céréales lorsque le film *L'Île au Trésor* était sorti au cinéma.

« Il y avait aussi un garçon, cria Sage à Ben, qui s'éloignait de plus en plus. Il s'appelait Jim Hawkins! »

Sur ces mots, Ben s'arrêta net.

CHAPITRE 12

AU COURS DE toutes ces années passées à se téléporter d'un lieu à l'autre, l'oncle Dunkirk avait vu nombre d'endroits merveilleux et même assisté à des événements historiques, mais jamais il ne s'était retrouvé face à face avec une création littéraire. Et Long John Silver était un personnage malfaisant comme il s'en fait peu.

En dissimulant sa stupéfaction, l'oncle Dunkirk planta son regard dans les yeux noirs de Silver et acquiesça: « Oui, capitaine. Nous avons beaucoup de choses à nous dire. »

Au signe de tête de Silver, deux hommes sortirent du cercle et prirent l'oncle Dunkirk par les aisselles. Ils le soulevèrent et plièrent un de ses bras derrière son dos.

« Monsieur McGregor », appela Silver, et l'un des rameurs de la chaloupe se détacha du groupe. L'oncle Dunkirk reconnut l'homme aux trois dents, à l'accent cockney.

« Oui, capitaine », répondit avec empressement McGregor en s'approchant de Silver.

« Qu'est-il arrivé à Red et à monsieur Hands? », demanda Silver d'un ton glacial.

« Nous avons eu de petits ennuis avec le

prisonnier, capitaine, balbutia McGregor. Il a assommé Red avec un gourdin. Il lui a bougrement fait voir des étoiles. »

« Et monsieur Hands? » reprit Silver. La nouvelle de leur mésaventure ne lui faisait visiblement pas plaisir.

« Hands est resté derrière pour puiser de l'eau afin de réveiller Red des morts, répondit McGregor en bégayant. Je crois bien qu'ils seront de retour bientôt. »

« Et votre besogne sur le rivage? », continua Silver, sa voix glaciale perdant encore quelques degrés.

« Sauf votre respect, capitaine, la colline de Longue-Vue a l'air aussi dénudée que la tête de Lippert », répondit McGregor, se moquant gaiement du maître coq chauve de l'*Hispaniola*.

McGregor échoua misérablement dans son effort d'alléger l'humeur massacrante du capitaine. Silver se contenta de lui tourner le dos pour fixer son attention sur le lagon. « Renvoyez la chaloupe sur l'île avec deux hommes à bord. Attendez une heure que Red et monsieur Hands reviennent. Cela devrait suffire amplement pour se remettre d'un simple coup à la tête. S'ils ne sont pas de retour entre-temps, revenez à l'*Hispaniola* pour le couvre-feu. »

« Oui, mon capitaine », répondit vivement McGregor, en tournant les talons.

« Oh, et McGregor, ajouta Silver. Postez des hommes sur la plage. Que personne n'échappe à votre surveillance ou à celle de l'*Hispaniola*. Je vous mets en charge, McGregor, et le fouet claquera sur votre dos si vous échouez. »

Une fois McGregor parti, Silver avança jusqu'à l'oncle Dunkirk et s'arrêta à quelques centimètres de lui. Puis en se penchant assez près pour que son haleine fétide fasse friser les poils des narines de l'oncle Dunkirk, il affirma férocement: « Priez pour que mon homme revienne à lui avec tous ses esprits ou alors, retenez bien ces paroles, ce ne sera pas votre bras, mais votre corps tout entier qui sera traîné derrière le navire pour servir de pâture aux requins. »

Sur ces mots, le capitaine Long John Silver tourna les talons et fila comme un ouragan vers sa cabine.

CHAPITRE 13

« **QUE SAIS-TU** sur le jeune Jim Hawkins? »
s'écria Ben Gunn à cinquante mètres de Sage.

Sage ralentit puis s'immobilisa, soulagé que Ben
se soit arrêté de courir. Haletant bruyamment, il
réussit à dire, entre deux inspirations: « Je sais tout sur
Jim Hawkins, Ben. Je sais qu'il est venu sur l'île avec
le pirate Long John Silver. Comme tout le monde à
bord du navire, il a été dupé et a cru que Silver était
un brave homme. Mais je connais la vérité sur Silver.
C'est un fourbe et un assassin. »

Ben se balançait sur ses pieds, et Sage comprit
qu'un mot de trop, une erreur de sa part, ferait
s'enfuir Ben encore une fois. Et tout serait perdu.

« Écoutez-moi, Ben, implora Sage, les pirates ont
enlevé mon oncle. Vous savez autant que moi qu'il est
dans de mauvais draps. Il est en danger. Et si Silver est
aussi cruel que dans mon souvenir, je n'ai pas
beaucoup de temps pour agir. »

Une vague d'émotion menaça d'emporter Sage, mais
il insista: « Mon oncle m'a emmené ici, Ben, et il
représente ma seule chance de rentrer chez moi. Sans
lui, je ne vaux pas plus cher que vous, abandonné de
tous sur l'île au Trésor. »

Ben se balança encore sur un pied et sur l'autre, en évaluant ses options, et Sage attendit patiemment. Sage aurait aimé lui parler de la pierre d'ambre magique de l'oncle Dunkirk et lui dire combien il serait facile de le ramener à Cardiff, mais Ben ne l'aurait pas cru. Pour l'instant, Sage crut bon de garder le secret, et espéra que l'oncle Dunkirk puisse le téléporter loin du danger bientôt.

« Je vous en prie, Ben, implora Sage, la voix brisée par l'émotion, *j'ai besoin de vous.* »

À ces simples mots, "j'ai besoin de vous," Ben flancha. Il l'invita à le suivre d'un mouvement de la main. « Allez, viens. Le soleil se couchera bientôt. »

Un grand sourire éclaira le visage de Sage, et il franchit la cinquantaine de mètres qui le séparaient de Ben. « Merci, Ben. Vous ne savez pas ce que cela signifie pour moi. »

« Oh que si, répondit Ben. Je ne voudrais pas qu'un pauvre gars souffre comme moi j'ai souffert au cours des années. Surtout quelqu'un d'aussi jeune que toi. »

« Alors, où allons-nous? », demanda Sage en regardant autour de lui. La forêt les engloutissait littéralement, et son sens de l'orientation s'était émoussé durant leur course folle à travers les bois.

« Nous allons chez moi, dit Ben. Nous avons besoin de vivres et d'eau. Puis nous déciderons de la marche à suivre pour venir à la rescousse de ton oncle. »

Sur ces paroles, Ben et Sage se remirent à

marcher. Maintenant qu'ils partageaient un but commun, une certaine camaraderie les unissait. Le sentier qui menait chez Ben était relativement difficile, et ils n'échangèrent que peu de mots, mais ils avançaient dans un silence agréable, Ben devant, Sage fermant la marche.

Après que Sage et Ben eurent marché un bon moment, les arbres autour d'eux se firent plus rares. Le soleil doré se frayait un chemin à travers la forêt dense. Levant la tête pour sentir le soleil sur son visage, Sage vit une arête rocheuse imposante qui les surplombait, à travers la cime des arbres.

« Voilà la colline du Mât d'artimon, déclara Ben. C'est la colline la plus au sud de l'île et la plus près du lagon. Elle est suivie de la colline Longue-Vue et de la colline Mât de Misaine, plus au nord. »

« Oui, nous les avons vues depuis les airs, répondit Sage, en étalant ainsi les connaissances limitées qu'il avait de la géographie de l'île. Nous avons vu un petit fort aussi. C'est là que nous nous dirigeons? »

« Oh non, malheureusement pas, répondit Ben, l'air sombre. C'était ma demeure. Je l'ai construite à mains nues la première année de mon arrivée sur l'île. Mais quand l'*Hispaniola* a mis l'ancre dans le lagon, je savais que j'étais soit sauvé, soit perdu. Jusqu'à ce que je sache précisément à qui j'avais affaire, je me suis réfugié dans une grotte sur le versant ouest de la colline Artimon, que j'avais découverte par hasard, il y a quelques années, lorsque j'explorais les hauteurs de l'île. Je les observe ainsi depuis leur arrivée. Depuis mon promontoire, je peux voir tout ce qu'ils fabriquent sur leur navire. »

« Et ils ne savent pas que vous êtes là? »

« Pour autant que je sache, non, répondit Ben. Mais vous avez raison: Silver est un homme cruel à qui il ne faut accorder aucune confiance. Il traite ses marins comme des chiens galeux, les use jusqu'à la corde et les domine par la terreur. Justement, au cours des derniers jours, je l'ai vu fouetter trois de ses hommes pour la simple et bonne raison que… »

Ben s'arrêta au milieu de sa phrase, soudain conscient que ses mots pouvaient affecter Sage, et il murmura des excuses sincères: « Pardonne-moi, Sage. J'ai parlé sans réfléchir. »

« Ce n'est rien, Ben, répondit Sage, la mort dans l'âme. Nous allons libérer l'oncle Dunkirk. »

Le chemin était ardu, mais Ben les mena hors de la forêt qui s'éclaircissait et le long du pied de la colline Artimon. Son arête s'élevait majestueusement au-dessus d'eux, couverte de broussailles luxuriantes quoique roncières. Ben contourna les grosses pierres éboulées au pied de la colline, avant d'obliquer vers un sentier sauvage bien caché et invisible à l'œil non averti.

Ils firent l'ascension de la colline Artimon en zigzaguant afin de se faciliter la tâche. Bientôt, ils se retrouvèrent au-dessus de la cime des arbres, et Sage put voir le vaste océan qui se déployait jusqu'à l'horizon. Après une trentaine de mètres, le lagon apparut dans sa totalité, sous eux. Ben fit une courte pause et désigna les rivages du doigt. Une immense goélette à deux mâts était ancrée dans le lagon, et une petite chaloupe quittait ses abords et s'approchait de l'île. Sage plissa les yeux pour tenter de distinguer les passagers de la chaloupe, mais la distance était trop grande.

« On dirait un détachement de débarquement », dit Ben, en protégeant son visage du soleil avec sa main. « Ils sont trois. Ils retournent probablement chercher les deux hommes qu'ils ont laissés derrière. » Puis, se tournant vers l'intérieur des terres, Ben pointa du doigt une étendue de terre dénudée au milieu de l'île.

« C'est de là que nous venons, la clairière entre les collines Artimon et Longue -Vue. » Pour la deuxième fois ce jour-là, Sage balaya l'île du regard, vers la clairière. Il pouvait voir clairement l'anneau d'arbres qui encerclaient la clairière, et la vaste étendue dégagée qui avait servi de piste d'atterrissage à l'avion. Néanmoins, Willy C, en partie camouflé entre deux arbres, n'était pas visible de cet angle-là.

Après un moment de repos, Ben se retourna et continua l'ascension de la colline Artimon. Sage jeta un dernier regard au grand navire avant de le suivre. Il pouvait voir un groupe de silhouettes réunies sur le pont et il se demanda si l'oncle Dunkirk était l'une d'elles. Un homme semblait être seul, à l'écart du groupe. L'œil de Sage l'avait repéré pour la simple raison qu'il était le seul homme sur le pont qui ne semblait pas bouger. Alors que les autres s'activaient, il se contentait de pointer du doigt et de gesticuler, peut-être en lançant des ordres. Un frisson glacé descendit le long du dos de Sage au moment où il comprit, horrifié, qu'il s'agissait probablement de Long John Silver. « Ne t'inquiète pas, oncle Dunkirk, murmura Sage pour lui-même. Je viens te chercher. »

Quelques instants plus tard, Ben s'aida de ses pieds et de ses mains pour grimper sur un talus peu élevé. Il se retourna ensuite pour attendre Sage. Une fois que le garçon l'eut rejoint, Ben lui montra le bord de la corniche, de l'autre côté, en lui disant: « Sois prudent. C'est un raccourci pour descendre, mais le premier pas est mortellement périlleux. »

En prenant ses précautions, Sage se rendit jusqu'au bord et regarda par delà la corniche. De fait, il contemplait le versant de la colline Artimon d'une hauteur de cent cinquante mètres à donner le vertige. Néanmoins, la pente n'était pas abrupte. Il était possible pour une personne équipée pour l'escalade de descendre, mais une fois en bas, une ascension à mains nues était pratiquement impossible.

Sage s'éloigna du bord et rejoignit Ben, prêt pour la prochaine étape de leur ascension. Mais Ben tourna sur ses talons et marcha tout droit vers un rideau de vignes tombant sur un mur de roc. À sa plus grande stupéfaction, Sage vit Ben écarter les vignes grimpantes et disparaître de l'autre côté.

En suivant Ben, Sage avança lentement à travers le feuillage pendant, en sentant les tiges froides et inquiétantes frôler son corps jusqu'à ce qu'il soit de l'autre côté, dans la bouche d'un tunnel. L'obscurité l'enveloppa, et ses yeux cherchèrent de la lumière. Alors qu'il se tenait parfaitement immobile, terrorisé à l'idée de tomber dans un gouffre ou de foncer sur un mur, Sage entendit le claquement de deux pierres qu'on frottait l'une contre l'autre. Tout au fond de la grotte, de brillants éclairs bleus et orange jaillirent comme des mini feux d'artifice. Quelques instants plus tard, une faible lueur apparut au creux de la main de Ben et illumina son sourire malicieux.

« Bienvenue chez moi », dit Ben en allumant sa chandelle improvisée, soit une écorce ruisselante d'huile de noix de coco. La lumière se répandit dans la grotte, en rebondissant sur tous les murs, et en éblouissant Sage. C'est à ce moment-là qu'il comprit pourquoi les murs de la grotte brillaient d'un éclat aussi intense: la grotte de Ben regorgeait de trésors.

CHAPITRE 14

« J'ABANDONNE, MOI », MAUGRÉA Israël
Hands. Lui et Red avaient cherché dans les buissons
pendant dix minutes, et ils n'avaient absolument rien
vu. Pas la moindre trace de la queue du démon qui
était tombé du ciel. « Le démon est sûrement de retour
au bateau, enfermé à clef. »

Red marcha dans la forêt jusqu'à Hands, les bras
ballants le long du corps, se résignant, les deux
moitiés de branche toujours entre ses puissantes
mains. Il se sentait fourbu, et la douleur lancinante
dans sa tête ne le quittait que pour mieux revenir en
force. « J'espère que tu as raison. Je dois lui rendre la
monnaie de sa pièce avant la fin de la nuit. »

« Doucement, Red, le mit en garde Hands. Le
démon t'a-t-il enlevé la raison? Ce démon-là tombé du
ciel est notre clef vers la gloire et la fortune! Réfléchis,
Red, une machine volante! Tu as vu à quelle vitesse elle
filait dans le ciel. Comme un vrai oiseau. On a eu de la
chance que le capitaine lui touche l'aile avec le canon.
Cet engin-là nous permettrait de régner sur les mers.
On pourrait repérer des navires à des lieues de distance
et mener l'*Hispaniola* à des richesses que nous n'avons
imaginées qu'en rêve. Le démon, il nous le faut vivant

pour qu'il nous enseigne à commander la machine volante. Ensuite, Red, *on* prend le gouvernail. *On* commande l'*Hispaniola*. Et *on* devient riche. »

Red réfléchit à la suggestion de Hands avec circonspection. Une simple rumeur de mutinerie suffirait pour provoquer une rage meurtrière chez Silver. Red savait que Hands ne serait rien de plus qu'un dîner pour les requins si Red décidait d'informer le capitaine de leur conversation. En songeant à l'esprit tordu de Silver, néanmoins, il se vit instantanément suivre Hands sur la planche, accusé d'avoir été présent lorsqu'il avait été question de mutinerie. Après tout, pourquoi le capitaine lui ferait-il confiance?

Mais Israël Hands était le timonier de l'*Hispaniola*. Il avait bourlingué sur les océans la majeure partie de sa vie, et tout l'équipage le jugeait avisé en matière de politique à bord du navire, surtout quand il s'agissait de calmer les crises de rage du capitaine. On considérait d'ailleurs que Hands se montrait équitable à l'égard des matelots, et personne ne doutait qu'il manœuvrait la goélette aussi bien que le capitaine, sinon mieux. Son offre n'était donc pas à prendre à la légère.

« Et si nous parvenons à faire parler le prisonnier sur sa machine volante, que se passera-t-il ensuite? » demanda Red, en espérant que Hands prouve sa bonne volonté pour sceller leur pacte.

« Eh bien, tu auras alors ta revanche, Red, répondit

Hands généreusement. Tu feras du démon ce que tu voudras une fois qu'il nous aura enseigné à voler. »

Red hocha la tête pour signifier son accord, puis il tira vers lui le sabre de Hands. Il fit glisser la lame sur sa main jusqu'à ce que son sang écarlate se mette à couler. « Parole de pirate » déclara Red en tendant sa main ensanglantée.

Hands sourit et imita Red. Il fit saigner sa paume et attrapa la main du géant en la serrant vigoureusement. « Associés à la vie, à la mort. »

Les deux hommes sortirent des bois pour retourner dans la clairière. Willy C était toujours posté dans sa cachette.

« Que devrions-nous faire de la machine volante en attendant? », demanda Red.

« Il vaut mieux la laisser où elle est », répondit Hands. Le soleil brillait haut dans le ciel au-dessus de leur tête, mais il s'éclipsait rapidement. « Je ne veux pas me trouver dans cette maudite jungle après le coucher du soleil. »

Les deux hommes firent le tour de Willy C de nouveau, admirant ses lignes pures. Ils l'avaient vu fendre l'air avec l'agilité d'un faucon alors qu'ils se trouvaient au pied de la colline Longue-Vue. La machine volante serait bientôt en leur possession, et ils voyageraient dans les cieux, maîtres des airs et des mers.

Laissant Red admirer l'hélice à quatre pales, Hands continua de faire le tour de l'aile droite. Il mourait d'envie de monter à bord de la machine volante, mais une crainte superstitieuse l'empêchait de trop s'en approcher. Après tout, il s'agissait d'un jouet du diable, et qui sait quel sort maléfique ou sorcellerie rôdait entre ses murs invitants.

En faisant le tour de l'avion pour étudier ses dimensions aérodynamiques, Hands mit le pied sur une bosse dure. Baissant la tête, Hands aperçut une pierre éclatante sur le sol, avec une cordelette de cuir en boule autour d'elle. Curieux, il se pencha et attrapa l'objet.

La pierre d'ambre étincelait de tous ses feux dans la paume de Hands, même couverte d'une fine couche de terre rougeâtre. Hands essuya la surface avec son pouce et admira l'étrange pierrerie. Elle était de grande taille, beaucoup trop grosse pour une bague, mais parfaite pour servir de pendentif au cou d'une femme. En caressant du doigt ses bords lisses, Hands remarqua que les contours de la pierre avaient été finement travaillés par un habile artisan joaillier, sans aucun doute. Mais le plus spectaculaire chez cette pierre était ce qui se trouvait *à l'intérieur*. En la tournant pour mieux la porter à la lumière des rayons du soleil déclinant, Hands remarqua qu'une espèce de feu, plus brillant qu'une flamme et sans vacillement, semblait encastré dans la pierre. Le bijou était un véritable trésor. Et encore mieux, il lui appartenait. Nul besoin de partager sa découverte avec Red, et encore moins avec le capitaine Silver.

Décidément, la fortune me sourit aujourd'hui, pensa Hands. Puis avec un sourire satisfait, il mit la pierre d'ambre dans sa poche et s'écria: « Allons, Red, on doit retourner au navire. »

CHAPITRE 15

« **DESCENDS, CAMARADE!** » **RETENTIT** l'ordre brusque, et l'oncle Dunkirk sentit le bout pointu d'un sabre souligner cet ordre dans le creux de ses reins. Suivi de deux gardes, l'oncle Dunkirk se baissa pour franchir l'embrasure de la porte peu élevée puis descendit les six marches en bois qui menaient à l'intérieur du poste d'équipage.

Il faisait sombre dans la coursive, et l'oncle Dunkirk plissa les yeux pour tenter de percer l'obscurité. De chaque côté de la coursive, quatre portes menaient aux quartiers de l'équipage. Deux lanternes à l'huile se balançaient paresseusement, suspendues aux poutres du plafond par des clous, attendant d'être allumées une fois le soleil couché.

« Avance », ordonna le pirate grossier en le poussant à nouveau avec son sabre. L'oncle Dunkirk pénétra plus avant dans l'obscurité, en passant devant des portes fermées de chaque côté, jusqu'au bout de la coursive.

« Les bras en l'air », ordonna la voix bourrue derrière lui, et l'oncle Dunkirk fut soulagé que son sabre ne soit pas utilisé comme point d'exclamation cette fois-ci. Comme l'oncle Dunkirk attendait, le deuxième garde passa devant lui pour se rendre jusqu'à la porte du fond. Un gigantesque cadenas était suspendu à un anneau de métal attaché au cadre de porte. Le garde leva le loquet puis se poussa sur le côté rapidement après avoir ouvert la porte.

« Entre là-dedans », aboya le garde en enfonçant la pointe du sabre dans le dos de l'oncle Dunkirk. *On dirait bien qu'il m'en veut,* pensa l'oncle Dunkirk en pénétrant dans la pièce sombre. La porte se referma rapidement derrière lui, et le claquement métallique du cadenas suivit, scellant le sort de l'oncle Dunkirk.

« Bonjour, monsieur », prononça un accent britannique du fond de l'obscurité. L'oncle Dunkirk sursauta à cette salutation inattendue, mais ensuite, comme ses yeux s'habituaient à l'obscurité, il vit les contours d'un homme assis de l'autre côté de la pièce. Et l'homme n'était pas seul. Il y avait d'autres personnes dans la pièce, au moins quatre.

« Bonjour, répondit l'oncle Dunkirk avec prudence. Qui est là? »

L'une des ombres se leva de derrière une table et marcha lentement vers lui. Comme il s'approchait, la noirceur tomba en pans à ses pieds et l'oncle Dunkirk put voir les détails raffinés de son uniforme, celui d'un marin britannique du XVIIIe siècle, porteur de boutons de cuivre reluisants, d'épaulettes dorées ; la tenue complétée par la perruque blanche poudrée d'usage.

« Je suis le capitaine Smollett, dit l'homme en lui tendant la main. Le vrai capitaine de l'*Hispaniola*. »

L'oncle Dunkirk serra la main offerte et répondit: « Dunkirk Smiley, à votre service. »

« J'en déduis que vous êtes prisonnier de John Silver? » demanda une autre voix à l'autre bout de la pièce. Cette voix, originaire de l'Angleterre également, était moins autoritaire.

« Oui, confirma l'oncle Dunkirk. Je suis prisonnier. Et vous? »

« Nous sommes tous prisonniers de Silver », répondit le même homme. Il s'était levé de sa chaise et marcha vers l'oncle Dunkirk et le capitaine Smollett. L'homme portait une redingote bleu marine, une vareuse blanche à jabot ainsi que des bas blancs montant jusqu'aux genoux. Ses cheveux bruns, longs jusqu'aux épaules, étaient soigneusement rassemblés dans une queue de cheval. Il avait un visage bienveillant éclairé par des yeux noisette chaleureux et un sourire. « Permettez-moi de vous présenter notre ménagerie, proposa l'inconnu. Je suis le docteur Livesey, un simple passager dans ce périple infortuné. Vous avez déjà rencontré le capitaine Smollett, le *véritable* capitaine de l'*Hispaniola*. » Le docteur Livesey montra deux autres spectres que l'oncle Dunkirk put bientôt distinguer. « Voici monsieur Trelawney, châtelain et négociant qui transportait des marchandises à bord du bateau. Et le jeune homme est Jim Hawkins, voyageant en ma compagnie. »

L'oncle Dunkirk serra toutes les mains tendues puis suivit les hommes au fond de la pièce. Ses yeux s'habituaient à l'obscurité, et de minces filets de lumière, passant à travers de petites fentes entre les poutres du plafond, lui permirent de mieux distinguer le reste de la cabine. La pièce rectangulaire était de conception simple. Quatre couchettes bordaient les murs. Une petite table, flanquée de deux paires de chaises, occupait le centre de la pièce.

Tandis que les hommes prenaient place autour de la table, le capitaine Smollett demanda, sur le ton de la conversation: « Monsieur Smiley, puis-je vous implorer de nous faire le récit des mésaventures qui ont conduit à votre capture par Silver? »

« Certainement », répondit l'oncle Dunkirk chaleureusement. S'il devait coopérer avec ces hommes pour s'enfuir, mieux valait gagner leur confiance immédiatement. Malheureusement, il devrait avoir recours à quelques mensonges innocents.

L'oncle Dunkirk avait déjà compris que lui et Sage étaient coincés sur l'île au Trésor. Et en rencontrant les quatre autres prisonniers, qu'il connaissait déjà par sa lecture du roman de Robert Louis Stevenson il y avait de cela très longtemps, ses maigres souvenirs de *L'Île au Trésor* se précisèrent. Si sa mémoire ne lui faisait pas défaut, il avait lu le classique de Stevenson au cours d'une expédition sur les flots du Nil en 1973. Ou alors au cours de son voyage à pied sur les routes du Pérou en 1974.

L'oncle Dunkirk savait qu'il y avait des limites à ce que les hommes pouvaient croire, surtout des hommes qui avaient encore à découvrir les nombreuses merveilles de la science et de la technologie modernes. Ces hommes vivaient à l'ère des voyages sur l'océan et des diligences, et l'idée qu'un homme puisse voler leur semblerait grotesque. Ils s'imagineraient même qu'il s'agirait de sorcellerie. Et expliquer les pouvoirs de la pierre d'ambre, qui permet de voyager à travers le temps, équivaudrait à leur révéler que l'empire britannique ne s'étendait plus jusqu'aux confins de la Terre, ce qui serait un pur sacrilège. En gardant cela en tête, l'oncle Dunkirk fit travailler son imagination et concocta un récit parsemé de mensonges, d'improvisation et d'une vérité ou deux.

Il débuta avec un pieux mensonge pour expliquer sa présence et celle de Sage dans la région: le naufrage d'une goélette. Puis il broda sur cette histoire pour décrire comment lui et son neveu avaient pu échapper à la mort par miracle. « Comme nous nous débattions pour ne pas couler, je remarquai un tonneau flottant sur les vagues, et je réussis à l'agripper. Mon neveu et moi nous accrochâmes par les bras au-dessus du tonneau en nous maintenant hors de l'eau, et nous flottâmes toute la nuit, en nous laissant porter par la marée. Je ne peux que deviner ce qui est arrivé au reste des passagers et de l'équipage, mais je crois qu'ils ont sombré avec le bateau puisque nous n'avons entendu aucun appel au secours dans le noir. »

Un dernier mensonge porta l'oncle Dunkirk et Sage sur les rives de l'île au Trésor. « Lorsque le soleil se leva le matin suivant, nous vîmes la terre à l'horizon. En battant des pieds, nous arrivâmes à gagner la rive. Après ce qui nous sembla des jours dans l'eau, nous sentîmes le sable sous nos pieds, et nous remerciâmes Dieu de nous avoir sauvés d'une mort certaine. »

À partir de là, l'oncle Dunkirk trouva plus facile d'insérer des éléments de vérité dans son récit. Il expliqua comment il avait envoyé Sage dans les bois afin de recueillir du bois pour faire du feu, un petit mensonge qui ne comptait pas vraiment. Et que pendant qu'il préparait vaillamment un campement, il avait vu les flibustiers de l'*Hispaniola* avancer entre les arbres. À partir de là, l'histoire se compléta d'elle-même.

« Naturellement, une fois qu'ils m'eurent cloué au sol, j'étais à court de moyens. Ils étaient armés jusqu'aux dents d'épées et de couteaux, et je n'avais rien d'autre que mes mains nues et une branche cassée. L'un des ruffians m'a frappé à la tête, et tout ce dont je me souviens, c'est de m'être retrouvé dans une chaloupe qui m'emmenait ici, sur ce navire. »

« Qu'est-il arrivé à votre neveu? », s'enquit Jim Hawkins en grande hâte.

« Voilà bien ce qui me remplit d'effroi. Je ne sais pas ce qu'il est arrivé à Sage. La dernière fois que je l'ai vu, il s'enfonçait dans la forêt pour ramasser du bois. Je ne peux qu'espérer qu'il soit sain et sauf. »

Le silence remplissait la cabine, alors que l'oncle Dunkirk terminait son histoire. Finalement, le capitaine Smollett, en vrai gentilhomme de la mer qu'il était, offrit ses condoléances les plus sincères.

« Je suis persuadé que votre neveu est en sécurité, monsieur Smiley. S'il avait été fait prisonnier de Silver, il serait enfermé avec nous tous. Je suis donc sûr qu'il est sain et sauf sur le rivage. Vous me voyez aussi désolé par le sort de votre navire. Il est malheureux que tant de personnes aient péri lorsqu'il a coulé. J'inscrirai sa perte dans mon journal de bord pour la prospérité, et je rapporterai cette tragédie à mon capitaine de frégate si jamais nous nous sortons de cette fâcheuse situation. Comment s'appelait-il, dites-moi? »

L'oncle Dunkirk prononça le premier nom à quitter les berges de son esprit: « Le Titanic. Puis il ajouta: Il faisait partie de la flotte White Star de Liverpool. »

« Étrange, répondit le capitaine Smollett intrigué. J'ai mouillé dans le port de Liverpool à de nombreuses reprises, et je n'ai jamais entendu parler de cette goélette. Était-ce un deux mâts? »

« Oui, s'empressa de répondre l'oncle Dunkirk. Elle était très semblable à l'*Hispaniola*. »

« Et qui la commandait? »

« Oh », marmonna l'oncle Dunkirk, cherchant désespérément une réponse. *Un nom. Un nom typique de Liverpool.* « McCartney était son nom. Le capitaine Paul McCartney. »

« Non, pardonnez-moi, je n'ai jamais entendu parler de lui », répondit Smollett. Néanmoins, la rapidité avec laquelle l'oncle Dunkirk avait répondu sembla le rassurer. « J'en prendrai toutefois bonne note. Ainsi, au moins, si jamais nous échappons aux griffes de Silver, la famille du capitaine Paul McCartney et celles de ses passagers et de son équipage seront avisées. »

« Je suis sûr qu'ils l'apprécieraient grandement », affirma l'oncle Dunkirk, en s'efforçant de garder son sérieux.

« J'aurais bien aimé vous voir casser cette branche sur la tête de ce pirate », affirma Jim Hawkins avec un sourire. Durant toute la durée du récit inventé de l'oncle Dunkirk, il était demeuré assis sur le sol, les jambes croisées, captivé par cette histoire pleine de rebondissements. « Je me demande qui c'était? »

« D'après votre description, intervint le capitaine Smollett, je devine qu'il s'agit de Red. Il s'est engagé à Londres, et c'est un géant, comme vous dites. De plus, il porte un gilet rouge de belle étoffe. »

« Si tel est le cas, je vous suggère de vous écarter de son chemin », dit le docteur Livesey. D'après ce que j'ai vu de Red, il semble avoir la force d'un bœuf. Il ne faut pas le tarabuster. »

« Merci de l'avertissement, répondit l'oncle Dunkirk. Je n'oublierai pas votre conseil. Maintenant, si cela ne vous ennuie pas, j'aimerais vous entendre, entendre le récit des événements qui ont mené à votre captivité. »

Les prisonniers tournèrent leur regard immé-diatement vers le capitaine Smollett. Ce dernier hocha la tête et entreprit de raconter leur triste histoire.

Selon le capitaine Smollett, ils étaient partis de Londres et faisaient route pour la Havane, à Cuba, lorsqu'une féroce mutinerie éclata à bord. Tout se passa très rapidement au moment où le repas du soir tirait à sa fin. Le capitaine Smollett et ses invités furent pris de court. Une fois la fumée évaporée, les prisonniers découvrirent que John Silver, un simple matelot qui s'était engagé à Londres, avait incité l'équipage à se révolter. L'équipage de l'*Hispaniola* dut choisir son camp. Ou ils joignaient Silver ou ils quittaient le navire par la planche. Sans faire ni une ni deux, ils prêtèrent leur allégeance éternelle au nouveau capitaine tandis que Smollett et ses passagers furent emprisonnés sous les ponts.

Pendant que le capitaine Smollett parlait, l'oncle Dunkirk nota qu'il n'était pas le seul à cacher une partie de la vérité. Le capitaine Smollett n'avait fait nulle mention du trésor qui avait donné son nom à l'île au Trésor, un détail trop important pour qu'il l'ait simplement oublié.

« Et vous savez pour quelle raison Silver tenait à venir sur cette île en particulier? » demanda l'oncle Dunkirk innocemment, en jouant le jeu du capitaine Smollett.

« Aucune idée », intervint le châtelain Trelawney assez abruptement, en postillonnant à travers ses lèvres épaisses. « Il est fort possible que Silver ne se contente pour l'heure de ne pas remuer l'eau qui dort, pour être sous le vent des ennuis. Ne croyez-vous pas, docteur Livesey? »

Le docteur Livesey sursauta en entendant son nom et improvisa rapidement une réponse: « Oh, certes, tout à fait. » Mais l'oncle Dunkirk put constater que le respectable docteur n'était pas un menteur accompli.

« Depuis combien de jours êtes-vous captifs? » demanda l'oncle Dunkirk, en reprenant le fil de cette histoire cousue de fil blanc.

« Huit jours maintenant, répondit le docteur Livesey d'un air accablé. Nous n'avons le droit de sortir sur le pont que quelques minutes par jour, pour prendre de l'air frais. »

« Quelles sont les intentions de Silver, d'après vous? » poursuivit l'oncle Dunkirk.

Les prisonniers se tournèrent une fois de plus vers le capitaine Smollett pour qu'il réponde. Après un bref moment d'hésitation, le capitaine Smollett parla d'une voix sombre. « Je ne crois pas que nos chances soient bonnes. Malheureusement, messieurs, nous sommes dans la terrible posture d'être les témoins d'une mutinerie sur un navire, ce qui, je n'ai pas à vous le rappeler, est une offense punie par la pendaison d'après la loi anglaise. Je crois que Silver est assez futé pour ne pas laisser vivre des témoins qui feraient en sorte de nouer la corde autour de son cou. »

Un silence morbide s'installa dans la pièce. Bien que chacun d'entre eux comprît les conséquences de leur emprisonnement, personne ne l'avait encore exprimé tout haut.

Enfin, l'esprit de l'oncle Dunkirk s'assombrit en songeant à Sage, seul sur une île inconnue et il brisa le silence pour demander: « Pouvons-nous nous échapper? »

« Pour aller où? répliqua le capitaine Smollett. Nous sommes confinés dans cette cabine putride du matin au soir, et Silver refuse même de nous donner une allumette pour la lanterne, de peur que nous n'incendiions le navire. On nous escorte sur le pont une seule fois par jour, et l'équipage est présent, vaquant à ses besognes. Et même si nous pouvions simplement plonger par-dessus bord en espérant éviter les coups de feu de Silver, les eaux sont infestées de requins. Je m'avancerais à dire que même le nageur le plus vigoureux ne pourrait se rendre à moitié chemin du rivage. »

« Oui, je crois qu'il vaut mieux éliminer la nage de toute tentative d'évasion », approuva le châtelain avec force. Puis, comme le rouge lui montait aux joues, il ajouta, l'air penaud: « Mes facultés en tant que nageur se comparent malheureusement à lancer un galet dans l'eau. Il rebondit quelques fois et coule simplement au fond. J'ai une grande peur de l'eau, en toute franchise. »

L'oncle Dunkirk ignora l'aveu navrant du châtelain et fouilla dans sa tête en jouant avec diverses idées. « Et si nous nous emparions de la chaloupe durant la nuit et ramions jusqu'à terre? »

« Nous y avons déjà pensé, répondit le capitaine Smollett, l'air abattu. Pour y parvenir, il nous faudrait prendre le commandement du pont supérieur. Mais même aux heures les plus sombres de la nuit, Silver poste des sentinelles. Nous avons tous entendu des bottes au-dessus de nos têtes tandis que nous cherchions à trouver le sommeil, dans notre couchette. Je devine qu'il y a deux, peut-être trois vigiles la nuit. »

« Mais nous sommes quatre », insista l'oncle Dunkirk.

« Cinq », corrigea Jim Hawkins avec assurance.

En faisant un clin d'œil au garçon, l'oncle Dunkirk se reprit: « *Cinq*, dis-je. Nous devrions pouvoir les maîtriser sans trop de difficulté. La surprise jouera en notre faveur. »

« Pardonnez-moi, mais je ne crois pas que cela soit si facile, le contredit le capitaine Smollett. N'oubliez pas, monsieur Smiley, que les sentinelles de nuit seront toutes armées. Si un seul d'entre eux crie à l'aide, nous serons vite encerclés par les hommes de Silver. »

« Encore une fois, je suis entièrement d'accord avec le capitaine Smollett, intervint Trelawney. Nous avons fait preuve de patience, en gentilshommes honnêtes et respectables, et je crois que Silver nous en saura gré le temps venu. »

« Allons donc, monsieur. Vous fermez les yeux sur une grande injustice, grogna le docteur Livesey. Nous savons tous comment Silver traite son propre équipage. Il y a à peine deux jours, nous avons entendu un homme hurler en recevant dix coups de fouet sur le pont pour avoir volé une ration de porc salé. *Dix* coups sur le dos d'un *homme* juste parce que le pauvre bougre avait faim. Je crois que notre sablier sera à court de sable d'ici peu. Quel que soit votre plan, monsieur Smiley, je suis des vôtres. »

L'oncle Dunkirk hocha la tête. Les mots courageux du docteur Livesey ajoutèrent une nouvelle couche de rouge aux joues de Trelawney, et il tourna la tête, l'air à la fois honteux et offusqué, mais ces paroles eurent également pour effet de cimenter l'amitié entre le docteur et l'oncle Dunkirk.

« Nous devons quitter ce bateau! affirma l'oncle Dunkirk en frappant son poing dans sa paume ouverte. Il suffit de nous rendre jusqu'à l'île. Une fois à terre, il existe un million d'endroits où nous pourrons nous cacher. L'île est couverte de forêts touffues. Silver ne peut pas nous trouver parmi tous ces arbres. De surcroît, il y a trois hautes collines, qui nous fourniraient des postes d'observation idéaux pour surveiller l'île. Nous pourrions nous installer en hauteur et voir arriver les hommes de Silver à des lieues de distance. »

« Et le fort de Ben Gunn? » suggéra Jim Hawkins avec enthousiasme, emballé par la planification de leur évasion. Puis, comme les regards ahuris de ses compagnons de cellule se tournaient vers lui, le garçon se rendit compte qu'il avait fait une gaffe, et il fixa le sol des yeux.

Néanmoins, l'erreur de Jim n'avait pas échappé à

l'oncle Dunkirk qui se rappela immédiatement le fort abandonné que lui et Sage avaient aperçu en survolant l'île. Feignant la surprise, l'oncle Dunkirk le fit répéter: « Avez-vous dit le fort de *Ben Gunn*? »

Un silence gêné emplit la pièce. Mort de honte, Jim Hawkins était devenu muet et faisait tout en son pouvoir pour éviter les regards accusateurs de ses compagnons.

Finalement, le docteur Livesey brisa le silence d'un aveu difficile: « J'ai bien peur que nous n'ayons pas été entièrement francs avec vous, monsieur Smiley. »

« Je vous en prie, appelez-moi Dunkirk. »

« Merci, Dunkirk. Voyez-vous, nous connaissons l'existence d'un autre homme sur l'île, un dénommé Ben Gunn, abandonné sauvagement sur ces rives depuis un bon moment. Étonnamment, Silver a permis à Jim de l'accompagner au cours de sa première excursion à terre. C'est alors que Jim a rencontré Ben. Nous croyons que Silver ignore tout de la présence de Ben sur l'île, et franchement, nous ne savons pas grand-chose sur ce Ben Gunn. Nous savons seulement qu'on l'a laissé en ici et qu'il cherche une occasion de quitter l'île. » Puis, honteusement, le docteur Livesey ajouta: « J'espère que vous comprenez, Dunkirk. Nous vous l'aurions dit à point nommé, mais seulement, votre apparition soudaine nous a paru suspecte. Vous auriez pu être un espion de Silver. Je souhaite que vous ne nous en teniez pas rigueur, car nous n'avions pas de mauvaises intentions. »

« J'apprécie votre sincérité, répondit l'oncle Dunkirk

avec chaleur. Soyez sans crainte, vous ne m'avez pas offensé. Vous n'avez fait que ce qui était dans votre meilleur intérêt. Et à votre place, j'aurais fait pareil. »

L'oncle Dunkirk se fit toutefois de vifs reproches intérieurement. Il avait complètement oublié le personnage de Ben Gunn. Mais après le rappel soudain de Jim, l'oncle Dunkirk se souvint que Ben Gunn faisait partie des bons, et il espéra que Sage croiserait sa route d'une façon ou d'une autre.

« Laissez-moi vous assurer, messieurs, déclara l'oncle Dunkirk, que mon seul but est de m'évader de ce navire, de retrouver mon neveu et de quitter cette île à jamais. Vous avez ma parole. Je vous laisse entièrement libres de vous joindre à moi ou non. Je respecterai pleinement votre décision. Néanmoins, si vous me faites confiance, je crois qu'il sera plus aisé de parvenir à nos fins. »

Un concert d'approbation retentit dans la pièce tandis que le capitaine Smollett et le docteur Livesey sautaient sur leurs pieds pour serrer la main de l'oncle en guise d'alliance. Les mots de l'oncle Dunkirk avaient réussi à ragaillardir le rougissant Jim Hawkins et le piteux châtelain Trelawney, qui signifièrent aussi leur adhésion. Les prisonniers se ralliaient tous au plan d'évasion, leur but ultime.

« Maintenant, poursuivit l'oncle Dunkirk en retrouvant sa détermination et son esprit pratique, comment allons-nous faire pour sortir de cette cabine et embarquer dans la chaloupe ? »

CHAPITRE 16

« **EST-CE QUE MES** yeux voient ce que je vois? » s'exclama Sage, saisi d'étonnement depuis l'entrée de la grotte. Ses yeux s'écarquillèrent à la vue de coffres remplis à ras bord. Adossés contre la paroi rocheuse, quatre gros coffres de chêne se côtoyaient au fond de la grotte, leurs couvercles ouverts pour révéler une collection chatoyante d'or, de diamants, d'argent et autres reliques inestimables.

« C'est juste », répondit Ben d'un ton blasé, le trésor a perdu beaucoup de son lustre avec les années. « C'est le trésor de Flint. »

Sage avança dans la grotte en titubant. Attiré par le trésor, il se sentait presque comme Luke Skywalker, piégé par le rayon tracteur de l'Étoile Noire.

Jamais de sa vie, Sage n'avait vu un tel étalage de richesse. Pour lui, un trésor était une carte de hockey à l'effigie de Wayne Gretzky, gagné honnêtement dans la cour d'école, durant la récréation.

Néanmoins, après avoir vu les quatre coffres étincelants, Sage comprit l'attrait qu'un trésor exerçait sur les autres. Il avait vu, trop de fois pour pouvoir les compter, ce regard vitreux, hagard, dans les films du samedi après-midi, au cinéma près de chez lui. Et si un miroir avait été suspendu devant lui, il était certain qu'il aurait vu le même regard sur son propre visage. Après tout, comment ne pas être impressionné par la magnificence d'un tel trésor? La bougie vacillait à la lueur du trésor, en reflétant des milliers de rayons de lumière dorée à travers la grotte, et en transformant le coffre en feu de camp le plus éblouissant que Sage eût vu de sa vie.

Sans s'en rendre compte, Sage avait traversé la grotte dans toute sa longueur et se retrouva devant le premier coffre. Il lança un regard timide vers Ben pour recevoir son approbation. Une fois que Ben eut hoché légèrement la tête, Sage se mit à genoux et plongea ses mains dans le coffre. Ses doigts s'enfouirent profondément dans le tas de doublons d'or. Puis il serra les poings et les sortit du coffre pour voir les doublons glisser de ses doigts comme de l'eau de pluie et tinter gentiment en retombant dans le coffre.

« Quand avez-vous trouvé le trésor de Flint? » demanda Sage par-dessus son épaule, en marchant sur les genoux jusqu'au deuxième coffre, où il répéta l'exercice de fouiller dans le coffre et de faire glisser son contenu entre ses doigts. Ce coffre, quoique plus petit, contenait de brillants diamants, rubis, saphirs, opales, et autres pierres précieuses. En plongeant sa main dans le coffre, Sage sortit une poignée de pierreries pour les observer à la lueur dansante de la bougie posée sur la table de fortune de Ben. Les couleurs reluisaient et tournoyaient devant ses yeux comme s'il regardait dans un kaléidoscope géant. Sage libéra ensuite les pierreries, et elles retombèrent avec fracas dans le coffre.

« Peu après qu'ils m'ont abandonné, une idée m'est venue », expliqua Ben. Il s'était assis sur une chaise, fabriquée à la main avec des planches et de l'écorce de palmier, et regardait le manège de Sage avec amusement. « Ensuite, trouver le trésor fut un jeu d'enfant. Vois-tu, naviguer avec Flint m'avait fait pénétrer dans le secret de ses pensées et de ses actions. Je savais déjà que Flint était retors et qu'il ne faisait confiance à personne, et c'est pour cela qu'il avait assassiné ses propres hommes après avoir enterré le trésor. Mais je savais aussi que Flint était un paresseux, peu disposé à se fatiguer. En sachant cela, je parcourus simplement l'île, à la recherche des cadavres de six hommes, puisque je devinai que Flint n'aurait pas levé le petit doigt pour les enterrer. Il les aurait laissés pourrir au soleil, livrés aux charognards de l'île. »

« Une fois que j'eus trouvé les restes humains, je creusai simplement aux alentours. Quelques heures plus tard, mon intuition me donna raison. Ma pelle frappa quelque chose de dur, et quand je creusai, je trouvai le premier coffre. Je continuai à creuser et j'exhumai les quatre coffres en peu de temps. »

Entre-temps, Sage avait examiné le contenu du troisième coffre, qui regorgeait de doublons d'or, et était plongé dans le quatrième. Cette dernière portion du trésor s'avérait être un coffre à jouets de rêve.

C'était pure merveille que de faire l'inventaire des colliers incrustés de diamants, des bagues en or brillantes, des sceptres princiers, des dagues de cérémonie et des autres ornements tout aussi exquis qui s'y trouvaient.

Sage choisit une couronne d'or majestueuse et la sortit du lot. La couronne brillait à la lueur de la bougie tandis que Sage la déposait cérémonieusement sur sa tête. En la laissant tomber, la couronne glissa sur son front et sur ses yeux, et elle aurait emprisonné son maigre cou, si son nez n'avait pas abruptement arrêté sa chute.

« Je crois qu'elle est un peu grande pour toi », observa Ben en laissant échapper un petit rire.

Gêné, Sage retira la couronne de sur sa tête et la remit sur le dessus de la pile. « Comment avez-vous fait pour monter le trésor jusqu'ici? »

« Je l'ai gardé un certain temps dans le fort, précisa Ben, en attendant qu'un navire vienne à ma rescousse. Mais rapidement, un mois se transforma en une année et une année, en trois. En attendant d'être secouru, je compris que j'avais le même problème que Flint. J'avais mis la main sur un immense trésor, plus d'or qu'un homme ne pourrait en dépenser en cent vies, mais je ne pouvais faire confiance à personne. Après tout, quiconque poserait son pied sur cette île pourrait facilement me voler le trésor et me laisser ici. Ou pire encore, *m'assassiner*. »

« Je décidai donc de cacher le trésor dans la

grotte. Avec les vignes dissimulant son entrée, je jugeai qu'elle serait une bonne cachette et me permettrait de m'enquérir des intentions des arrivants, au cas où on accosterait dans l'île au Trésor. »

« Puis, il y a environ une semaine, je me réveillai et aperçus l'*Hispaniola* dans le lagon. Au début, je n'en crus pas mes yeux. Je les frottai énergiquement jusqu'à me les arracher en tentant d'effacer le mirage de ma vue. Mais à chaque fois que j'ouvrais les yeux, le bateau était toujours là. J'étais au septième ciel. Je crus que mes prières étaient exaucées. Je me retins avec peine de courir jusqu'à la plage pour accueillir mes sauveurs, mais quelque chose me retint de le faire. Une question lancinante me faisait douter: pourquoi l'*Hispaniola* avait-elle jeté l'ancre *ici*? L'île au Trésor s'écarte de la route habituelle des marchands et elle n'est pas renommée pour ses épices ou ses produits. C'est simplement une île déserte au milieu de nulle part. Pas tout à fait un carrefour de trocs honnêtes, si vous voyez ce que je veux dire. Je décidai qu'il valait mieux pour moi de l'observer à distance jusqu'à ce que j'en sache plus sur le navire. »

« Plus tard, ce jour-là, j'observai l'équipage préparer la chaloupe pour une excursion à terre. En attendant que l'embarcation soit prête, je descendis en courant vers le lagon de manière à pouvoir garder un œil sur les arrivants. Je me cachai dans les buissons et vis quatre hommes débarquer et s'enfoncer dans la forêt pour rentrer dans les terres. »

« L'homme que j'identifiai comme le capitaine semblait avoir en main une sorte de carte, et ils comptaient leurs pas en allant d'un lieu à l'autre. Je compris qu'ils se dirigeaient vers l'endroit précis où j'avais déterré le trésor de Flint. Je sus, à ce moment-là, que je ne pouvais pas faire confiance à ces hommes. Ils arpentent l'île depuis lors, à la recherche du trésor. »

« C'est à ce moment-là que vous avez rencontré Jim Hawkins? »

« Oui, il est venu à terre, avec ce premier détachement de débarquement, mais plus jamais par la suite. Il était visiblement prisonnier. Il avait les mains attachées par un filin que le capitaine tirait, mais je n'étais pas prêt à recevoir du plomb pour libérer le gamin. Mais le jeune Jim est futé. Il réussit à se sauver lorsque les autres eurent le dos tourné, et il se cacha dans les bois, tout comme vous l'avez fait. J'allai à sa rencontre, et il me raconta qu'il y avait eu une mutinerie à bord du navire et qu'un pirate du nom de Long John Silver les avait fait prisonniers, lui et ses camarades. »

« Que lui est-il arrivé? » demanda Sage, même s'il connaissait déjà la réponse.

« Le brave garçon se rendit. Il retourna à bord du navire pour faire connaître mon existence aux autres prisonniers ainsi que notre plan d'évasion. »

« Vous aviez un plan d'évasion? » bredouilla Sage au comble de l'excitation, en songeant que Ben détenait peut-être la solution pour sauver l'oncle

Dunkirk. « Qu'alliez-vous faire? »

« C'était un plan assez simple, répondit Ben. Je pensais pagayer jusqu'à l'*Hispaniola* en pleine nuit, me glisser à bord et maîtriser le garde. Puis je libérerais Jim et ses amis, et nous prendrions le commandement de la goélette. »

« Cela paraît facile », déclara Sage, un éclair d'espoir naissant en lui.

« Oui, en apparence, mais Silver agit de curieuse façon dernièrement. Il a doublé la vigile sur le pont, et maintenant que toi et ton oncle êtes apparus dans un engin volant, je suis certain qu'il a encore renforcé la surveillance. J'aurais pu m'en prendre à un garde, mais deux ou plus, c'est trop. »

« Mais nous sommes deux maintenant », fit remarquer Sage bravement.

« C'est juste, mais je ne crois pas que tu sois de taille à en imposer à un homme, Sage, protesta Ben avec franchise. Ces hommes-là sont des brutes. Ils te transperceraient de leur sabre sans même cligner des yeux. Et s'ils pipent mot, nous aurions tous les hommes de Silver sur notre dos. Non, je suis désolé, Sage, mais je ne crois pas qu'on puisse les affronter. »

Sage baissa la tête. Il savait que Ben avait raison. Sage était un poids plume de quarante kilos sans expérience, et il ne pouvait vraisemblablement pas combattre un pirate meurtrier qui gagnait sa vie en assassinant et en mutilant autrui.

Sage se sentit happé par un découragement qui

l'entraînait dans l'abîme du désespoir. Il renifla, c'étaient les derniers signes de son rhume d'été. Il essuya son nez avec le revers de sa manche. Il était perdu dans une contrée étrangère, et impuissant à sauver l'oncle Dunkirk. *Pourquoi n'ai-je pas souhaité un safari africain ou une visite des pyramides d'Égypte?*

C'est alors que l'inspiration surgit comme l'éclair. L'idée était tellement simple qu'elle pourrait fonctionner. Si tout baignait dans l'huile, le plan permettrait à Sage et à Ben de monter à bord de l'*Hispaniola* et de sauver l'oncle Dunkirk, Jim Hawkins ainsi que les autres prisonniers.

« Ça y est! s'écria Sage. Je sais comment monter à bord! »

CHAPITRE 17

ON ENTENDIT LE martèlement distinctif des bottes dévalant les marches et traversant la coursive du poste d'équipage d'avant, avant de s'arrêter devant la porte du quartier des prisonniers. Quelques secondes plus tard, la porte s'ouvrit brusquement. Les silhouettes menaçantes de deux pirates apparurent dans l'embrasure de la porte. Tous deux brandissaient des sabres.

« Toi, aboya l'un des pirates en faisant signe à l'oncle Dunkirk. Dehors! le capitaine Silver veut te voir. »

L'oncle Dunkirk obéit à l'ordre, en se baissant pour passer dans le cadre de porte et se placer derrière ses geôliers.

Les gardes lui firent traverser la coursive, descendre d'autres marches, pour enfin arriver dans le poste d'équipage d'arrière, en direction de la cabine du capitaine. Après un petit coup sec sur la porte pour annoncer leur présence, l'un des hommes l'ouvrit et annonça sur un ton soumis: « Le prisonnier, tel que vous l'avez demandé, capitaine. »

Non sans hésitation, l'oncle Dunkirk pénétra dans la cabine puis jeta un regard circulaire sur les lieux tandis que la lourde porte de bois se refermait avec force derrière lui. Une paire de lanternes de cuivre, au centre de la pièce, créaient des pans de lumière et d'ombre à travers la spacieuse cabine. Dans le coin le plus reculé, sur une petite estrade, se trouvait un lit à baldaquin couvert de draps blancs fripés. Deux solides coffres de chêne se trouvaient devant le lit, et à la droite, une table à manger délicatement sculptée, équipée d'assiettes, de tasses et de couverts, était poussée contre le mur. Le capitaine Silver était assis derrière un secrétaire en chêne imposant, au milieu de la pièce, une plume à la main, occupé à gribouiller dans son journal de bord. Une volute de fumée bleue sortait du bout d'un cigare noir qu'il tenait serré entre ses dents, ajoutant ainsi un voile léger à l'atmosphère déjà sombre. Après un long moment, Silver releva la tête et ordonna avec brusquerie: « Asseyez-vous. »

L'oncle Dunkirk traversa la pièce et s'assit sur l'une des deux chaises en bois devant le secrétaire. D'un geste hospitalier, Silver plaça une coupe de vin devant l'oncle Dunkirk puis remplit sa propre coupe de nouveau. « Un vin espagnol », commenta Silver, en enlevant le cigare de sa bouche. « Si j'ai quelque chose de bien à dire sur les Espagnols, c'est qu'ils font du bon vin. »

Silver prit une gorgée de vin puis reposa sa coupe. Satisfait, il replaça le cigare allumé entre ses lèvres et reporta toute son attention vers l'oncle

Dunkirk. « Je suis un homme qui vaque à mille occupations et je n'ai pas de temps pour les bavardages. J'ai des questions qui exigent des réponses. En premier lieu, votre nom? »

« Dunkirk Smiley », répondit l'oncle Dunkirk d'une manière rigide, son entraînement militaire lui revenant à la mémoire: *nom, rang, matricule*.

« Vous n'êtes pas Anglais, visiblement? », affirma Silver.

« Non, je suis Américain. »

« Ah oui, un *Américain* », reprit Silver, une teinte de dégoût colorant ses mots.

« Vous êtes ici très loin des colonies, monsieur Smiley. »

« Vous avez sans doute raison », répondit l'oncle Dunkirk avec franchise, n'ayant absolument aucune idée de l'emplacement exact de l'île au Trésor. Puis en levant sa coupe de vin, il demanda sur un ton anodin: « Puis-je vous poser une question à mon tour? »

Silver s'enfonça dans son fauteuil et avec un signe de la tête, invita l'oncle Dunkirk à poursuivre.

« Je me demande simplement pourquoi on m'a fait prisonnier. Je n'ai rien à voir avec votre négoce sur cette île, capitaine Silver, et je ne pose aucune menace pour vous. Pourtant, vous avez tiré sur moi sans raison apparente. Pourriez-vous expliquer vos motifs? »

Silver fixa l'oncle Dunkirk un moment, comme s'il tentait de cerner la meilleure façon de répondre à la question. Puis il se pencha vers l'avant et dit calmement: « Vous avez raison, monsieur Smiley. Vous n'avez rien à voir avec mon négoce ici, sur l'île. Et nous vous avons tiré dessus pour une raison bien simple. Voyez-vous, je suis ce qu'on appelle communément un pirate. Un bien vilain mot, à mon avis, mais je n'ai jamais trouvé de meilleur métier. La piraterie me permet d'écumer les mers et de faire *ce* que je veux, *quand* cela me chante. Lorsque je veux quelque chose, je me sers, et personne ne m'en empêche. »

« Je vous assure, capitaine Silver, que je ne serai un empêchement d'aucune façon, affirma l'oncle Dunkirk d'un ton ferme. À mes yeux, *votre* négoce vous regarde. Tout ce que je désire, c'est quitter cette île et retourner à *mon* négoce. »

« J'en suis fort aise, monsieur Smiley. En toute sincérité. Mais, malheureusement, vous avez, en votre possession, quelque chose qui me serait d'une grande aide dans *mon* négoce, une machine volante. »

L'oncle Dunkirk laissa tomber sa mâchoire, feignant la surprise avec talent. Naturellement, il savait déjà que Long John Silver voulait s'emparer de Willy C. Après tout, au XVIIIe siècle, rien ne ressemblait de près ou de loin à un avion, et Silver était un pillard rapace. Néanmoins, l'oncle Dunkirk devait mener Silver en bateau et il décida de jouer le jeu. Faussement offusqué, il lança une riposte: « Ma machine volante! Vous n'êtes pas sérieux! »

« Oh que si, monsieur Smiley, répondit brutalement Silver. *Mortellement* sérieux. »

L'oncle Dunkirk baissa la tête, l'air désespéré, et se tordit les mains. Puis il plaida sa cause: « Capitaine Silver, une machine volante est une mécanique fort complexe. Elle est faite de milliers de pièces minuscules, et chacune d'entre elles doit travailler étroitement avec les autres pour que la machine puisse voler. Lorsque vous m'avez tiré dessus plus tôt aujourd'hui, votre boulet de canon a déchiré mon aile. Et comme vous le savez, un oiseau ne peut voler avec une aile cassée. Ma machine volante non plus. »

Long John Silver resta impassible tout au long du discours. Il dévisagea froidement l'oncle Dunkirk. « Réparez-la alors. »

« Avec quoi? s'insurgea l'oncle Dunkirk. Vous n'avez pas les outils qu'il faut. J'ai besoin de beaucoup plus qu'un maillet de bois et qu'un seau de colle. »

Le front de Silver se plissa soudainement de colère, et la couleur sembla se retirer de son visage. Les yeux noirs du pirate ne cillaient pas, et ses dents serraient le cigare qui rougeoyait tel un volcan, prêt à l'éruption avec chaque inspiration. « Laissez-moi vous rappeler, monsieur Smiley, que nous ne sommes pas en train de discuter. Si vous ne parvenez pas à réparer votre machine volante, vous ne m'êtes d'aucune utilité, hormis celle de servir d'amusement à mon équipage. » Puis, avec un sourire désagréable, Silver demanda: « Avez-vous, par hasard, déjà entendu parler de l'estafilade gaillarde? »

« L'estafilade gaillarde? » répéta l'oncle Dunkirk.

« Certes, c'est très divertissant », continua Silver calmement, bien que sa voix eût adopté une teinte menaçante. « Voyez-vous, nous nous emparons d'un prisonnier, et à l'aide d'un poignard bien aiguisé, le couvrons de la tête aux pieds de blessures superficielles. Rien de très profond. Juste assez pour faire couler des gouttes de sang de *toutes* les parties de son corps: les bras, les jambes, l'avant, l'arrière, le cou. Je suis certain que vous saisissez. »

L'oncle Dunkirk déglutit et fit un effort pour garder son sang-froid, mais il voyait très bien où Silver voulait en venir.

« Nous attachons les mains du prisonnier avec une corde résistante. Nous attachons l'autre bout à la chaloupe. Puis, mes rameurs les plus vigoureux se font des muscles en faisant le tour du lagon, sans s'arrêter, en tirant le prisonnier derrière eux, ballotté dans leur sillage. »

Le regard glacial de Silver se planta dans les yeux de l'oncle Dunkirk tandis qu'il poursuivait sa terrifiante description de la torture de pirate. « Ce n'est qu'une question de temps avant que les requins ne soient attirés par l'odeur du sang. Ils commencent d'abord par encercler lentement leur proie. Ils donnent de petits coups, ils tâtent la marchandise de la bouche. Puis, morceau par morceau, ils se repaissent de la victime. D'abord une bouchée à la fois, un pied, un bras. Ensuite, ils gagnent de l'assurance, ils deviennent plus agressifs. Ils deviennent comme fous. Ils attaquent les jambes, en coupant aux genoux, puis à la taille et ensuite à la poitrine. Ils continuent à mâchouiller et à attaquer jusqu'à ce qu'il ne reste plus rien d'accroché à la corde, exception faite des mains, peut-être. »

« Voilà, monsieur Smiley, ce qu'est l'estafilade gaillarde », conclut Silver, un sourire morbide aux lèvres.

Une sensation d'horreur envahit l'oncle Dunkirk. La preuve était faite: Long John Silver était un homme dément, un pirate psychopathe littéralement assoiffé de sang. L'oncle Dunkirk sut qu'il devait quitter ce navire, et le plus tôt serait le mieux.

Dieu merci, l'intérêt de Silver pour Willy C pouvait représenter l'occasion que les prisonniers attendaient tous. Silver voulait voir Willy C réparé, et de toute façon, il fallait réparer l'aile pour quitter l'île au Trésor. Par contre, s'il voulait remettre Willy C en état de voler, Silver devait permettre à l'oncle Dunkirk de débarquer.

« Bien que votre description de "l'estafilade gaillarde" soit intéressante, c'est le moins qu'on puisse dire, observa l'oncle Dunkirk en remettant son masque de bluffeur, je préfère essayer de réparer la machine volante pour vous. »

Silver éclata de rire avant de répliquer d'un air arrogant: « Je n'en doutais point. »

« Naturellement, je devrai me rendre à terre pour travailler à ces réparations », ajouta l'oncle Dunkirk en jouant ses cartes aussi rapidement et judicieusement que possible.

« Mon timonier, accompagné d'un petit détachement, vous escortera à la machine volante tôt demain matin. Le timonier s'assurera que vous ayez des provisions et les outils nécessaires aux réparations. » Puis Silver ajouta, comme s'il humait les motifs de l'oncle Dunkirk flottant dans l'air: « Naturellement, mes hommes seront armés et ils recevront l'ordre strict de vous transpercer de leur sabre si vous vous avisez de cligner des yeux sans permission. »

« Puis-je vous demander un petit service? reprit l'oncle Dunkirk, qui n'avait rien à perdre. Puis-je emmener les autres prisonniers avec moi? Plus j'ai de bras pour m'aider, plus vite je réparerai la machine volante. »

Un éclat de rire sinistre s'empara de Silver: « Vous avez une pauvre opinion de moi, ricana Silver sans gaieté. Je ne suis pas un homme stupide, monsieur Smiley. Loin de là. »

« Eh bien, vous devrez renoncer à la machine volante, rétorqua l'oncle Dunkirk. Comprenez, capitaine Silver, qu'il m'est *impossible* de réparer la machine volante seul. Absolument impossible. Ce serait comme faire avancer l'*Hispaniola* avec un aviron. Ce n'est même pas envisageable. J'ai besoin de quelques bras forts pour m'aider. Si vous voulez une machine volante qui *fonctionne*, vous devrez m'aider. »

Un lourd silence s'installa dans la pièce. Pendant un moment, l'oncle Dunkirk se demanda s'il n'était pas allé trop loin. L'examen préliminaire de Willy C au sol lui avait révélé que les réparations ne seraient pas trop difficiles. Il se disait qu'en quelques heures, il pourrait sûrement rafistoler l'aile de manière sommaire. L'applique ne résisterait pas à un long voyage, mais tiendrait assez longtemps pour que Willy C les téléporte en lieu sûr, à condition que l'oncle Dunkirk retrouve la pierre d'ambre d'ici là.

Mais le temps filait, et avec lui, les chances de survie des prisonniers. L'oncle Dunkirk avait tenté le coup, en sachant que Silver préférait probablement que ses hommes parcourent l'île à la recherche d'un trésor perdu, plutôt que de peiner une journée au soleil, à réparer une machine volante. La réussite de son plan valait bien le risque d'attiser la colère de Silver.

Le visage de Silver s'anima enfin tandis que le bout de son cigare tournait au rouge. Silver s'enfonça dans son fauteuil. « Smollett n'ira nulle part. Je le veux ici, à ma vue, et non pas libre comme l'air sur l'île, où il pourrait empoisonner les esprits de mon équipage avec ses menaces de pendaison pour mutinerie. Même chose pour Trelawney. C'est un enfant gâté de la haute, qui n'a jamais travaillé de sa vie et qui a une cervelle d'oiseau. Je doute qu'il puisse vous être d'une quelconque assistance. »

« Et qu'en est-il du docteur Livesey? demanda l'oncle Dunkirk. Les médecins sont adroits de leurs mains. Il pourrait m'être d'une grande utilité. »

« Prenez le docteur avec vous », accepta Silver, au

travers d'un nuage âcre de fumée de cigare.

« Et Jim Hawkins? continua l'oncle Dunkirk. Une paire de petites mains pourraient s'avérer utiles pour se glisser dans les endroits difficiles d'accès. »

« Fort bien, fort bien », acquiesça Silver, en balayant l'air comme s'il repoussait un insecte de la main. Je ne vois aucune raison de garder le jeune maître Hawkins à bord. » Puis d'un ton sévère, Silver ajouta: « Mais rappelez-vous, monsieur Smiley, si jamais l'un de ces prisonniers manque à l'appel à la tombée du jour, il y aura des répercussions. Je vous le jure. »

« Je vous assure, capitaine Silver, que nous serons de retour à bord avant le coucher du soleil. »

La rencontre prit abruptement fin sur ces mots. Long John Silver beugla pour faire venir le garde, et la porte s'ouvrit immédiatement. Sans regarder derrière lui, l'oncle Dunkirk se leva de la chaise et se dirigea vers la sortie. Comme les gardes se poussaient pour laisser passer le prisonnier, la voix forte de Silver s'éleva de derrière le secrétaire: « Oh, et une dernière chose, monsieur Smiley. Vous disposez d'une journée. »

CHAPITRE 18

LA CHALOUPE REBONDIT sur le flanc de l'*Hispaniola*, et McGregor se dépêcha de lancer une corde jusqu'au filet pour amarrer. Israël Hands fut le premier à débarquer, en attrapant un des nœuds de l'échelle de cordage et en se hissant habilement jusqu'au pont. Quelques instants plus tard, on vit apparaître l'imposante jambe de Red, qui enjambait le bastingage. Il se souleva ensuite pour se laisser retomber sur le pont.

« Avez-vous vu ça? » s'écria un vieux pirate grisonnant, accroupi sur le pont, en train de réparer un filet. « On dirait bien qu'une framboise a poussé sur la tête de Red! »

Le son malicieux du rire de l'équipage voyagea sur le pont, et Red sentit la pression – *taboum, taboum, taboum* – revenir dans sa tête, sur laquelle une croûte de sang séché brillait. La rumeur s'était vite répandue à bord de l'*Hispaniola* que le nouveau prisonnier avait terrassé Red d'un coup à la tête. Le fait qu'il s'agissait d'un coup administré à son insu importait peu à l'équipage. Après tout, les hommes de l'*Hispaniola* étaient des pirates et des assassins, et la félonie était pour eux aussi familière que l'eau sur laquelle ils naviguaient.

« Tout doux, Red », murmura Hands à ses côtés, en voyant les mains du géant s'ouvrir et se refermer. L'homme était visiblement sur le point de s'énerver.

Red avait l'habitude des plaisanteries et des grossièretés provenant de l'équipage de l'*Hispaniola*. Ses compagnons ne l'avaient jamais accepté comme l'un des leurs. En premier lieu, il dépassait en taille tous les hommes à bord. Red pesait près de cent quarante kilos et mesurait presque deux mètres. Étant donné qu'ils ne pouvaient le surpasser par leur stature ou leur force, les membres de l'équipage choisirent des formes plus cruelles d'agression. Ils commencèrent par l'appeler *le Mammouth* et *le Cyclope*, dans son dos, naturellement. Mais Red avait toujours refusé de défier l'équipage impertinent.

La persécution continua de plus belle, et l'équipage se mit à jouer des tours au géant. Un jour, Red trouva, à son réveil, son pantalon flottant au vent, attaché en haut du mât de pavillon. Une autre fois, un des hommes avait cousu son gilet rouge de façon à ce que Red ne puisse pas l'enfiler au-dessus de sa tête. Ce dernier avait passé toute la matinée à défaire les points un par un, assis tranquillement sur le pont, au milieu des railleries des hommes autour de lui.

Le seul à lui avoir témoigné du respect était Israël Hands, le timonier. Hands mit à profit la force herculéenne de Red, en le faisant participer aux expéditions à terre ou aux corvées sur le navire. Et si ce n'était pour la présence de Hands à ses côtés en ce moment, Red aurait sûrement donné libre cours à sa fureur et aurait fait payer au vieux pirate grisonnant des semaines de frustrations amères.

« Ce n'est pas le moment de mettre le cap'taine en colère », insista Hands à voix basse.

Donnant raison intérieurement à Hands, Red réprima son envie furieuse de rouer de coups chacune des hyènes ricanantes à bord du navire.

Soudain, la porte du poste d'équipage d'arrière s'ouvrit, et l'oncle Dunkirk apparut sur le pont gardé par deux hommes. La rage bouillante que Red peinait à contenir, remonta en lui d'un coup et fut refoulée une fois de plus tandis qu'il fixa le prisonnier. Furieux, Red serra ses poings à nouveau, en contractant chacun des muscles puissants de ses bras massifs et en labourant ses paumes de ses ongles.

L'oncle Dunkirk avait également remarqué l'arrivée soudaine des deux pirates sur le pont alors qu'on le ramenait aux quartiers des prisonniers. Maintenant qu'il se trouvait face à face avec l'armoire à glace qu'il avait frappée à la tête, un petit regret pinçant pour son geste antérieur le travailla.

« Vous, là! » le héla Red, fulminant de colère et se dirigeant tout droit vers l'oncle Dunkirk jusqu'à ce qu'il soit à deux doigts de distance de lui. « J'espérais recroiser votre chemin. »

Saisis de crainte, les deux gardes de l'oncle Dunkirk battirent en retraite. Obéir aux ordres était une chose, mais le faire au risque d'y laisser un membre ou la vie, c'était une autre histoire.

La poitrine costaude de Red faisait maintenant écran devant les yeux de l'oncle Dunkirk. Elle se gonflait comme une voile au grand vent à chaque fois que Red inspirait. Lentement, l'oncle Dunkirk leva la tête et ses yeux plongèrent dans le puits sans fond de furie et de feu du géant.

« J'ai pensé à vous toute la journée », lui dit Red avec hargne.

« Moi aussi, j'ai pensé à vous », rétorqua l'oncle Dunkirk sur un ton nonchalant.

La surprise se lut dans les yeux du géant: « Ah oui? »

« Oui, répondit l'oncle Dunkirk calmement. Je me demandais si vous aviez déjà vu un botté de dégagement? »

Les sourcils de Red s'arquèrent d'étonnement. « Un botté *comment*? »

« Un botté de dégagement. C'est très populaire en Amérique. »

Sur ces mots, l'oncle Dunkirk se pencha vers l'avant pour se mettre en position. Le bras droit baissé, les jambes écartées, la tête relevée. Puis il récita l'appel des quarts arrière: « Zéro, quatre. Zéro, quatre. Prêt, ho, ho! » L'oncle Dunkirk fit mine d'attraper un ballon puis de le tenir à bout de bras devant lui. Puis en se donnant un élan vers l'arrière, il balança sa jambe de toutes ses forces, bottant Red dans l'entrejambe.

Les yeux de Red, à l'instant brillants de colère, clignèrent deux fois d'incompréhension puis enregistrèrent une poussée de douleur insoutenable. Ses paupières se refermèrent tandis que des larmes de douleur coulaient sur ses joues. Puis la force de ses jambes céda, et il s'effondra sur le pont.

Tout autour de l'oncle Dunkirk, résonna le son inquiétant du fer contre fer sur le pont alors qu'une dizaine d'hommes sortaient leur épée de leur fourreau, mais l'oncle Dunkirk garda son sang-froid.

La pointe d'une lame se matérialisa soudain dans son cou, et en la suivant des yeux jusqu'au pommeau, l'oncle Dunkirk rencontra le regard livide de monsieur Hands. Ce dernier pressa sa lame sur la peau de l'oncle Dunkirk, en faisant jaillir quelques gouttes de sang, et il le menaça en ces termes: « Vous venez de commettre une erreur, une terrible erreur! »

Soudain, la porte du poste d'équipage d'arrière s'ouvrit brusquement, et une voix perçante se fit entendre: « Hands! Qu'est-ce que vous fabriquez, tonnerre de sort? »

L'épée disparut aussitôt qu'elle était apparue. Long John Silver avança sur le pont en clopinant, un fusil à silex dans la main gauche. Il tenait fermement sa béquille de sa main droite.

« Cap'taine, bredouilla Hands. Le prisonnier

vient d'attaquer Red. »

Silver s'arrêta au-dessus de Red et le dévisagea. Le géant était recroquevillé en position fœtale, les deux mains entre les jambes. En secouant la tête, l'air dégoûté, Silver se tourna vers l'oncle Dunkirk. « J'aimerais pouvoir vous qualifier de brave, monsieur Smiley, mais je trouve difficile de saluer un geste aussi stupide que celui-ci. »

Puis en se retournant vers Hands, Silver arma son fusil et frotta le canon sur la poitrine de Hands. « Monsieur Hands, interrogea Silver sur un ton sarcastique, depuis quand êtes-vous le capitaine de ce navire? »

Hands déglutit en ravalant sa fureur. « Cap'taine, je ne voulais pas mal faire. Je ne faisais que défendre l'honneur de l'équipage. »

« Laissez-moi donc m'occuper de l'honneur du navire », rugit Silver d'une voix forte, sa voix portant sur toute l'étendue du pont. « Cet homme est *mon* prisonnier. Que personne ne touche un cheveu de sa tête sans que je n'en aie donné l'ordre. Est-ce bien clair? »

Hands baissa les yeux vers le pont. « Oui, cap'taine, à vos ordres. »

Puis Silver tourna son attention vers Red. « Quant à toi, espèce de lourdeau, il y a trop longtemps que je t'endure. Je te donne un dernier avertissement, Red. Tu as fait assez de gaffes comme cela. Écoute-moi bien: la prochaine fois que tu feras du grabuge sur mon pont, tu passeras par-dessus bord. » Silver appuya sa jambe de bois sur la poitrine de Red, en l'immobilisant au sol.

Les yeux pleins de larmes, en proie à la douleur, Red parla en serrant les dents: « Oui, capitaine. Pardonnez-moi, capitaine. »

« Maintenant, hors de ma vue et tiens-toi debout comme un homme », ordonna Silver, en reculant.

Red se retourna lentement sur son ventre, et se mit péniblement à genoux. En gémissant légèrement, il réussit à se redresser lentement.

« Bon, alors, poursuivit Silver. Monsieur Hands, demain, aux aurores, vous escorterez le prisonnier, ainsi que le docteur Livesey et Jim Hawkins, jusqu'à la machine volante. Monsieur Smiley a gracieusement offert de réparer les avaries à sa machine volante, et vous êtes chargé de veiller à ce qu'il le fasse, et bien. Vous fournirez à monsieur Smiley tous les outils ou matériaux dont il pourrait avoir besoin. »

« Et les gardes? » demanda Hands, soulagé d'être à nouveau dans les bonnes grâces de Silver.

« Emmenez quatre hommes avec vous, et assurez-vous qu'ils soient armés. Je veux vous voir de retour à bord au coucher du soleil. »

« Oui, capitaine », répondit Hands avec empressement.

Puis s'adressant à l'équipage, Silver aboya: « La séance de ce soir est terminée. Vous avez tous une besogne à faire, faites-la! »

L'équipage de l'*Hispaniola* s'activa instantanément, courant sur le pont et grimpant sur la mâture.

Silver hurla, à l'intention des gardes de l'oncle Dunkirk:

« Ramenez le prisonnier à sa cabine. »

Les deux gardes arrivèrent immédiatement et poussèrent l'oncle Dunkirk dans le dos, sans ménagement. En regardant derrière son épaule pour voir le géant bouillonnant de rage, l'oncle Dunkirk regagna sa prison.

CHAPITRE 19

BEN ET SAGE quittèrent la grotte au moment même où un soleil rougeoyant pointait son nez à l'horizon. Le duo était prêt à mettre le plan de sauvetage à exécution. Pour l'instant, il s'agissait simplement d'atteindre la clairière, où Willy C avait atterri, avant que Long John Silver n'ait la chance d'isoler « la mystérieuse machine volante ».

Se glissant à travers le rideau de vignes pendantes, Ben et Sage sortirent sur la corniche. L'air du matin était frais et vivifiant, mais on pouvait pratiquement sentir le temps se réchauffer au même rythme que le soleil qui grimpait dans le ciel.

Sage aperçut l'*Hispaniola* au loin. Elle paraissait se réveiller lentement. Une nuée de fumée provenant d'un coin du navire s'élevait paresseusement au-dessus du lagon, et les contours sombres de deux pirates, probablement les sentinelles de nuit, étaient visibles sur le pont. Autrement, la goélette semblait sommeiller.

« La chaloupe est toujours amarrée à la quille », fit remarquer Ben, à côté de Sage.

« Nous arriverons juste à point », se réjouit Sage en souriant. Ils semblaient avoir une longueur d'avance sur Silver et son équipage.

Ben et Sage réussirent tant bien que mal à passer par-dessus le bord du talus et entreprirent la descente de la colline Artimon en louvoyant. La descente n'était pas facilitée par la pénombre, et tous deux mettaient un pied devant l'autre avec précaution ; une chute dans cette pente abrupte ne les aiderait pas.

Bientôt, Ben et Sage atteignirent la forêt au pied de la colline Artimon et se réfugièrent dans cet abri naturel. Vingt minutes plus tard, ils traversèrent le petit ruisseau où ils s'étaient arrêtés le jour précédent, et firent une petite pause pour se rafraîchir.

Comme ils approchaient du pourtour de la clairière, les ombres de la forêt commencèrent à s'évanouir, et les rayons épars du soleil matinal percèrent la cime des arbres.

En mettant un doigt devant sa bouche, Ben signifia à Sage de garder le silence. Puis ils s'avancèrent jusqu'à la naissance de la clairière et jetèrent un regard circulaire aux alentours. Hormis Willy C, la clairière semblait déserte.

Ben et Sage firent le tour de Willy C sans s'éloigner de l'orée de la forêt afin de pouvoir, à tout moment, se perdre entre les arbres si jamais les hommes de Silver se matérialisaient. Pour l'heure, néanmoins, la clairière était à eux.

« Nous voilà arrivés, chuchota Ben. Que faisons-nous maintenant? »

« Je ne crois pas qu'il y ait grand-chose d'utile dans la machine volante, répondit Sage. Mais si la chance ne nous abandonne pas, nous trouverons ce qu'il nous faut derrière le banian là-bas. »

Sage contourna Willy C et courut jusqu'au banian, tout près. Tous ses espoirs de sauver l'oncle Dunkirk dépendaient de ce moment décisif, et Sage espérait que la bouée de sauvetage dont il avait désespérément besoin était toujours cachée dans la forêt.

En marchant à pas lents autour de l'arbre, Sage posait les pieds sur ses nombreuses racines qui sortaient de terre. Le banian était vieux, et il devait avoir mis des siècles à atteindre sa taille gigantesque actuelle. Ses racines s'enchevêtraient inextricablement et s'enfonçaient dans la terre pour rejaillir à la surface à quelques lieues de là, en encerclant complètement son tronc massif.

Alors que Sage franchissait le dernier obstacle, ses yeux tombèrent sur le gros lot. Là, cachés derrière le banian, se trouvaient deux sacs à dos de surplus de l'armée qu'il avait sortis de la soute de Willy C.

Sage laissa échapper un soupir de soulagement sonore. Il était heureux que Red et Hands n'aient pas découvert les sacs quand ils avaient cherché dans les bois, la veille. Sage mit vite la main sur son sac et le souleva pour l'appuyer contre le tronc. Puis, en soulevant le rabat, il défit le nœud et tira sur le cordon. Toutes ses affaires étaient là, telles qu'il les avait rangées à Spruce Ridge, avec le plus grand soin.

« Bingo! » s'exclama Sage, et son visage s'illumina d'un sourire aussi éclatant que le soleil des Caraïbes.

CHAPITRE 20

L'ONCLE DUNKIRK FUT réveillé par le vacarme de la porte de la geôle qui s'ouvrait, suivi par la voix d'un pirate ordonnant grossièrement: « Lève ta carcasse! La chaloupe part dans l'heure! »

Avant même d'avoir le temps de frotter leurs yeux lourds de sommeil, l'oncle Dunkirk, le docteur Livesey, et Jim Hawkins furent tirés de leur couchette et emmenés sur le pont supérieur. Comme ils se rassemblaient près du bastingage, l'oncle Dunkirk remarqua que la chaloupe était remplie de provisions et que les marins qui les accompagnaient étaient prêts pour le départ.

Red, le dernier membre d'équipage à se présenter sur le pont, arriva en trombe, une lueur meurtrière au fond des yeux. Le géant avait, bien entendu, attendu la toute dernière minute pour faire son entrée sur le pont. Bien qu'il eût nettoyé le sang sur son front et peigné ses cheveux proprement, de manière à cacher la vilaine bosse résultant du coup de la veille, il marchait en canard, comme s'il venait de descendre de cheval.

L'oncle Dunkirk et le docteur Livesey descendirent par l'échelle de cordage qui pendait sur le flanc de l'*Hispaniola*. On leur donna des avirons à l'avant de l'embarcation et on leur ordonna de ramer jusqu'à la rive. Red et un autre pirate prirent les avirons à l'arrière tandis que le reste de l'équipage prit place à la poupe et à la proue.

Avec chaque coup vigoureux d'aviron, la chaloupe s'éloignait davantage de l'*Hispaniola* en fendant doucement l'eau du lagon.

En relevant la tête après quelques minutes, l'oncle Dunkirk remarqua que Red, importuné par le chaud soleil matinal, avait enlevé son gilet, ce qui laissait voir la multitude de tatouages qu'il avait sur son large dos. Chacun des tatouages était de la longueur d'une allumette et deux fois plus large, mais ils décoraient le dos de Red en entier. À certains endroits, les tatouages couvraient des cicatrices de coups de fouet. Au cours de ses voyages, l'oncle Dunkirk avait vu nombre de cicatrices tribales, depuis les hommes des tribus Iban de Bornéo qui ornaient leur corps d'incisions-talismans, afin de se protéger contre le malheur et la maladie, jusqu'aux Pazyryks de Sibérie qui, d'après les dires de certains, gravaient à l'encre des symboles dans leur chair pour afficher leur noble extraction. Néanmoins, les tatouages sur le dos de Red étaient de nature différente. Ils étaient singuliers. Il s'agissait peut-être de marquage tribal ornemental ou de tatouages de marin improvisés, représentant une action quelconque, *peut-être un meurtre*, mais l'oncle Dunkirk ne pouvait se prononcer. Quoi qu'elles fussent, ces marques ajoutaient à l'allure menaçante de Red.

Quand la chaloupe glissa finalement sur la plage sablonneuse de l'île au Trésor, les hommes entrèrent dans l'eau jusqu'aux cuisses, et poussèrent l'embarcation sur le rivage. Puis, les bras lourdement chargés d'outils et de provisions, les hommes commencèrent à marcher pour se rendre à la clairière. Ils quittèrent la plage pour s'enfoncer dans la forêt, et marchèrent en file indienne, chacun suivant le rythme de celui qui le précédait.

Tout au long de la marche ardue, l'oncle Dunkirk regarda furtivement autour de lui, guettant la présence de Sage et tentant aussi de trouver la pierre d'ambre qu'il avait égarée. L'oncle Dunkirk s'inquiétait depuis le début de sa captivité de savoir son neveu seul sur l'île. Il avait confiance en Sage, néanmoins, et il avait l'intuition qu'il avait su se réfugier en lieu sûr pour la nuit. Il espérait seulement que son neveu aurait suffisamment de jugeote pour rester caché s'il entendait le groupe marcher sur le sentier. Quant à la pierre d'ambre, l'oncle Dunkirk ressentait un malaise à chaque fois qu'il pensait à la relique perdue. Sans la pierre, Sage et lui seraient condamnés à rester sur l'île au Trésor pour l'éternité. Ou du moins pour aussi longtemps que Long John Silver le jugerait opportun. Et l'oncle Dunkirk ne l'entendait pas ainsi. Alors là, pas du tout.

Sage vida le contenu des deux sacs à dos sur le sol, à côté du banian. Il avait couché les sacs sur le côté, et en retirait une série apparemment interminable d'objets qu'il organisait et empilait au fur et à mesure. Les chemises avec les chemises, les pantalons avec les pantalons, et les objets divers étaient rassemblés séparément. Ben regardait Sage agir avec le plus grand étonnement, les yeux brillants en voyant les trésors que Sage sortait de chaque sac.

« Tenez, dit Sage généreusement, en lançant quelques vêtements de l'oncle Dunkirk à Ben. Voilà une nouvelle tenue. Vous pouvez enlever vos guenilles crasseuses. »

Ben intercepta les vêtements lancés dans les airs et les examina, un à un. Il y avait des années qu'il ne s'était pas changé, et les haillons qui recouvraient sa frêle silhouette tenaient par un fil. En étendant la chemise sur ses genoux, Ben en caressa le doux coton puis la tint devant lui, le sourire aux lèvres à la vue de l'imprimé floral aux couleurs vives. Les fleurs rouges, jaunes et bleues chatoyaient comme si la chemise avait poussé dans un jardin de Technicolor.

« On l'appelle la chemise hawaïenne, expliqua Sage, amusé. C'est un accessoire obligatoire quand on visite les îles. »

Ben sourit, se releva en s'aidant de ses mains et passa sa vareuse en lambeaux au-dessus de sa tête avant de la jeter au sol. Son pantalon tout aussi usé suivit rapidement et forma un tas difforme avant que Ben ne lui donne un coup de pied. Puis Ben passa les bras dans les manches courtes de sa nouvelle chemise éclatante et la boutonna soigneusement. Ben enfila ensuite le pantalon kaki de l'oncle Dunkirk sur ses jambes décharnées.

Tandis que Ben se changeait, Sage remarqua immédiatement la nouvelle posture de son ami. Vêtu de neuf, Ben semblait se tenir plus droit. Il resplendissait comme si les vêtements avaient su réalimenter ses réserves d'énergie. « Vous n'allez pas faire une petite parade? » le taquina Sage.

En souriant, Ben fit un tour sur lui-même et leva les bras sur le côté. Mais trois ans de survie sur l'île au Trésor avaient réduit la taille de Ben à rien du tout, et quand ce dernier lâcha le pantalon, il tomba d'un coup sec sur ses chevilles.

Sage éclata de rire alors que Ben tentait de récupérer le pantalon et son orgueil. Ben rougit fortement, mais quelques secondes plus tard, l'hilarité le gagna aussi et il se mit à rire. Bientôt, les deux compères riaient à gorge déployée, les mains sur le ventre et des larmes salées roulant sur leurs joues.

Finalement, en fouillant dans le sac de l'oncle Dunkirk, Sage réussit à trouver une ceinture et la lança à Ben en disant: « Voyons voir si elle vous va. »

Ben passa la ceinture autour de sa taille et tira fortement pour l'ajuster. Le tissu se plissait et formait une bosse sur le devant du pantalon, mais cela ne sembla pas déranger Ben. En levant les bras, il reprit la pose pour Sage. Si l'on faisait abstraction de ses cheveux

blancs et de sa barbe de trente centimètres, Ben ressemblait en tous points à un mordu de la plage californien.

« Maintenant que vous êtes habillé, que diriez-
vous d'une paire de chaussures? »

« Des chaussures? s'écria Ben. De *vraies*
chaussures? »

L'incrédulité de Ben attrista Sage. Le garçon
mesura tout à coup le poids écrasant de la solitude qui
avait dû peser sur l'homme abandonné sur l'île au
Trésor depuis trois ans. Sage se réjouit de pouvoir
alléger un peu la vie de son nouvel ami.

Sage sortit du sac à dos de l'oncle Dunkirk une
paire de chaussures de randonnée en cuir et les
souleva pour les montrer à Ben. « J'espère qu'elles
vous iront », dit-il en les lançant vers les pieds de Ben.

Sans hésiter, Ben s'assit par terre et glissa ses
pieds calleux dans les robustes chaussures. Il tira sur
les lacets, fit une boucle rapide puis se releva avec
plus ou moins d'équilibre.

« Faites-leur faire un essai de route », suggéra Sage.
Un regard désemparé accueillit cette proposition, et
Sage ajusta son discours: « Marchez un peu, pour voir. »

Semblable à un enfant qui apprend à marcher,
Ben fit un pas hésitant en avant. Les chaussures atterrirent au sol avec un bruit sourd. Il était presque
comique de voir les jambes décharnées de Ben
soulever les encombrantes chaussures pour les laisser
retomber avec fracas.

« Elles sont trop grandes, commenta Sage. Mais je

crois que nous pouvons remédier à ce problème. » Ben se déchaussa, et Sage sortit une paire d'épaisses chaussettes en laine du sac de l'oncle Dunkirk. Ben mit les chaussettes et se glissa une fois de plus dans les chaussures de randonnée. C'était beaucoup mieux cette fois-ci. Ben gambada dans la clairière, en sautillant joyeusement, un sourire accroché aux lèvres.

« Merci, Sage. » marmonna Ben dans sa barbe. Sage savait que ces mots venaient du fond du cœur, mais le regard fier sur le visage famélique de Ben était la plus grande des récompenses.

« Ce n'est rien, Ben, mais il y a mieux. » Sage avait gardé l'objet le plus important pour la fin. Ses doigts saisirent l'objet froid et métallique dans le sac à dos et le sortirent de manière théâtrale. « Nous avons maintenant une longue-vue. »

En tirant sur le tube pour amener l'instrument à sa pleine longueur, Sage le tendit délicatement à Ben.

Le visage de Ben s'éclaira en apercevant la longue-vue. « Nous aurons une belle vue de l'*Hispaniola*, depuis l'entrée de la grotte. »

« Oui, elle devrait nous être utile pour surveiller Long John Silver et ses hommes. » approuva Sage.

Soudainement, le sourire de Ben disparut et il tourna la tête brusquement. Son regard se porta vers le cœur de la forêt, en se posant d'arbre en arbre. « Qu'est-ce qu'il y a? » demanda Sage, en suivant le regard de Ben au-delà de la clairière.

« Je crois que j'entends quelqu'un venir par le

sentier. Allons vite nous cacher. »

Sage se dépêcha de prendre les belles piles de vêtements et d'articles disposées devant lui pour les fourrer précipitamment dans le sac à dos. Ben récupéra ses vêtements dispersés et les lança à Sage, tout en ne délaissant pas du regard la tête du sentier. Finalement, se rappelant qu'il avait une longue-vue dans la main, Ben se cacha derrière le banian, régla l'objectif et regarda dans le viseur.

Quelques instants plus tard, il décela un mouvement entre les arbres. Un groupe d'hommes marchait dans la jungle et se dirigeait droit sur eux.

À la plus grande joie de l'oncle Dunkirk, Hands n'avait pas jugé bon de dissimuler la présence de son détachement sur l'île. Les prisonniers purent se parler librement durant la randonnée, et l'oncle Dunkirk en profita pour préparer le docteur Livesey et Jim Hawkins à ce qu'ils allaient voir. Après tout, l'oncle Dunkirk avait raconté aux autres prisonniers qu'ils avaient échoué sur l'île après le naufrage de leur navire et qu'ils s'étaient retrouvés sur son rivage en flottant sur un tonneau à la dérive. Dans quelques minutes, ils découvriraient la vérité. Ils sauraient que l'oncle Dunkirk était arrivé dans l'île sur les ailes de ce qu'il devrait appeler « une machine volante futuriste. »

« Une machine volante? reprit le docteur Livesey,

un sourire sceptique sur les lèvres. Allons, Dunkirk, vous me prenez vraiment pour un idiot? »

« Docteur Livesey, je vous en prie. J'éprouve le plus grand respect à votre égard. Mettez-vous à ma place un instant. À titre de médecin, comment expliqueriez-vous à une personne, dépourvue de connaissances médicales, que vous avez découvert une machine extra-ordinaire, appelons-la la machine à rayons X, qui permet de regarder à l'intérieur du corps d'un homme et d'en garder une image? *Sans* lui faire d'incision. »

« Cela me serait sûrement impossible. De toute façon, la… le… rayon X n'existe pas. Et je ne serai pas dupe au point de croire que l'on puisse voler dans le ciel. C'est tout simplement absurde. »

« Comment expliquez-vous ceci alors? », rétorqua l'oncle Dunkirk tandis qu'ils sortaient du bois et débou-chaient dans la clairière. Imperturbable, Willy C brillait dans le soleil matinal à l'autre extrémité du terrain plat.

« Les voici! » chuchota Ben sur un ton pressant. Il rétracta la longue-vue et mit l'un des sacs à dos sur son épaule. « Il faut nous cacher. Suis-moi! »

Sage et Ben quittèrent en hâte leur cachette derrière le banian et s'enfoncèrent à vive allure dans le bois. Une fois protégés par la forêt dense, ils se cachèrent derrière un large tronc pour observer les alentours de la lisière du bois.

« La longue-vue, Ben », réclama Sage en tendant la main. Ben lui donna la longue-vue et Sage la porta immédiatement à son œil.

Quelques instants plus tard, Sage chuchota au comble de l'excitation: « Je le vois! » L'oncle Dunkirk sortait de la forêt et traversait la clairière d'un air résolu en direction de Willy C. « C'est l'oncle Dunkirk. »

Ben regarda l'homme appelé oncle Dunkirk passer devant eux puis il observa les autres visages. « Jim Hawkins est là aussi. Et on dirait bien qu'ils ne sont pas seuls. »

Sage vit un jeune garçon, sûrement Jim Hawkins, pénétrer dans la clairière, un seau à la main. Un autre homme, vêtu plus élégamment que les pirates, marchait à ses côtés. *Probablement un autre prisonnier.* Puis il vit les deux pirates de la veille, qui l'avaient pratiquement débusqué alors qu'il se cachait dans les buissons – Red et Hands – suivis de quelques individus à l'air louche. Sage remarqua que Red avait l'air souffrant, mais après avoir reçu une branche sur la tête, qui ne le serait pas? Quant à Hands, il ne quittait pas les prisonniers des yeux. Dans sa main, son sabre se balançait à chacun de ses pas alors que l'autre main fouillait dans son col pour toucher quelque chose.

Qu'a-t-il dans le cou? se demanda Sage, en braquant la longue-vue sur l'objet mystérieux. Puis, comme celui-ci se libéra de la vareuse de Hands, Sage arrêta de respirer avant de s'exclamer dans un souffle: « La pierre d'ambre! »

CHAPITRE 21

LE DOCTEUR LIVESEY et Jim Hawkins s'immobilisèrent, interdits, la bouche grande ouverte, en voyant le Supermarine Spitfire. « Mon Dieu… » murmura le docteur Livesey tandis que l'oncle Dunkirk lui décochait un sourire.

Incapable de se contenir plus longtemps, l'oncle Dunkirk s'élança à travers la clairière dans le but d'être le premier sur place au cas où Sage aurait campé près de Willy C. Soulagé, il nota qu'il n'y avait pas de braises fumantes d'un feu de camp, pas de lit de feuilles de palmier, aucun signe d'un campement improvisé. Si Sage avait passé la nuit près de la clairière, il avait effacé ses traces avec le plus grand soin.

L'oncle Dunkirk s'approcha de l'immense hélice à quatre pales de Willy C. Il tendit la main pour caresser l'hélice. Le métal, réchauffé par le soleil du matin, était aussi radieux que l'oncle Dunkirk, soulagé de retrouver Willy C, son fidèle compagnon de voyage.

Après avoir posé son coffre à outils, l'oncle Dunkirk fit lentement le tour de l'appareil, du corps aux ailes, tout en cherchant sur le sol la pierre d'ambre perdue. À part de l'herbe, des broussailles et quelques noix de coco tombées, il n'y avait rien.

Finalement, l'oncle Dunkirk s'arrêta directement devant le trou laissé par le boulet de canon. Il passa la main dans la déchirure et tâta soigneusement la paroi intérieure pour repérer tout dommage grave. Il retira ses doigts. Ils ne portaient aucune trace d'huile ou de carburant. Le boulet avait, par miracle, raté le tuyau d'alimentation du moteur. *Excellent*, se dit l'oncle Dunkirk.

« Bon, aboya Hands, se plaçant devant les prisonniers. Une besogne nous attend, et nous n'avons qu'une journée pour la faire. Si vous avez besoin de quelque chose, vous le demandez. Si vous devez aller dans le bois, vous demandez la permission et vous pourrez y aller sous bonne escorte. Si vous ne respectez pas ces consignes, vous serez tué. C'est aussi simple que ça. Compris? »

Les prisonniers opinèrent du bonnet à l'unisson. Puis, en interrompant Hands, l'oncle Dunkirk prit les commandes et donna ses ordres: « Monsieur Hands a raison. Nous avons fort à faire pour que la machine volante puisse voler, et la première chose à faire, c'est de combler ce trou. Docteur Livesey, je crois que vous avez un carré de toile dans votre sac. Je vous demanderais de tailler une applique pour couvrir le trou, en comptant au moins un huitième de yard supplémentaire de chaque côté. »

Le docteur Livesey hocha la tête et se mit à fouiller dans son sac.

L'oncle Dunkirk poursuivit: « Jim, vous vous

occuperez de la colle. Mélangez-la jusqu'à ce qu'elle ait une consistance lisse. Je veux qu'on puisse l'étendre sur l'aile comme du miel, sans grumeaux. Compris? »

« Oui, monsieur », répondit Jim en souriant. Il se dépêcha lui aussi de se mettre au travail, en allant chercher le pot de colle et un bâton pour la mélanger.

« Quant à vous et à vos hommes, continua l'oncle Dunkirk, en s'adressant à Hands, je dois dégager la machine volante d'entre ces arbres. En ce moment, l'aile endommagée se trouve à l'ombre, et je dois faire les réparations à la lumière du jour. Si vous voulez bien nous donner un coup de main, j'ai besoin de muscles du côté des ailes. »

Hands lança un regard furieux à l'oncle Dunkirk, le prisonnier qui donnait des ordres à ses hommes, mais il céda à sa requête. « McGregor, ne perdez pas les prisonniers de vue. Les autres, allez l'aider », beugla-t-il.

Les autres pirates suivirent l'oncle Dunkirk et firent le tour de Willy C, en prenant note des prises de main qu'il leur désigna le long de chaque aile. Puis l'oncle Dunkirk grimpa sur l'aile gauche, se pencha par-dessus le cockpit et cria: « C'est bon, poussez! »

Les pirates enfoncèrent leurs bottes dans la terre et poussèrent les ailes de leur dos. Les muscles eurent beau forcer, des grognements d'épuisement franchir les lèvres desséchées, Willy C bascula à peine vers l'avant.

« Attendez une seconde », ordonna l'oncle Dunkirk après un long moment, en dissimulant son sourire espiègle des pirates. Il se pencha dans le cockpit avec désinvolture et relâcha le frein de sûreté. *Je savais que j'oubliais quelque chose.*

« Très bien, dit l'oncle Dunkirk en invitant les hommes à tenter un autre essai. Mettons-y du cœur cette fois-ci… et *poussons!* »

Une fois de plus, les pirates se braquèrent et poussèrent de toutes leurs forces. Cette fois-ci, sans le frein, Willy C obéit et roula vers l'avant librement. Les hommes parvinrent à le faire avancer de trois mètres en quelques secondes.

« Cela suffit, lança l'oncle Dunkirk, une fois que Willy C fut stationné en plein soleil. Vous pouvez prendre une pause maintenant. »

Les pirates s'éloignèrent des ailes pour se reposer. L'oncle Dunkirk, pendant ce temps-là, serra le frein de sécurité puis, tout doucement, il sauta sur l'aile. Comme il mettait le pied au sol, l'oncle Dunkirk se retrouva face à face avec Red.

« La pierre d'ambre? », demanda Ben, en tournant la tête vers lui, de l'autre côté de l'arbre.

« Oh, ce n'est rien, lança Sage avec nonchalance, en retrouvant ses esprits. C'est un objet qui appartient à mon oncle. » Le ton calme de Sage tranchait avec le vertige qui s'était emparé de son cerveau. *Hands avait la pierre d'ambre de l'oncle Dunkirk!* Il n'avait pas pu se téléporter en lieu sûr. Évidemment! Il était pris au piège. Il était un prisonnier comme les autres, à bord de l'*Hispaniola*.

Convaincu désormais qu'il n'avait d'autre choix que de secourir l'oncle Dunkirk, Sage se tourna vers Ben et demanda: « Croyez-vous que l'on pourra intercepter mon oncle lorsqu'il retournera à la plage? »

Ben passa ses doigts dans la longue barbe qui lui pendait au menton. « Nous pourrions leur barrer la route sur le sentier assez facilement, répondit-il enfin. Mais ces pirates sont armés, et je ne crois pas que nous puissions les maîtriser. À deux contre cinq, ce n'est pas gagné d'avance, surtout quand l'un des deux est un jeune garçon et l'autre, un marin affamé. »

Sage réfléchit aux propos de Ben un moment, mais il savait au fond de lui-même que Ben avait raison. En changeant de tactique, Sage reprit: « Vous vous souvenez de quand vous m'avez surpris dans les bois, Ben? Comme un fantôme. Je n'avais aucune idée que vous étiez là. C'est ça qu'il faut faire. Pourriez-vous vous arranger pour que l'oncle Dunkirk me voie à l'insu des gardes? Je veux qu'il sache que je vais bien, que je ne suis pas seul et que nous planifions leur évasion. »

À nouveau, Ben caressa son menton barbu. « Je connais l'endroit idéal. Il y a une courbe dans le sentier, où les buissons sont très denses de chaque côté. Je peux vous y emmener facilement, mais je ne garantis rien. Tout dépend de la position des gardes sur le chemin de retour. S'ils gardent une bonne distance entre eux, vous aurez une chance de réussir. S'ils demeurent collés les uns aux autres, vous risquez d'être capturé. »

« Je suis prêt à prendre ce risque, dit Sage. Je suis aussi vif qu'une souris, Ben. C'était toujours moi qu'on trouvait le dernier quand on jouait à cache-cache parce que je pouvais me dissimuler dans les recoins les plus étroits. Faites-moi confiance. Si vous m'amenez tout près du sentier, je ferai passer mon message à l'oncle Dunkirk. Si c'est trop dangereux, je le laisserai passer devant moi, et nous nous en tiendrons au plan *d'origine*. »

Perplexe, Ben demanda: « Quel plan? »

« Ah oui, répondit Sage. Le plan d'origine. » Après avoir jeté un dernier regard vers l'oncle Dunkirk et les autres qui s'affairaient dans la clairière, Sage se retourna vers les sacs à dos remplis à ras bord et en fouillant à l'intérieur, il dit: « Je vais tout vous expliquer. »

« Oh, bonjour, Red », fit l'oncle Dunkirk timidement au moment où Red avançait vers lui, en le coinçant contre le fuselage. Sans rien dire, le géant se contenta de plonger son regard de braise dans les yeux du prisonnier.

« Pendant que nous sommes seuls, dit l'oncle Dunkirk d'une voix calme, j'aimerais vous offrir mes excuses les plus sincères pour vous avoir frappé à la tête et pour le coup de pied dans l'entrejambe. Je ne faisais que me protéger et j'aurais fait la même chose à n'importe qui sur le navire. Je souhaite de tout cœur que vous me pardonniez et j'espère que vous comprenez que je ne m'en prenais pas à vous personnellement. »

Red continua de fixer l'oncle Dunkirk avec colère, mais pendant un bref instant, un éclair de surprise traversa le visage du géant avant de disparaître.

« Je vois que Red s'est bigrement attaché à vous, monsieur Smiley », lança Hands sur un ton sarcastique.

L'oncle Dunkirk tourna la tête pour voir Hands qui les observait de l'autre côté de l'aile. « Oui, il semble avoir mon bien-être à cœur », répondit l'oncle Dunkirk en regardant de nouveau le géant.

« Ne vous laissez pas trop intimider par lui, conseilla aimablement Hands. Si quelqu'un a votre bien-être à cœur, c'est bien le cap'taine. »

« Ha! fit l'oncle Dunkirk. Je ne doute pas que le capitaine Silver s'inquiète de mon sort. Jusqu'à ce que la machine volante soit réparée, bien entendu. »

« Vous avez bien raison, approuva Hands. Et le cap'taine est connu pour changer souvent d'idée. » Puis, regardant autour de lui pour s'assurer que personne ne l'observait, Hands baissa la voix. « Mais parfois, il ne faut pas chercher loin pour trouver un allié. »

L'oncle Dunkirk redressa la tête, complètement pris au dépourvu par le commentaire de Hands. Il échappa à l'emprise de Red puis se courba pour passer sous l'aile. Lorsqu'il se releva pour faire face à

Hands, il vit quelque chose qui lui glaça le sang. Au bout d'une cordelette de cuir, autour du cou de Hands, pendait la pierre d'ambre.

L'oncle Dunkirk dissimula son trouble et insista: « Que voulez-vous dire *exactement*, monsieur Hands? »

« Tout ce que je dis, répondit Hands calmement, c'est qu'il existe peut-être un moyen de vous sauver de la potence. Réparez la machine volante et nous en reparlerons. Mais n'oubliez pas, monsieur Smiley, si un seul mot de notre conversation parvient aux oreilles d'un des matelots, vous vous retrouverez sur la planche plus tôt que prévu. Et alors, votre survie dépendra uniquement de la vitesse avec laquelle vous nagez. »

Avec beaucoup de curiosité, Ben regarda Sage fouiller au fond des sacs pour en ressortir les objets qui bloquaient son chemin et les disposer à côté de lui. Enfin, Sage sortit deux petits sacs de toile, qu'il brandit fièrement.

« *Voilà!* Nos trousses de toilette. »

« Des trousses de toilette? » répéta Ben, intrigué.

« Oui, des trousses de toilette, répondit Sage. Des petits sacs remplis de tout ce dont nous avons besoin dans une salle de bains. » Il fit glisser la fermeture éclair du sac de l'oncle Dunkirk pour en montrer le contenu à Ben. « Vous voyez, il y a une brosse à dents, du dentifrice, du déodorant, du shampooing, des ciseaux, un coupe-ongles, de l'eau de Cologne... »

La voix de Sage s'estompa à la vue d'articles qui attirèrent son attention. Il sourit en rencontrant le regard perplexe de Ben. « Et encore un petit quelque chose pour vous, Ben. Un rasoir et de la crème à raser. »

À la mention du mot *raser*, une lueur s'alluma dans les yeux de Ben. Ce dernier prit le rasoir de métal et le tourna entre ses mains, en tentant de deviner comment il fonctionnait. Enfin, en songeant que les rasoirs ne fonctionnaient sûrement pas de la même façon à l'époque de Ben, Sage proposa: « Nous y reviendrons plus tard. C'est un nouveau modèle qui vient des colonies. Je vous expliquerai comment il fonctionne dans une minute. »

Puis en soulevant sa propre trousse de toilette, Sage fit glisser la fermeture éclair et annonça: « Plus important encore, nous avons ce qu'il nous faut pour monter à bord de l'*Hispaniola* ce soir. » Et il sortit la petite boîte jaune de *Sirop pour enfants*.

CHAPITRE 22

MENTALEMENT, L'ONCLE DUNKIRK tournait le commentaire de Hands dans tous les sens. Il ne faisait pas plus confiance à Hands qu'à Silver, et il savait que Red lui tordrait le cou à la première occasion. Néanmoins, Hands avait la pierre d'ambre autour du cou, et il était impératif de la récupérer. Sinon, l'oncle Dunkirk et Sage seraient prisonniers de l'île au Trésor à jamais.

La remise en état de Willy C exigea un travail d'équipe qui prit toute la matinée et qui se poursuivit jusqu'au début de l'après-midi. Le docteur Livesey avait soigneusement découpé un carré dans la toile, que l'oncle Dunkirk avait collé sur l'aile. Puis tandis que la colle séchait au soleil brûlant, ils avaient raclé la surface d'une épaisse corde afin d'en dégager des fils plus minces. Ils avaient ensuite attaché cette ficelle autour de l'aile par précaution, au cas où l'applique lâcherait prise en plein vol.

Le reste de l'après-midi fut occupé à couvrir la toile et une partie de l'aile d'innombrables couches de colle, dans le but de durcir la membrane de toile pour qu'elle résiste au vent, une fois dans les airs. Comme le soleil se couchait peu à peu sur l'océan, Hands, assis confortablement contre un arbre, se leva et se dirigea vers l'oncle Dunkirk. « Il est pratiquement temps de rentrer. Les réparations sont-elles satisfaisantes? »

L'oncle Dunkirk tâta la toile avec son index et se rendit compte que la colle avait durci. Il tapota la surface de la membrane à quelques reprises, pour tester sa résistance et sa souplesse. La membrane ne broncha pas.

« Ça semble réparé », répondit l'oncle Dunkirk en soupirant. La journée avait été longue, et le soleil l'avait pratiquement vidé de ses forces. « Je ne pourrai en être sûr que dans les airs, mais la membrane semble être assez résistante. »

« Parfait, se réjouit Hands. Le cap'taine sera content. Le timonier ajouta à voix basse: « Malheureusement pour vous, mon ami, cela signifie que votre séjour à bord de l'*Hispaniola* tire à sa fin. »

« Je n'en serais pas aussi sûr, répliqua l'oncle Dunkirk. Après tout, l'aile est peut-être réparée, mais la machine volante a tout de même besoin d'un pilote, et je suis le seul à savoir comment la faire voler. »

« Soit, poursuivit Hands, mais le cap'taine est un homme égoïste. Une fois qu'il aura maîtrisé la magie qui permet de voler, je ne serais pas étonné de vous voir sur la planche. »

Hands voulait conclure un marché, et l'oncle Dunkirk décida de forcer le timonier à dévoiler ses cartes et à révéler ce qu'il était prêt à donner pour faire monter les enjeux. Baissant le ton, l'oncle

Dunkirk lui demanda: « Vous avez dit plus tôt que nous discuterions une fois les réparations terminées. De quoi vouliez-vous me parler au juste? »

Hands regarda autour de lui attentivement, pour s'assurer qu'aucune oreille indiscrète ne pouvait les entendre. « D'une association, monsieur Smiley, tout simplement. Entre vous, moi et Red. »

Exaspéré, l'oncle Dunkirk répliqua: « Vous savez aussi bien que moi, monsieur Hands, que Red n'attend qu'une occasion pour me rompre les os. Pourquoi devrais-je lui faire confiance? Et pourquoi devrais-je vous faire confiance? »

« Parce que vous n'avez pas le choix, répondit Hands sèchement. Regardez les choses en face, monsieur Smiley, vos jours sont comptés avec le cap'taine Silver. Dès qu'il saura piloter la machine volante, il vous livrera aux requins. »

« Ah oui, grogna l'oncle Dunkirk de manière sarcastique. La fameuse estafilade gaillarde. »

Hands dressa l'oreille à la mention de la torture de pirate sadique. « Vous avez entendu parler de l'estafilade gaillarde? »

« Oh oui, le capitaine Silver m'a informé de la chose. Cela semble assez barbare. »

« Bougre oui! approuva Hands. C'est l'une des choses les plus abominables qui m'ait été donné de voir. Et croyez-moi, monsieur Smiley, j'en ai vu, des horreurs dans ma vie. L'estafilade gaillarde n'est pas pour les poules mouillées. Et au cours de toutes ces années en mer, j'ai vu un seul homme y survivre. »

« Vous voulez dire qu'un homme a déjà survécu à cette épreuve? » demanda l'oncle Dunkirk, incrédule.

« Pardi, oui, répondit Hands d'un ton léger. Et il est juste là. » Hands désigna Red d'un geste. Ce dernier était appuyé contre un arbre, surveillant Jim Hawkins et le docteur Livesey.

La révélation frappa l'oncle Dunkirk comme la foudre – *les tatouages tribaux.*

« Ce ne sont pas des tatouages sur son dos? »

« Ce sont des estafilades, confirma Hands. Elles ont été recouvertes d'encre noire, tout simplement. Je l'ai fait le soir où ils ont sorti Red de l'eau. J'ai coloré moi-même toutes les entailles sur son dos. »

« Mais pourquoi? »

« Je l'ai fait pour lui épargner la honte. C'est un rustaud, assurément, un peu sot parfois, mais il a survécu. Il est sorti de l'eau *vivant*. Et peu importe quel crime il a commis, il a gagné le droit de marcher comme un homme, sans être humilié par les cicatrices sur son dos. »

L'oncle Dunkirk regarda vers la clairière et vit Red sous un nouveau jour. L'oncle Dunkirk n'avait jamais eu de doute quant à la robustesse du géant – *il n'y avait qu'à poser les yeux sur sa charpente pour en être convaincu* – mais survivre à l'estafilade gaillarde? C'était inimaginable. « Pourquoi l'a-t-on balafré uniquement sur le dos? », demanda l'oncle Dunkirk.

« C'était un signe de respect de la part du

cap'taine. Voyez-vous, Red avait mal agi, il n'y a pas de doute là-dessus, et il méritait peut-être de se faire fouetter à la poupe du navire. Mais Red avait déjà prouvé sa valeur à bord de l'*Hispaniola* et il avait traversé vents et marées aux côtés du cap'taine. Le cap'taine a blessé uniquement le dos de Red, par respect pour sa loyauté passée. »

« On imaginerait qu'il serait nerveux à l'idée d'avoir Red à bord après l'avoir condamné à l'estafilade gaillarde », réfléchit l'oncle Dunkirk à voix haute.

« Si ce n'avait été que pour lui, le cap'taine aurait sûrement laissé Red se noyer. Mais Silver aurait perdu le respect de ses hommes. Vous auriez dû voir les hommes, monsieur Smiley, huant et chahutant comme des marmots tandis que Red se battait avec le requin. Quand Red s'est enfoncé sous l'eau, le navire devint silencieux comme une église. Personne ne pipait mot. Tout le monde fixait l'eau, en attendant de voir un signe – du sang, des bulles, peu importe. Et puis Red est remonté à la surface, toujours en vie. Il a servi sa peine dans l'eau. Tous les péchés sont pardonnés. »

« Sauf dans l'esprit de Red? » demanda l'oncle Dunkirk en tentant de remettre les morceaux du puzzle dans l'ordre.

« Est-ce que vous pourriez oublier, vous? demanda Hands. Pourriez-vous oublier un jour? Non, Red a ses démons intérieurs. Il ne vous porte peut-être pas dans son cœur, monsieur Smiley, mais si vous mettez les choses en perspective, un coup dans les bijoux de famille et une prune sur la tête ne sont pas grand-chose en comparaison avec ce que le cap'taine lui a fait. »

L'oncle Dunkirk réfléchit quelques instants puis il lui tendit une perche: « Et cette association dont vous parliez? »

« C'est très simple, en fait. Vous m'enseignez la magie qui permet de piloter la machine volante, et en retour, vous avez la vie sauve. C'est un marché honnête comme je n'en ai jamais vu. »

« Pourquoi ne vous emparez-vous pas de la machine volante maintenant? l'interrogea l'oncle Dunkirk, d'un ton dubitatif. Je suis certain qu'avec Red, vous pourriez défaire les autres gardes. L'aile est réparée, et nous sommes loin du navire. Qu'est-ce qui vous en empêche? »

« Malheureusement, c'est le temps qui m'en empêche aujourd'hui, répondit monsieur Hands, de manière pragmatique. Le cap'taine nous veut de retour à bord quand la cloche sonnera six coups. Si nous ne sommes pas de retour d'ici là, il enverra un détachement, et je rôtirai sur des charbons ardents. Non, je crois que la patience est la meilleure conseillère. Red et moi pouvons attendre un jour de plus. Demain, vous nous enseignerez la magie et demain soir, vous serez un homme libre. »

L'oncle Dunkirk dévisagea Hands. Les paroles qu'il avait prononcées étaient peu dignes de foi. Néanmoins, l'oncle Dunkirk avait encore quelques atouts dans sa manche et il sentit qu'il était temps de révéler au timonier une partie de son jeu. « J'accepte votre proposition à une condition. Si vous voulez apprendre à piloter la machine volante, vous devrez faire un peu plus que la promesse de me laisser la vie sauve. »

Hands lui jeta un regard en coin, suspicieux. « Et qu'est-ce que vous voulez au juste? »

L'oncle Dunkirk montra la poitrine de Hands du doigt. « La pierre que vous portez autour du cou m'appartient. J'ai dû la perdre quand vos hommes se sont jetés sur moi. Elle ne vaut pas une fortune, mais elle a du prix à mes yeux. Un vieil ami me l'a offerte, et je voudrais la ravoir. Si vous me donnez la pierre, je vous enseignerai à voler. Et croyez-moi, monsieur Hands, quand j'aurai fini la leçon, vous pourrez vous élancer dans le ciel comme un oiseau. »

Le pirate évalua la proposition pendant une minute. « Marché conclu, accepta Hands avec confiance. Demain, vous m'enseignerez la magie, et je vous donnerai la pierre. »

« Et j'aurai la vie sauve. », ajouta l'oncle Dunkirk.

« Pardieu », répondit Hands en souriant. Le timonier cracha dans sa paume et tendit sa main ouverte à l'oncle Dunkirk. L'oncle Dunkirk se prêta au jeu et cracha dans sa paume avant de serrer la main du diable.

CHAPITRE 23

PLUS TARD CET après-midi là, Sage et Ben observaient les hommes au travail depuis leur cachette dans les bois. Sage vit que les prisonniers se préparaient à quitter la clairière. « Ben, il faut y aller. Ils s'en vont. »

Le regard perdu, Ben leva la tête. Il était assis contre un tronc d'arbre, le miroir de poche de l'oncle Dunkirk dans la main. À côté de lui se trouvaient le rasoir et la crème à raser et à ses pieds, un tas de cheveux blancs.

« *Dites donc!* », s'exclama Sage à la vue de Ben, rasé de près. Sous cette longue barbe blanche emmêlée, Ben cachait de beaux traits. Il avait un menton fort et un sourire amical qui accompagnait des yeux bleus pétillants. Son nez légèrement busqué remuait et se fronçait sporadiquement, à la recherche de ce qui avait pendu sous lui durant des années. « Vous avez l'air tellement jeune! »

Ben sourit à Sage puis continua à s'observer dans le miroir sous différents angles. « Tu sais, durant toutes ces années, j'avais oublié de quoi j'avais l'air », dit-il sur un ton mélancolique. Puis en passant ses doigts sur son visage, il affirma: « C'est agréable de perdre ces longs poils. Crois-moi, Sage, ne te fais jamais pousser la barbe, ça n'occasionne que des ennuis. »

Sage fit un sourire au nouveau Ben Gunn devant lui. Il avait observé une grande transformation chez le marin abandonné au cours des deux derniers jours. C'était impressionnant de voir comment un peu de compagnie, ainsi que des vêtements neufs et un rasoir pouvaient remonter le moral de quelqu'un. Sage voulait surtout faire sortir son nouvel ami de l'île au Trésor pour le ramener à la civilisation et souhaitait ardemment que ce projet se concrétise.

« Je regrette de couper court à notre discussion, Ben, mais le groupe s'apprête à partir. »

Ben bondit sur ses pieds et replaça le miroir soigneusement dans la trousse de toilette avant d'enfoncer cette dernière dans le sac à dos. « Allons-y, alors. Nous devrons faire vite, alors essaie de me suivre. »

Ben et Sage s'éloignèrent du tronc pour jeter un coup d'œil à la clairière. Les hommes s'enfonçaient dans le bois pour regagner l'*Hispaniola*. Lorsque la voie fut libre, Ben guida Sage parmi les arbres. La forêt les encercla rapidement, en bloquant la lumière et la chaleur du soleil et en les replongeant au cœur de l'autre monde de l'île au Trésor: un royaume ombragé de fleurs aux couleurs éclatantes, d'arbres luxuriants et de plantes exotiques.

Sage sur ses talons, Ben filait à travers les bois, sautant sur les souches et évitant les troncs d'arbres géants. Une lueur de fébrilité brillait dans ses yeux. Il évoluait sans effort sur la terre meuble, de façon énergique, avec ses nouvelles chaussures de randonnée.

Ben s'arrêta enfin et fit signe à Sage de garder le silence. Le menton redressé, Ben tourna la tête à droite et à gauche pour analyser les sons de la forêt sereine. Sage l'imita pour ajouter ses oreilles à l'exercice. Entre le gazouillis des oiseaux et le frémissement des feuilles soulevées par le vent, on entendait distinctement le martèlement de bottes agressives.

« Ils arrivent », chuchota Ben. Puis en désignant du doigt un gros fourré tropical juste devant eux, Ben lui expliqua: « Ils passeront de l'autre côté de ce buisson. Faufile-toi jusqu'à son pied en rampant. Ensuite, tire sur des branches pour mieux te cacher. Tu devrais te trouver juste à côté de ton oncle quand il passera par là. » Puis, avec un brin d'émotion dans la voix, Ben ajouta: « Mais sois prudent, Sage. S'ils t'entendent... »

Ben ne compléta pas sa phrase, et Sage lui donna une petite tape dans le dos pour le rassurer. En se mettant à plat ventre, Sage rampa jusqu'à ce qu'il soit abrité complètement par le couvert dense de branches et de feuilles du buisson. Puis il saisit doucement quelques feuilles parmi les plus grosses, en veillant à ne pas les casser, et les tira vers l'avant de manière à être caché entièrement.

Une fois en place, Sage tourna la tête, mais Ben avait déjà disparu. Même avec la chemise hawaiienne aveuglante de l'oncle Dunkirk sur le dos, Ben se fondait dans le paysage qui l'entourait tel un caméléon. Sage se retourna vers le sentier, et faillit crier de surprise quand une paire de bottes de cuir noir frappa le sol à quelques centimètres à peine de son visage.

« Avancez, aboya la voix rude à laquelle appartenaient les bottes, le soleil se couche. »

Sage attendit que les bottes avancent pour expirer, tandis que son cœur battait furieusement dans sa poitrine. Sans un bruit, il appuya alors la joue contre le sol pour mieux voir le sentier.

Ainsi positionné, Sage pouvait voir clairement des jambes suivre la courbe du sentier d'un pas lourd. À première vue, il sembla que les prisonniers s'étaient légèrement distancés des pirates durant la marche ; rien de très notable, il y avait à peine quelques mètres de plus entre chaque personne. Hormis les brefs ordres « Allez » et « Avancez », personne ne se parlait.

Pendant qu'il attendait, Sage compta les paires de jambes qu'il apercevait, en tentant de départager les pirates et les prisonniers. Jusqu'à maintenant, deux pirates étaient passés tranquillement devant lui, et un troisième tournait le coin.

Quelques instants plus tard, Sage dressa la tête au moment où il reconnut l'oncle Dunkirk par son pantalon kaki et ses robustes chaussures de randonnée. Sage détermina qu'il y avait environ cinq mètres entre l'oncle Dunkirk et l'homme qui le suivait. C'était jouable de justesse, mais Sage était déterminé à tenter le coup.

Comme l'oncle Dunkirk avançait vers la cachette de Sage, ce dernier chuchota deux mots qui attireraient l'attention de son oncle, sans l'ombre d'un doute: « *Oncle Dunki.* »

La réaction fut instantanée sur le sentier. L'oncle Dunkirk s'immobilisa sur-le-champ. Il regarda autour de lui pour tenter d'apercevoir son neveu. Sage lui donna deux petits coups sur les bottes, et le guida vers le sol avec son doigt. L'oncle Dunkirk s'accroupit sur un genou en faisant semblant d'attacher ses lacets.

L'homme qui suivait l'oncle Dunkirk arrivait à sa hauteur. « Tout va bien, Dunkirk? » demanda une voix aimable, provenant du haut des jambes.

« Oui, tout va bien, répondit l'oncle Dunkirk avec désinvolture. Je dois attacher mon lacet, c'est tout. »

L'homme donna une petite tape amicale sur l'épaule de l'oncle Dunkirk puis le dépassa sur la droite pour poursuivre son chemin.

Durant cet échange, Sage avait tourné la tête vers le sentier et noté que Jim Hawkins était le suivant. Parmi les prisonniers et les pirates, Jim était le plus facile à identifier, car ses jambes étaient beaucoup plus courtes que celles des autres.

« Oncle Dunkirk, nous venons te délivrer ce soir », chuchota Sage à la hâte.

« Es-tu avec Ben Gunn? » demanda l'oncle Dunkirk doucement, en tirant sur son lacet.

« Oui, répondit Sage. Nous montons à bord ce soir. Sois prêt. »

Juste à ce moment-là, Jim Hawkins passa devant l'oncle Dunkirk. « Je peux ralentir si vous voulez, monsieur Smiley. »

L'oncle Dunkirk releva la tête pour sourire au garçon, et lui répondit: « Non, ça va, Jim. J'avais un problème de chaussure. Par contre, je crois bien que le docteur Livesey apprécierait un peu de compagnie. »

Une fois Jim hors de portée de leurs voix, l'oncle Dunkirk reprit: « Sage, écoute-moi. Ne viens pas ce soir. J'ai besoin d'une autre nuit pour régler certains détails. Viens demain soir, compris? »

Ces paroles étonnèrent Sage, mais il était sûr que l'oncle Dunkirk avait de bonnes raisons de vouloir reporter la mission de sauvetage. « D'accord, répondit Sage. Demain. »

« Et prépare le fort », ajouta l'oncle Dunkirk en regardant brièvement par-dessus son épaule. Hands arrivait au tournant, et Red le suivait de près. « Assure-toi qu'il soit prêt à toute éventualité. Je t'expliquerai plus tard. Sois prudent. »

« Je le serai », promit Sage. Avant qu'il ne soit trop tard, il ajouta: « Hands a la pierre d'ambre. »

« Je sais, je tente de régler le problème. » Sur ces mots, l'oncle Dunkirk se leva de sur son genou et reprit sa marche. Sage demeura parfaitement immobile jusqu'à ce que la dernière paire de jambes ait dépassé le buisson. Bientôt, elles disparurent au loin.

CHAPITRE 24

PLUS TARD, CE soir-là, enfermés dans leurs quartiers, l'oncle Dunkirk et les autres prisonniers discutèrent des développements de la journée, y compris de « l'extraordinaire machine volante de monsieur Smiley. » Le capitaine Smollett et monsieur Trelawney se montrèrent d'abord suspicieux quant à cet étrange revirement du récit de l'oncle Dunkirk, mais le docteur Livesey et Jim Hawkins s'exprimèrent sans retenue pour appuyer les dires de l'oncle Dunkirk. Enfin, quand le débat fut terminé, tout le monde convint qu'ils en étaient toujours à la case départ, *tous prisonniers*. L'oncle Dunkirk put alors rendre compte des progrès de la journée. « La machine volante est réparée ou, au moins, autant qu'elle peut l'être sur cette île. Le docteur Livesey et Jim m'ont aidé à réparer l'aile de façon magistrale, mais je ne connaîtrai pas la résistance de la membrane tant que je n'aurai pas volé. »

« Maintenant que la machine volante est réparée, que fera Silver, d'après vous? » demanda Jim Hawkins du haut de son perchoir, sur l'une des couchettes.

« Je crois que la réponse à cette question est simple, répondit le capitaine Smollett. Silver se servira de la machine volante à ses fins retorses. Avec une machine qui peut s'élever à une trentaine de yards dans les airs… »

« En fait, l'interrompit l'oncle Dunkirk, elle peut s'élever à *trois cents* yards dans les airs. »

Sidéré, le capitaine Smollett releva la tête – cette percée scientifique appartenait à un avenir encore lointain – mais il retrouva son aplomb rapidement et poursuivit: « Avec une machine volant à trois cents yards dans les airs, Silver pourrait dominer les océans. Au lieu de rôder dans les voies maritimes commerciales dans l'espoir de croiser une goélette, Silver volerait dans les airs et repérerait ses victimes à des lieues de distance. Les océans deviendront son terrain de jeux. »

« Pouvons-nous l'en empêcher? » demanda le docteur Livesey.

« Sans une autre machine volante, il sera pratiquement impossible d'arrêter Silver », prédit l'oncle Dunkirk. Le boulet qui a touché mon aile a eu de la chance. Une chance sur mille. Si j'avais aperçu l'*Hispaniola* dans le lagon, je n'aurais eu aucune difficulté à éviter ses tirs. »

« Il faut donc l'arrêter », déclara Jim Hawkins bravement.

« Bien dit, Jim, approuva l'oncle Dunkirk. Nous devons arrêter Silver avant qu'il ne soit trop tard. »

« Mais comment nous y prendre? l'interrogea Trelawney. Maintenant que la machine volante est réparée, nous devons considérer que notre emprison-nement tire à sa fin. Comment arrêter Silver, lui qui a toutes les cartes dans son jeu? »

L'oncle Dunkirk regarda par-dessus son épaule vers la porte cadenassée de la cabine, puis fit signe aux hommes de se rapprocher. Une fois le cercle formé, l'oncle Dunkirk baissa la voix et exposa son plan.

« Silver a peut-être bien des cartes dans son jeu, mais nous avons quelques atouts dans notre manche. Sur le chemin du retour vers le navire, j'ai communiqué avec mon neveu. »

Un murmure de surprise s'éleva du groupe, et le docteur Livesey et Jim s'échangèrent un regard ébahi. « Comment avez-vous fait? demanda le docteur Livesey. Ils ne nous ont pas quittés des yeux de la journée. »

« Sur le sentier, alors que nous retournions au navire, expliqua l'oncle Dunkirk, j'ai entendu mon neveu chuchoter mon nom. Je me suis arrêté et j'ai fait semblant d'attacher mes lacets. Sage se cachait sous les feuilles du buisson devant moi. »

Le docteur Livesey hocha la tête, l'air admiratif. « C'est un jeune homme brillant. »

L'oncle Dunkirk poursuivit: « Sage se trouve avec Ben Gunn, et vous serez heureux d'apprendre qu'ils sont sains et saufs. Je leur ai demandé de préparer le fort de l'île. Ils s'assureront qu'il est armé et bien approvisionné. Ensuite, demain, ils monteront à bord de l'*Hispaniola* au milieu de la nuit pour nous libérer.

Si tout va bien, nous quitterons ce navire dans un peu plus d'une journée. »

« Qu'est-ce qui vous fait penser que nous avons une journée entière devant nous? murmura le châtelain, le souffle court. Maintenant que la machine volante est réparée, nous pourrions marcher sur la planche à l'aurore. »

« Excellente remarque qui demande une réponse simple, fit l'oncle Dunkirk en souriant. Silver *veut* la machine volante. La convoitise se lit dans ses yeux. Il a demandé à faire un tour d'essai quand l'avion sera réparé. Nous irons demain, et je lui donnerai la frousse de sa vie. Je vous le garantis, messieurs, quand nous atterrirons, Silver sera convaincu que la machine volante a besoin de sérieuses réparations. Cela devrait nous faire gagner du temps. Après tout, un seul jour supplémentaire sera nécessaire. »

« Et une fois que nous serons dans le fort, que se passera-t-il? » demanda le capitaine Smollett, son esprit militaire analysant le plan dans ses moindres détails. « Les hommes de Silver ont des mousquets, des pistolets et des sabres d'abordage. Nous sommes sept en tout, et ils nous surpassent en nombre. Silver pourrait débarquer un canon à terre et pulvériser le fort. Avec quoi pourrons-nous nous défendre? Avec des bâtons et des pierres? »

« Je ne crois pas qu'il faille craindre Silver ou ses hommes, répondit l'oncle Dunkirk. Une fois que vous serez débarqués de l'*Hispaniola*, vous serez en sécurité dans le fort. Dans le pire des cas, vous devrez tenir un siège d'une heure ou deux. Mais cela ne devrait pas être trop difficile. Silver n'aura pas le temps de méticuleusement planifier un assaut en quelques heures à peine. Et même s'il le pouvait, je doute que ses capacités militaires égalent les vôtres, capitaine Smollett. »

Le capitaine Smollett hocha la tête pour le remercier du compliment. « Mais vous conviendrez que nous ne pouvons pas tenir Silver en échec très longtemps? »

« Sans les armes nécessaires, j'en conviendrais, répondit l'oncle Dunkirk, mais Silver aura fort à faire pour protéger l'*Hispaniola*. »

« De quoi? » demanda le capitaine Smollett, interloqué.

« De moi, affirma l'oncle Dunkirk avec détermination, et de Willy C. »

CHAPITRE 25

LE LENDEMAIN MATIN, un long cortège d'hommes avançait en serpentant dans la forêt de l'île au Trésor, Long John Silver à sa tête. C'était une journée magnifique, le soleil brillait de tous ses rayons, et il n'y avait qu'une légère brise dans l'air. En cette occasion extraordinaire, Silver avait revêtu une redingote mauve spectaculaire, brodée de fils d'or et aux boutons de cuivre chatoyants. Afin de mieux souligner l'importance de la journée, le pirate s'était même rasé de près, mais il n'était pas allé jusqu'à se servir de savon. Pas question de prendre un bain.

Il avait l'air d'un homme sans souci en allant à la rencontre de sa destinée. Aujourd'hui, lui, John Silver, prenait possession de l'arme la plus extraordinaire du monde: une machine volante unique. Et demain, il régnerait sur les mers, et personne n'oserait plus contester sa domination. Silver rayonnait en imaginant son nom aux côtés des noms de pirates légendaires tels que Henry Morgan, Edward Teach, Jean Laffite et William Kidd. Bientôt, les peuples du nouveau monde raconteraient les exploits du redoutable flibustier du ciel, le capitaine Long John Silver.

Au moment où les pirates sortaient du bois et

débouchaient sur la clairière, Silver aperçut pour la première fois la machine volante que Dunkirk appelait Willy C. Son souffle fétide lui resta pris dans la gorge. « Bonjour, mon trésor! » susurra-t-il pour lui-même.

Willy C se trouvait à trois mètres de la lisière du bois, posant au soleil du matin, comme un chat.

Silver n'en crut pas ses yeux, à la vue de cette machine racée devant lui. Elle avait des lignes lisses et aérodynamiques, un peu à la manière d'une lame aiguisée. Willy C brillait comme une pierre précieuse, et Silver fut subjugué. Il s'imagina aux commandes, volant haut, au-dessus des nuages et dominant son nouveau royaume à titre de Maître des cieux.

Ces visions dansant dans sa tête, Silver traversa la clairière aussi vite que sa jambe de bois le lui permettait et se rendit tout droit devant Willy C. Puis en tendant la main avec révérence, il posa doucement la paume de sa main sur l'appareil et sentit la chaleur du soleil sous ses doigts. Pendant que Silver baignait dans la joie de découvrir son nouveau jouet, le reste du cortège arrivait progressivement dans la clairière et forma un demi-cercle autour de l'avion, dans l'attente qu'il se produise quelque chose.

Silver attendit patiemment que les murmures des marins abasourdis se calment, la plupart d'entre eux voyant la machine volante de près pour la première fois. Silver, qui avait répété un discours de circonstance dans sa cabine, aux petites heures du matin, s'appuya sur son talon en faisant de l'effet et déclara d'une voix forte: « Aujourd'hui, gentilshommes de fortune, vous serez tous témoins d'un événement historique. Vous êtes privilégiés d'être ici, puisqu'on parlera de ce moment durant des siècles. Les enfants de vos enfants parleront du jour où la noble piraterie s'affranchit de l'océan pour dominer le firmament. »

Silver eut recours à tout son talent de tragédien, en levant la main avec majesté et en pointant vers le ciel pour ponctuer ses paroles. Néanmoins, il fit une pause qui fut accueillie par le silence gêné de son équipage. Bien qu'un sourire forcé fût toujours plaqué sur son visage, son regard commença à papillonner autour de lui nerveusement. Sentant que le capitaine attendait une reconnaissance quelconque, Hands commença à applaudir à tout hasard. Lorsque les yeux de Silver reluirent de satisfaction, le reste de l'équipage se rallia vite à Hands et applaudit ce moment historique et les paroles du capitaine.

Silver savoura ces applaudissements pendant un moment, puis il leva la main pour exiger le silence. « Ce que je m'apprête à faire n'est pas pour les couards. Seul un homme véritable peut s'acquitter de cette tâche. Un homme qui n'a pas peur de voler comme un aigle et de franchir la dernière frontière à conquérir: les cieux au-dessus de nous. Aujourd'hui, moi, Long John Silver, mènerai la charge vers l'avenir et pour la postérité! »

Des applaudissements épars éclatèrent à nouveau dans la clairière, et Silver fut heureux de noter qu'ils avaient été spontanés. Son sourire de

circonstance resta parfaitement en place quelques
instants puis disparut. Silver tourna sur son talon et se
dirigea vers l'aile de Willy C sous les acclamations de
ses hommes.

Tandis que Silver s'approchait de l'aile, la réalité
s'imposa à son esprit à moitié cuit par le soleil. Son
plan avait une faille. Bien qu'il fût resté éveillé une
partie de la nuit à mettre au point son discours
historique, Silver avait oublié un élément clef: la suite
des événements.

L'équipage attendait qu'il prenne le contrôle des
cieux, mais Silver se trouvait en mauvaise posture. Il
n'était jamais monté dans une machine volante, il n'en
avait même jamais vu avant ce jour. Et pardieu, l'art
de piloter un tel engin lui échappait complètement.
Avec une angoisse amère, menaçant de gâcher le
moment le plus mémorable de sa vie, Silver tenta de
garder son calme devant ses hommes. Aussi noncha-
lamment qu'il le put, il se tourna vers le groupe et
appela: « Monsieur Smiley! »

Devant l'avion, les têtes se tournèrent à droite et à
gauche pendant que l'équipage cherchait le prisonnier.

Quelques instants plus tard, l'oncle Dunkirk
émergea de la cohue pour rejoindre Silver à côté de
l'aile. « Vous m'avez appelé, capitaine Silver? »

Silver plaqua un sourire feint sur son visage pour
son équipage, puis il baissa la voix de façon à ce que
seul l'oncle Dunkirk entende. « C'est votre machine
infernale, Smiley, lança aigrement Silver, comment

fonctionne-t-elle? »

L'oncle Dunkirk retint de justesse le large sourire qui naissait sur ses lèvres.

« Comme je vous l'ai déjà dit, capitaine Silver, une machine volante, c'est fort compliqué. Il faut des mois d'instruction sur la terre, suivis de mois d'entraînement dans les airs pour devenir pilote. »

Silver balaya d'un geste les remarques de l'oncle Dunkirk. « Je ne suis pas partisan de l'instruction ou des livres, monsieur Smiley. Mais au cours de toutes ces années de navigation, j'ai piloté un grand nombre de navires dans les pires conditions imaginables. J'ai traversé des tempêtes terribles et des typhons meurtriers et j'ai guidé des navires à travers des bancs de corail tellement acérés que leurs dents pourraient déchiqueter une quille en quelques secondes. Puis en levant les yeux au ciel, au-dessus de Willy C, il ajouta: « Je suis sûr de pouvoir piloter un engin dans le ciel dégagé sans aucune difficulté. Que pourrais-je frapper, pardi? Un oiseau? »

« Capitaine Silver, vous avez raison, le ciel est dégagé. Vous ne pouvez pas y frapper grand-chose. Néanmoins, il y a deux obstacles à considérer: décoller et ensuite se reposer dans la clairière. »

« En quoi cela pose-t-il des difficultés? rétorqua Silver. Monter, c'est monter, et descendre, c'est descendre. »

« Je vais vous exposer le problème en peu de mots, répliqua l'oncle Dunkirk fermement. Si vous essayez de voler seul aujourd'hui, vous ne serez plus en vie demain. »

En entendant ces mots, un éclat de fureur psychopathe reluit dans les yeux noirs de Silver, mais l'oncle Dunkirk poursuivit: « Écoutez-moi, je vous en prie. Je ne vous menace pas. J'essaie simplement de vous expliquer la chose le plus simplement possible. Voyez-vous, pour se soulever de terre, une machine volante a besoin d'immenses réserves de carburant. Dans les colonies, nous utilisons un combustible qu'on appelle de "l'essence". Cela ressemble en tous points au kérosène de vos lanternes, et s'asseoir au poste de pilotage, c'est comme s'asseoir sur un baril de poudre mobile. Si vous vous écrasiez contre ces arbres à l'atterrissage, la machine volante et *vous* seriez soufflés dans une explosion cent fois pire que celle provoquée par le plus gros des canons de l'*Hispaniola*. »

La colère de Silver s'évanouit au fur et à mesure qu'il enregistrait l'explication de l'oncle Dunkirk. Ce dernier insista sans attendre: « Et si, par le plus grand des hasards, vous réussissiez à décoller, sans entraînement, vous ne pourriez jamais, *au grand jamais*, atterrir dans cette clairière. Si vous essayiez, vous plongeriez dans l'océan, ou vous vous écraseriez sur l'île. D'une façon ou d'une autre, c'en est fini de votre moment historique. Et de votre vie. »

Silver considéra les paroles de l'oncle Dunkirk. Il avait voulu que son équipage soit témoin de ce moment historique dans la clairière, mais il n'avait pas songé que piloter une machine volante serait si compliqué. Une pointe de suspicion s'immisça alors dans son esprit. *Et si Smiley mentait?* Il fallait certainement considérer cette possibilité. Après tout, tout délai dans la tenue de l'exploit historique de Silver signifiait un sursis pour les prisonniers.

« Si vous tentez de me berner, monsieur Smiley, prévint Silver, vous perdez votre temps. Tôt ou tard, vous serez cuit, je vous en fiche mon billet. »

L'oncle Dunkirk leva la main pour protester. « Je vous en prie, capitaine, c'est la pure vérité, et je peux vous le prouver. Jetez un coup d'œil dans le cockpit. Voilà où s'assoit le pilote. Un seul coup d'œil et vous verrez que je ne vous raconte pas d'histoire. »

Silver accepta en hochant la tête légèrement. Sans perdre de temps, l'oncle Dunkirk contourna l'aile droite, accompagné du pirate, et lui montra comment monter. Une fois les deux hommes debout sur l'aile de Willy C, l'oncle Dunkirk ouvrit la verrière et s'écarta.

Silver se pencha vers l'avant et l'air inquiet, il regarda à l'intérieur du cockpit de la machine volante. Devant lui se trouvait une multitude de cadrans, d'instruments, d'interrupteurs et de boutons à bascule encastrés dans le tableau de bord. Un bâton avec poignée sortait du plancher, et deux pédales étince-lantes se trouvaient aussi au sol, attendant d'être poussées. Cela ne ressemblait en rien aux gouvernails qu'il avait vus dans sa vie, et Silver se dit que Smiley disait vrai, assurément. Piloter une machine volante n'était pas une mince affaire.

Néanmoins, Silver tenait à ne pas compromettre ce moment glorieux. Il avait promis un événement historique à son équipage, et il ne les décevrait pas. « Je vois qu'il y a deux sièges dans cette machine volante, fit remarquer Silver d'un ton badin. Deux personnes peuvent donc voler à la fois. »

« Oui, il y a un siège arrière pour un passager », confirma l'oncle Dunkirk. Puis il ajouta: « J'ai une idée, capitaine. Si vous voulez, je pourrais piloter la machine volante et vous faire une démonstration de ses capacités aériennes. »

Il s'agissait d'une suggestion brillante, et la seule façon pour Silver de ne pas perdre la face devant son équipage. En dissimulant l'enthousiasme que lui inspirait l'idée, Silver marmonna d'un ton blasé: « Cela pourrait marcher. » Puis, en se tournant vers ses hommes, il s'écria sur un ton grandiloquent: « De l'océan jusqu'au firmament! L'histoire s'écrit en ce moment, messieurs! »

Les hommes rassemblés autour de l'avion firent à nouveau entendre des applaudissements. L'oncle Dunkirk avança sur l'aile pour se glisser dans le cockpit avant. Puis il se tourna vers Silver pour lui indiquer comment s'installer à l'arrière. Quand il fut en place, le pirate se leva fièrement sur son siège et continua à lever les bras dans les airs, en jouant au héros conquérant.

L'oncle Dunkirk dit, en interrompant brusquement

la parade du paon: « Il faudrait leur dire de dégager. »

« Quoi? » siffla Silver entre ses dents, un large sourire toujours figé sur les lèvres.

« Vos hommes, répondit l'oncle Dunkirk sans ménagement, ils bloquent notre passage. Dites-leur de se déplacer ou alors, ils seront fauchés. »

« Oh », murmura Silver. Puis il vociféra, en direction de l'équipage comme s'il était à la barre de l'*Hispaniola* durant une tempête: « Décampez de notre chemin! Laissez le champ libre à l'histoire! »

Tandis que l'équipage cédait la voie à l'engin, l'oncle Dunkirk fit les vérifications d'usage avant décollage. Willy C semblait prêt à s'envoler, mais l'aile endommagée restait une question sans réponse. En se tournant, l'oncle Dunkirk lança par-dessus son épaule: « Je vous recommande de boucler votre ceinture, capitaine Silver. C'est la courroie noire située de chaque côté de votre siège. Elle s'attache comme une ceinture. Glissez la partie mince dans la fente du côté plus gros puis poussez les extrémités l'une sur l'autre jusqu'à ce qu'un déclic se fasse. »

En regardant les deux parties de la ceinture comme si elles étaient les bagues d'un magicien, Silver les frappa l'une sur l'autre bruyamment avant de remarquer l'ouverture sur un des côtés. Puis, en suivant les instructions de l'oncle Dunkirk, il glissa la partie mince dans l'ouverture et poussa. On entendit alors le *clic* désiré.

« Ne vous étonnez pas, fit l'oncle Dunkirk. La

machine est bruyante, je vous avertis. » Sur ces mots, l'oncle Dunkirk mit le contact et fit démarrer Willy C. L'avion laissa échapper un nuage de fumée noire et toussota en revenant à la vie.

La réaction ne se fit pas attendre dans la clairière. À la première pétarade, les hommes d'équipage s'ébrouèrent comme si une guerre venait d'être déclarée. Ils se réfugièrent dans le bois, en couvrant leur tête et en se dissimulant sous les arbres. Les plus braves d'entre eux dégainèrent leur sabre d'abordage en prenant position, attendant que le mystérieux attaquant fasse feu à nouveau.

Dans le cockpit arrière, Silver serra les poings nerveusement, les paumes moites de transpiration. L'avion vibrait intensément, et le rugissement des moteurs ne ressemblait à rien de ce qu'il avait entendu jusqu'alors. C'était le cri perçant d'une fée macabre, le hurlement effroyable du démon, et le vacarme envoûtant de la toute-puissance tout à la fois, et Silver s'y sentit comme chez lui. Un sourire malfaisant sur les lèvres, Silver songea combien ses ennemis seraient terrifiés à la seule écoute du son de cette machine volante.

« De l'océan jusqu'au firmament! » s'écria l'oncle Dunkirk en relâchant le frein. Willy C commença à avancer dans la clairière.

CHAPITRE 26

SAGE SURSAUTA EN entendant le moteur de Willy C retentir au loin. Son écho brisait la sérénité de l'île au Trésor. La matinée s'était avérée longue et ardue puisque lui et Ben avaient travaillé intensément à préparer le fort à un siège, si jamais les hommes de Silver se présentaient.

Ils avaient commencé par recueillir autant de vivres et de fagots que possible, étant donné qu'ils ignoraient combien de temps ils seraient enfermés entre les murs du fort. Ils avaient fouillé dans le trésor de Flint dans le but de s'armer et avaient trouvé trois dagues ornées de pierres précieuses. Puis ils avaient parcouru les bois pour recueillir autant de longues branches que possible. Ils avaient taillé au couteau les extrémités des branches pour en faire des lances, qu'ils avaient entreposées. Mais leur besogne connut un ralentissement certain quand le moteur de Willy C les interrompit en plein travail et leur procura une bonne dose d'anxiété. En regardant Ben nerveusement, Sage demanda: « Croyez-vous que l'oncle Dunkirk a réussi à s'échapper? »

Ben fouilla le ciel du regard pour tenter de localiser la source du bruit inconnu.

« Je suis sûr qu'il ne te laisserait pas sur l'île », dit Ben pour le rassurer.

Sage protégea ses yeux du soleil éblouissant et porta son regard au loin. Il savait dans quelle direction se trouvait la clairière, mais un épais mur d'arbres bloquait sa vue de l'intérieur de l'île. Malgré tout, Sage continua à fixer anxieusement le ciel, au-dessus de la cime des arbres dans le but d'apercevoir Willy C, ne serait-ce qu'un bout d'aile.

Quelques instants plus tard, le moteur de Willy C changea de ton et passa du ronronnement régulier au rugissement accéléré précédant le décollage. « Ils arrivent », annonça Sage. Il savait que le changement soudain de registre signifiait que l'oncle Dunkirk accélérait sûrement pour l'envolée.

Ben se posta tout près de Sage et suivit le doigt du garçon qui pointait vers le ciel. Soudain, leur patience fut récompensée alors que Willy C passa au-dessus d'eux comme une étoile filante, en créant un courant d'air bruyant au-dessus du fort. Sage et Ben se retournèrent pour suivre la trajectoire fulgurante de l'avion, et Sage réussit à apercevoir brièvement son oncle au poste de pilotage. L'angoisse le saisit quand il remarqua que l'oncle Dunkirk n'était pas seul. Il y avait quelqu'un dans le cockpit arrière.

« Les avez-vous vus? s'écria Sage. L'oncle Dunkirk était à l'avant, mais je ne sais pas qui était à l'arrière. »

« Je les ai vus, répondit Ben, et je ne crois pas que ton oncle s'enfuie. Ce n'était pas un prisonnier à l'arrière. C'était Long John Silver. »

Sage suivit Willy C des yeux alors qu'il s'éloignait du récif de corail et filait haut dans les airs, au-dessus de l'océan. L'avion volait dans ses lignes, le bout des ailes stable, en se dirigeant vers la haute mer. Puis, alors que Willy C devint un point minuscule à l'horizon, il tourna doucement vers la droite pour faire demi-tour en direction de l'île au Trésor.

« L'oncle Dunkirk doit faire une démonstration à Silver », dit Sage. Étrangement, Sage fut rassuré de savoir que Long John Silver, et non pas un des prisonniers, se trouvait sur le siège arrière de l'avion. Bien que Silver fût l'ennemi, sa présence à bord confirmait que l'oncle Dunkirk n'avait pas abandonné son neveu sur l'île. Sage continua toutefois à être rongé par l'anxiété. La journée venait de commencer, et réservait peut-être encore des surprises.

« Allez, Ben, l'invita Sage, en détachant ses yeux du ciel. Nous avons un autre chargement à descendre de la grotte et beaucoup de travail à faire avant que la nuit ne tombe. Restons dans l'ombre, je ne veux pas qu'on soit vus. »

CHAPITRE 27

PÉTRIFIÉ, LONG JOHN Silver regarda par la verrière au moment où Willy C traversait la clairière en mugissant. Le léger tremblement qu'il avait senti quand la machine volante s'était mise à avancer se transforma en secousses à faire décoller les os du squelette et à remuer l'âme. Il serra les poings nerveusement et vit les visages souriants de ses hommes passer devant le hublot. Les arbres entourant la clairière devinrent un ensemble uniforme verdoyant et flou. Même à pleine voile, le vent hurlant dans le dos, Silver n'avait jamais voyagé à une telle vitesse, et il détestait être à la merci d'un autre homme de barre.

Tout à coup, les vibrations qui agitaient l'engin s'arrêtèrent, et la machine volante s'éleva dans les airs. Une fièvre joyeuse s'empara de tout son corps alors que la terre s'éloignait et qu'ils montaient plus haut dans les airs.

En tournant la tête vers l'avant, Silver écarquilla les yeux, horrifié tout à coup. Le mur d'arbres qui marquait l'extrémité de la clairière s'approchait rapidement, et les mots terrifiants de Smiley lui revinrent à l'esprit: *c'est comme s'asseoir sur un baril de poudre mobile.* Tout en protégeant son visage de ses bras afin de ne plus voir l'impasse devant lui, Silver hurla: « Montez, tonnerre de sort! Montez! »

À l'avant de l'appareil, l'oncle Dunkirk ramena légèrement à lui le manche et fit grimper Willy C au-dessus des arbres, à la lisière de la clairière, en envoyant des feuilles vers le ciel. L'avion continua à monter dans les airs, et passa au-dessus de l'île au Trésor, de la colline Artimon, du fort de Ben Gunn et enfin, du lagon, avant de s'élancer au-dessus de l'océan.

Tandis que Willy C survolait les eaux agitées, la frayeur de Silver se calma graduellement. Il était toujours en vie. Il n'y avait eu ni écrasement ni explosion. Et la machine volante émettait un vrom-bissement régulier.

En baissant les bras lentement, Silver tenta un coup d'œil timide par le hublot. En se laissant subjuguer par la vue d'en bas, l'admiration monta en lui. La machine volante survolait des eaux d'un bleu cristallin, et la vue était imprenable.

À cette altitude, Silver apercevait nettement le redoutable récif de corail de l'île au Trésor, entourant la côte d'une bordure dentelée et aux contours aussi aiguisés et dangereux que la mâchoire d'un grand requin blanc. Une semaine auparavant, à peine, Silver avait manœuvré le timon de l'*Hispaniola* de manière à contourner le récif et là, il pouvait voir la route qu'il avait empruntée. Une fausse manœuvre aurait scellé le sort de l'*Hispaniola* qui aurait terminé sa course au fond de l'océan, réduite en bouillie. Silver se gonfla

la poitrine d'orgueil en se félicitant pour ses com-
pétences de marin incomparables.

Tandis que l'oncle Dunkirk poursuivait sa visite
aérienne, Silver vit les eaux turquoise entourant l'île
au Trésor tourner à l'ultramarin plus trouble puis au
bleu foncé, impénétrable. Silver savait que la teinte
foncée de l'eau indiquait la grande profondeur du
fond marin. Il ignorait tout de la profondeur de
l'océan sous ses pieds, mais comme tout bon vieux
loup de mer, il n'avait nulle envie d'en visiter le fond.

Par-dessus tout, Silver était impressionné par la
hauteur à laquelle la machine volante pouvait voler.
Du haut de leur perchoir, il pouvait voir d'un horizon
à l'autre. Les eaux sombres de l'océan se fondaient
aux confins du monde, et Silver savait qu'avec la
machine volante, tout ce qu'il se trouvait entre les
deux était à sa portée.

« Je fais demi-tour pour revenir vers l'île »,
annonça l'oncle Dunkirk à l'avant de l'appareil.
Tandis que Silver contemplait le nouveau royaume
qui s'étendait à ses pieds, l'oncle Dunkirk surveillait
constamment l'aile droite. La membrane semblait
tenir bon. L'aile avait bien réagi au décollage, et ne
semblait causer aucun problème jusqu'à présent.

En inclinant le manche, l'oncle Dunkirk fit
doucement basculer Willy C vers la droite, en offrant

à Silver un aperçu de l'île à couper le souffle. L'île verte luxuriante semblait sortir de l'océan telle la carapace d'une tortue complètement entourée d'eau. Les trois majestueuses collines de l'île, qui avaient l'air énormes vues de la terre ferme, semblaient maintenant minuscules alors que Willy C complétait sa boucle et filait à leur rencontre.

« La randonnée vous plaît jusqu'à présent? » demanda l'oncle Dunkirk pour faire la conversation.

« C'est à la hauteur de mes attentes », répondit Silver avec enthousiasme.

« Je suis ravi de l'entendre », dit l'oncle Dunkirk puis, un éclair malicieux dans le regard, il ajouta: « Je dois tenter d'autres manœuvres aériennes pour m'assurer que l'aile réparée est solide. Accrochez-vous bien. »

Sans perdre un seul instant, l'oncle Dunkirk poussa le manche brusquement vers la gauche et entraîna Willy C dans un tonneau étourdissant. L'avion tourna en spirale, à 360 degrés, et l'oncle Dunkirk entendit Silver rebondir lourdement sur les parois du cockpit à l'arrière. Après trois tonneaux complets, l'oncle Dunkirk redressa doucement le manche et ramena Willy C complètement à l'horizontale. Il pilota ensuite comme si de rien n'était.

« Êtes-vous dément? cria Silver avec colère de son siège. Vous avez failli nous tuer! »

« Détendez-vous, dit l'oncle Dunkirk pour le rassurer. C'est une simple manœuvre aérienne qui a pour nom "tonneau". C'est fort utile pour se défendre contre le feu ennemi. » Puis avec un sourire fendu jusqu'aux oreilles, il ajouta: « Et nous allons maintenant boucler la boucle. »

Une fois de plus, l'oncle Dunkirk redressa le manche, et Willy C s'éleva dans un arc arrondi. Au moment où l'arc devint aigu, la force d'accélération de l'avion jeta l'oncle Dunkirk et Silver contre leurs sièges comme des poupées de chiffon. Les manœuvres aériennes de la machine volante ébran-lèrent Silver. Un hurlement grave remplit graduellement le cockpit. Il s'amplifia tandis que le pirate succombait à la terreur. « *Ooooooooooooooh!* » hurla Silver.

En ignorant Silver, l'oncle Dunkirk tint Willy C plus serré dans la courbe jusqu'à ce que l'avion ait la tête en bas. Des écus et objets divers tombèrent des poches de la redingote de Silver et tambourinèrent bruyamment sur le plafond de la verrière. Puis, Willy C reprit sa descente en piqué, et les objets se remirent à voler et à rebondir sur les parois du cockpit et à retomber avec un cliquetis sonore.

L'oncle Dunkirk garda son calme, un œil sur l'altimètre en déroute. L'océan s'élevait vers eux. Quand Willy C amorça la dernière courbe au fond de la boucle, l'oncle Dunkirk relâcha le manche pour les ramener à une position horizontale. Quelques instants plus tard, l'avion volait dans ses lignes.

« Vous êtes dément! hurla un Silver hors de lui,

dans le cockpit arrière. Vous voulez nous tuer! »

« Capitaine, je vous en prie, dit l'oncle Dunkirk, je ne fais que vous montrer ce que la machine volante peut faire. Il est indispensable d'exécuter ces manœuvres pour tester la résistance de l'engin, et j'ai des doutes persistants au sujet de l'aile. Je ne sais pas si vous pouvez le sentir à l'arrière, mais ça tremblote à l'avant. »

Le vol était, jusqu'à présent, une réussite sur toute la ligne. L'applique tenait bon, et Willy C ne montrait aucun signe de handicap. « Il me reste une dernière manœuvre à tenter, affirma l'oncle Dunkirk. Si la membrane résiste à la pression, tout devrait bien aller. »

Willy C bascula à la verticale, et Silver fut précipité dans le fond de son siège de nouveau. L'avion filait vers le ciel comme la fusée *Apollo* en route vers la lune. Derrière la verrière, l'océan s'éloigna.

L'oncle Dunkirk fixa l'altimètre en écoutant attentivement le son du moteur de Willy C. Quand le moteur commença à émettre un râle, l'oncle Dunkirk coupa le contact, et le silence envahit le cockpit.

« Oh-oh », murmura l'oncle Dunkirk.

« Oh-oh? répéta Silver, la voix chevrotante de nervosité. « Que veut dire ce *oh-oh*? »

La gravité s'empara soudainement de Willy C, en mettant fin à l'ascension de l'avion. Le nez de l'appareil bascula lentement vers la terre, et le vent commença à souffler fort en dehors de la verrière.

« On dirait bien que nous avons perdu notre

moteur », annonça l'oncle Dunkirk, la voix emplie de panique. Silver se pencha vers l'avant et vit l'oncle Dunkirk toucher à divers indicateurs sur le tableau de bord, mais le moteur demeura silencieux.

Silver, assis à l'arrière, céda finalement à la pression. Bien qu'il eût dissimulé la terreur que lui inspirait le vol jusqu'à présent, l'idée de plonger tête première dans l'océan, depuis cette altitude, l'acheva. Ses lèvres laissèrent échapper un cri aigu à glacer le sang et qui transperça la cabine. « *Aaaaaaaaaaaaaaaaaaaah!* »

Willy C amorça un plongeon fulgurant dans le ciel. Ils traversèrent des nuages dans un flou de blanc, et l'obscur océan menaçant s'éleva tel un mur infranchissable pour accueillir l'avion. Le rugissement du vent dehors étouffait presque le hurlement de Silver, mais une terreur d'une telle magnitude n'est pas facilement rendue muette.

L'oncle Dunkirk, assis à l'avant, étudiait attentivement les instruments de Willy C. Finalement, quand Willy C eut plongé à trois cents mètres au-dessus du niveau de la mer, il remit le contact et sentit le ronronnement accueillant du moteur qui tournait à nouveau sous lui.

Avec un faux cri de joie, l'oncle Dunkirk, s'écria: « Je l'ai réparé! » avant de redresser le manche pour ralentir le plongeon terrorisant. Willy C répondit instantanément en reprenant sa vitesse de croisière et en relevant graduellement le nez parallèlement à l'océan.

« Est-ce que ça va, capitaine? demanda l'oncle Dunkirk, faussement inquiet. On l'a échappé belle. »

Le sang s'était retiré du visage de Silver, et son visage hâlé était maintenant livide. Le porc salé et les œufs qu'il avait avalés au déjeuner remontèrent dans sa gorge comme de la lave chaude en ébullition prête à se répandre, et son estomac se rebella. En déglutissant bruyamment, il ravala sa terreur, et parvint à cracher un ordre entre ses dents qui claquaient. « J'en ai assez vu. Ramenez-moi à terre. »

Les joues de Silver retrouvèrent leur couleur alors que revint à sa mémoire le cri de panique qu'il avait poussé, et le pirate rougit de honte pendant quelques instants. Le gouffre d'où le cri de femmelette avait émané était maintenant fermé à clef, et Silver espérait que la clef était perdue à jamais. Heureusement, aucun membre de son équipage n'avait été présent pour entendre son cri, car il n'était pas viril pour un homme de hurler de peur, surtout quand il s'agissait du capitaine en personne.

« Oui, mon commandant », lança l'oncle Dunkirk en mettant le cap sur la clairière de l'île au Trésor. Tandis que le Spitfire filait, l'oncle Dunkirk réduisit sa vitesse en préparation pour l'atterrissage dans la clairière.

Les dernières minutes dans les airs donnèrent à

Silver la chance de retrouver son sang-froid. Il remit en place la longue mèche de cheveux qui s'était échappée de sa queue de cheval, durant les tonneaux et les boucles, et réussit à ravaler sa bile. Satisfait d'avoir l'air digne à nouveau, Silver regarda par la verrière au moment où l'avion atteignait l'île.

En dessous d'eux, se dessinait le récif de corail de l'île au Trésor, puis se présentèrent les eaux du lagon. Des airs, Silver pouvait voir l'*Hispaniola* dans son mouillage. Quelques hommes, restés à bord pour faire les sentinelles, coururent sur le pont et saluèrent l'engin de la main. Silver remarqua également les contours sombres des requins qui encerclaient le navire, comme s'ils attendaient une collation matinale.

Comme l'avion dépassait le lagon, le paysage devint le feuillage dense et verdoyant de l'île, que Silver observa en silence. La colline Artimon, à la hauteur de l'avion à tribord, surplombait l'île fièrement. Les collines Longue-Vue et Mât de misaine se dressaient au loin.

En regardant à bâbord, Silver vit le vieux fort abandonné qui avait été façonné de main d'homme dans la forêt. Il ressemblait à une vigie esseulée, entourée d'une armée d'arbres massifs. Juste au moment où l'avion s'approchait de la clairière, l'œil du pirate capta quelque chose.

Silver vit, tout en bas, un homme traverser l'enclos du fort. Il portait un gros sac sur son dos, et ses vêtements le différenciaient de l'équipage de

Silver ; il portait une chemise fleurie, aux couleurs vives. Au moment où l'homme leva les yeux pour voir passer l'avion, il sembla apeuré de voir l'engin apparaître, et courut se cacher. Soudain, apparut une deuxième silhouette qui courait dans l'enclos, un gros sac sur le dos. En voyant l'avion, il courut derrière le premier homme, et les deux se précipitèrent dans la cabane comme dans une tanière. La porte de leur cachette se referma derrière eux, en laissant l'enclos désert à nouveau.

En méditant sur cette curieuse scène, un affreux doute se glissa dans l'esprit de Long John Silver: *après toutes ces années, Ben Gunn serait-il toujours en vie?* En songeant au sort de son vieil ami Ben, la vue du deuxième homme le déconcerta. *Mais qui est le deuxième homme? Un autre naufragé?*

Dans un instant de clairvoyance brutale, la réponse s'imposa à lui. Un sourire sournois se dessina sur son visage, et son œil s'alluma d'une lueur mauvaise. Pendant tout ce temps, la réponse était devant son nez: la machine volante avait deux sièges.

CHAPITRE 28

« **SEIGNEUR!** » **S'EXCLAMA SAGE**, étendu
sur le sol de la cabane, dans le fort de Ben. Ses cheveux
blonds lui collaient au front à cause des efforts de la
journée, et son cœur battait la chamade dans sa
poitrine. « On l'a échappé belle. »

Ben et Sage transportaient les deux sacs à dos au
fort lorsque Willy C était tout à coup passé au-dessus
d'eux. Ils en étaient à leur troisième voyage sur les
flancs de la colline Artimon ce jour-là, et leurs jambes
étaient lourdes et faibles. Chaque pas épuisant
devenait un exercice abrutissant – *un pied devant
l'autre, encore et encore*. Leur état de fatigue extrême
avait causé leur perte. Ils s'étaient tellement
concentrés sur leur tâche, qui consistait à avancer de
peine et de misère, que ni Ben ni Sage n'avaient
entendu Willy C revenir pour l'atterrissage. Ils
s'étaient exposés imprudemment, et une question les
torturait à présent: *avaient-ils été vus?*

Avec circonspection, Ben et Sage jetèrent un œil
par le porche de la cabane tandis que le bruit du
moteur de Willy C mourait au loin. Pendant un
instant interminable et angoissant, il sembla régner un
silence complet dans la forêt avant que les sons de la

nature ne reprennent leurs droits.

« On l'a échappé trop belle », murmura Ben.

« Qu'est-ce qu'on devrait faire alors? » l'interrogea Sage. Midi approchait, et Ben et Sage avaient encore un tas de préparatifs à faire pour rendre le fort impénétrable. Ils avaient, jusqu'à présent, transporté des provisions en trois allers-retours sur la colline Artimon, y compris un sac de toile bourré de doublons d'or, dont les coutures menaçaient de céder. Après en avoir discuté avec Sage, Ben avait décidé de transporter un sac d'or au fort. Son raisonnement étant que si jamais Silver et ses hommes réussissaient à s'emparer du fort, le sac d'or pourrait servir à négocier leur liberté. Après tout, la seule vue d'un tas d'or flamboyant donnerait la fièvre à n'importe quel pirate, et Ben affirma qu'il donnerait volontiers jusqu'au dernier doublon pour rentrer chez lui.

« Je dis qu'on doit résister, répondit Ben Gunn, l'air déterminé. On s'est rendus jusqu'ici, Sage, et je n'ai pas l'intention de me tapir dans une grotte à jamais. Il y a trop longtemps que je suis sur cette île. » L'épuisement de Ben prit le dessus, en laissant s'exprimer trois années de solitude et de frustration refoulées. « Je suis las de me cacher, Sage. Je veux arpenter les rues de Cardiff à nouveau et lever le coude à la taverne de l'Ancre royale. »

Ben regarda au loin comme s'il était déjà chez lui. « Et je voudrais manger! Comme je voudrais manger! Autre chose que du satané poisson! Peut-être un beau jarret de bœuf grillé sur le feu ou un bon pâté aux rognons bien garni. Ou un ragoût de bœuf avec des morceaux de pommes de terre et de carottes dans une sauce douce, et un quignon de pain frais pour faire trempette. »

Le marin se tut un instant, ses pensées toujours à Cardiff, apparemment. Puis, d'une voix tremblotante, il ajouta: « Mais surtout, je veux revoir ma famille. Durant toutes ces années, ma mère et mon père m'ont sûrement cru mort. Ils ont sûrement cru que je m'étais noyé en mer comme bien des fils de Cardiff. »

« Je veux cogner à leur porte et voir leur visage quand ils me verront planté là, bien vivant. » Ben retrouva alors son ton déterminé, et Sage sut en voyant son regard qu'il irait jusqu'au bout. « Non, il faut leur tenir tête, Sage. Suivons le plan de ton oncle et laissons les dés rouler. Après trois longues années, je suis prêt à rentrer chez moi. »

CHAPITRE 29

L'ONCLE DUNKIRK, LONG John Silver et Willy C rebondirent dans la clairière accompagnés des applaudissements triomphaux de l'équipage. Bien que l'esprit de Silver fût occupé à analyser la dernière intrigue se jouant sur l'île au Trésor et impliquant deux hommes mystérieux dans le fort abandonné, il rangea ces réflexions temporairement pour savourer la gloire éclatante qui seyait au retour d'un héros.

En ouvrant la verrière, Silver se leva et s'adressa à l'assistance réunie: « Je suis de retour! Je suis invincible! »

En voyant leur capitaine en vie, surtout après le spectacle terrifiant auquel ils venaient d'assister, l'équipage se mit à applaudir à tout rompre, spontanément.

Silver jouit de cette vénération, en savourant chaque applaudissement et chaque acclamation, puis il ajouta: « Vous venez d'assister à la représentation de la piraterie de l'avenir. Jamais plus nous n'écumerons les mers en espérant trouver une goélette sur notre chemin. Non seulement nous *posséderons* les mers, mais nous posséderons aussi *le ciel*. Retenez bien ces paroles, messieurs, chacun d'entre vous deviendra plus riche que dans ses rêves les plus fous! »

À nouveau, l'équipage de l'*Hispaniola* fit un chahut terrible, en applaudissant fort et avec enthousiasme, et en acclamant son capitaine. Une fois le moment passé, Silver sortit et grimpa sur l'aile pour ensuite se laisser glisser au sol. Jamais il n'avait autant apprécié la terre ferme sous son pied marin. L'oncle Dunkirk l'interpella alors: « Capitaine Silver, j'aimerais vous parler. »

Silver se retourna, son sourire d'extase de héros conquérant disparaissant rapidement de son visage. Il leva les yeux vers l'oncle Dunkirk, debout sur l'aile.

« Oui, monsieur Smiley, qu'y a-t-il? »

« J'ai besoin d'un jour ou deux supplémentaires pour travailler à la machine volante, déclara l'oncle Dunkirk. Comme vous le constatez, le moteur connaît des ratés. Il ne devrait pas s'arrêter en plein vol comme il l'a fait. Vous avez eu de la chance que je puisse l'arranger. Vous seriez mort sinon. »

« Oui, je trouve cela curieux, par ailleurs », répondit Silver en oubliant qu'il avait eu la frousse de sa vie, sans parler du fait qu'il avait crié comme une fillette avec des nattes. Dans son esprit, Silver se demanda si l'avarie de la machine volante n'était qu'un stratagème imaginé par Smiley pour gagner du temps. Néanmoins, ignorant tout du fonctionnement d'une machine volante, Silver n'avait d'autre choix que de lui accorder ce sursis. Bien qu'il détestât céder ou faire rire de lui, il disposerait ainsi du temps nécessaire pour élucider le mystère des deux hommes du fort. Et si les soupçons de Silver étaient fondés au sujet du deuxième homme du fort, Smiley devrait bien vite répondre de ses mensonges. « Fort bien, monsieur Smiley. Vous avez un jour de plus. Que cette machine volante soit réparée et prête à voler demain. »

« Merci, capitaine, répondit l'oncle Dunkirk tout sourire. Je me mets immédiatement au travail. »

Tandis que l'oncle Dunkirk s'apprêtait à s'occuper de Willy C, Silver se retourna vers ses hommes et appela: « Monsieur Hands! »

Le maigre timonier se détacha du groupe et accourut aux côtés de Silver. « Vous avez appelé, cap'taine? »

« Monsieur Hands, monsieur Smiley restera ici pour procéder aux réparations à la machine volante, expliqua Silver. Prévoyez quatre hommes pour le surveiller et informez-les que je veux les voir de retour à bord quand la cloche sonnera six coups. »

« Entendu, cap'taine, répondit Hands d'un ton brusque. J'y veillerai personnellement. »

« Non, j'ai bien peur que non, monsieur Hands, répondit Silver froidement. Je dois vous entretenir d'une autre question. Nommez Red responsable avec ordre strict de ne pas s'en prendre au prisonnier. »

« Je serais plus rassuré si je surveillais le prisonnier moi-même, cap'taine, insista Hands. Vous savez que Red s'emporte facilement. Il est rapide et il a une dent contre Smiley. »

Silver n'avait jamais permis qu'on remette ses ordres

en question, surtout pas à son timonier. Il reprit d'un ton glacial: « Dites à Red que s'il touche à un cheveu du prisonnier, je n'aurai pas de quartier pour lui. Il a vu ma mansuétude une fois. Il ne la verra *plus jamais*. »

« Compris, mon cap'taine, répondit Hands l'air déçu. Je lui ferai savoir. » Le timonier prit congé du capitaine et marcha vers Red.

Le capitaine Silver tourna sur son talon et beugla: « Retournons au navire! La besogne n'est pas en reste! »

L'équipage fit entendre un grognement de dépit. Ils avaient apprécié leur avant-midi libre, consacré à observer la machine volante magique voyager dans le ciel.

« Est-ce que j'entends des récriminations? » rugit Silver. L'équipage se tut, et tous les yeux se tournèrent vers le capitaine. Puis à la plus grande surprise des hommes, la voix de Silver s'adoucit et il annonça, le sourire aux lèvres: « J'ai dit que de la besogne nous attendait, car ce soir, nous festoyons! »

L'équipage, au septième ciel, se remit à applaudir tandis que Silver poursuivait:

« Ce soir, nous célébrons un nouveau chapitre dans l'histoire de la piraterie! McGregor, partez à la chasse au sanglier avec quelques hommes! Monsieur Hands, ouvrez les verrous de la cave et montez un tonneau de notre meilleur vin! Monsieur Toppin, nous voulons de la musique ce soir, alors rassemblez vos instruments! »

L'équipage lança des cris de joie. Avec un simple geste, Silver avait réussi à resserrer son emprise sur ses hommes. Pour l'heure, les marins semblaient avoir oublié les vaines recherches pour trouver le trésor de Flint. Les promesses que recelait la machine volante et la perspective de la fête semblaient occuper entièrement les pensées. En criant 'hip-hip-hourrah' en cœur, les hommes se mirent en rang et entreprirent la marche qui les ramènerait à l'*Hispaniola*.

Un sourire suffisant sur les lèvres, Silver observa ses hommes quitter la clairière. Seuls restaient l'oncle Dunkirk et les gardes. Quand le dernier marin eut pénétré dans le bois, Silver appela: « Monsieur Hands, veuillez me rejoindre à la queue. »

En entendant l'ordre transmis d'homme à homme, en file indienne, c'est un Hands dépité qui quitta sa place dans le rang pour aller rejoindre le capitaine.

« Que savez-vous du vieux fort près de la colline Artimon? » lui demanda Silver à voix basse, une fois que Hands fut à côté de lui.

« Eh bien, il n'y a pas grand-chose là. Nous y sommes allés quelques fois et nous l'avons fouillé dans les moindres recoins, dit Hands. C'est le premier endroit où nous avons cherché après avoir suivi les indications de la carte, en vain. Le détachement de McGregor y est retourné aussi l'autre jour. »

« Ont-ils trouvé quelque chose? » demanda Silver.

« Absolument rien, capitaine. Le fort est en bon état, mais il n'y a aucun signe de vie là, pas de vivres, de vêtements, rien. »

« Comme c'est curieux, dit Silver l'air narquois.

J'ai vu deux hommes à l'intérieur du fort quand je l'ai survolé à bord de la machine volante. »

Interloqué, Hands laissa tomber sa mâchoire. « Comment est-ce possible, capitaine? Nous n'y avons vu nulle âme qui vive depuis que nous avons accosté sur l'île au Trésor. Pas de bateau, pas de feu de camp la nuit, rien. »

Silver continua à marcher sans se presser sur le sentier qui menait à l'*Hispaniola*. Il laissa Hands sur des charbons ardents quelques instants puis il lui demanda: « Vous ai-je déjà raconté comment j'ai connu l'existence du trésor de Flint? »

« Sauf votre respect, capitaine, nous avons tous vu votre carte », répondit Hands. Ce dernier avait pris part à la première expédition sur l'île, que Silver avait menée lui-même. Ils s'étaient rendus à l'endroit exact sur la carte, où le trésor de Flint était censé être enfoui. Ils avaient creusé des heures durant sans trouver le moindre doublon.

« L'histoire du trésor ne se limite pas à la carte, lui révéla alors Silver. Voyez-vous, il y a trois ans, j'étais un simple matelot comme vous, à bord d'une goélette baptisée *Tidal Morn*. Un jour, alors que nous étions au port, un marin appelé Ben Gunn affréta le navire. Ledit Ben Gunn affirmait qu'il avait navigué avec le capitaine Flint, et qu'il savait où Flint avait enterré son trésor. L'armateur du *Tidal Morn* et Gunn conclurent un marché, et quelques jours plus tard, nous mettions le cap sur cette île même, l'île au Trésor. »

Hands écoutait attentivement le récit de Silver. « Nous accostâmes dans le lagon et passâmes douze jours entiers à fouiller l'île pour retrouver l'or de Flint. Nous ne vîmes aucun signe du trésor, mais Ben Gunn insista pour dire qu'il n'avait besoin que d'un peu plus de temps. Étant donné que Gunn n'avait pas de carte, l'armateur jugea rapidement que l'homme était dérangé et que son histoire n'était qu'une histoire de marin à dormir debout. Alors, après avoir promis à Gunn que nous reviendrions une quinzaine de jours plus tard, tandis qu'il poursuivrait les fouilles, nous levâmes l'ancre et retournâmes au pays. »

« En abandonnant Gunn sur l'île », ajouta Hands en tirant lui-même les conclusions.

« Oui, confirma Silver sans aucune émotion, nous l'avons laissé pourrir ici. »

Silver reprit son récit. « Il y a quelques mois, je me trouvais à Londres quand j'entendis parler d'un homme qui affirmait posséder la carte du trésor de Flint. En déliant les cordons de ma bourse judicieusement, je réussis à retrouver l'homme. C'était un marin déchu, un ivrogne qui vivait dans un taudis près des quais. Il prétendait avoir navigué sur le *Walrus* de Flint et s'être trouvé à bord quand on l'avait coulé près de la côte africaine. Il s'était accroché à un tonneau durant trois jours avant de s'échouer sur la plage. Je me fis ami avec l'homme et lui achetai assez de grog pour noyer un marin d'eau douce. Lorsqu'il perdit enfin conscience, je trouvai la carte cachée dans sa botte et la lui subtilisai. Je ne m'attardai pas à vérifier s'il avait, oui ou non, navigué avec Flint puisque cette carte indiquait que le trésor de Flint se trouvait ici, sur l'île au Trésor. Exactement comme Ben Gunn l'avait affirmé. »

« Ben Gunn avait donc raison, conclut Hands. Le trésor de Flint était *bel et bien* sur l'île au Trésor. Puis en se tournant vers Silver, Hands dit: « Et vous croyez que ledit Ben Gunn est toujours sur l'île au Trésor? »

« Peut-être, répondit Silver, bien qu'il soit difficile d'imaginer qu'il ait pu survivre trois longues années sur ce tas de sable putride. Tout ce que je sais avec certitude, c'est que j'ai vu deux hommes dans le fort, et d'après leurs habits, ils n'appartenaient pas à l'équipage de l'*Hispaniola*. »

« Mais qui serait l'autre homme alors? » demanda Hands.

« C'est un mystère », répondit Silver en jetant un regard oblique à son timonier. Pour le moment, Silver gardait pour lui, comme un atout dans sa manche, sa théorie d'après laquelle l'autre homme était arrivé sur l'île à bord de la machine volante. « Peut-être s'agit-il d'un naufragé, échoué sur l'île. Qui sait? Commençons d'abord par vérifier si l'un d'eux est bien Ben Gunn. »

« Et s'il l'est? » demanda Hands, curieux.

« Tout ce qu'il y a de plus simple, résuma Silver. Trouvez Ben Gunn, et nous trouverons le trésor de Flint. Et je sais exactement comment nous allons nous y prendre. »

CHAPITRE 30

CETTE NUIT-LÀ, Ben et Sage travaillèrent sans relâche jusqu'au crépuscule pour amasser des vivres et de l'eau, du bois pour le feu ainsi que des bâtons et des pierres qui feraient office d'armes. Le fort était prêt, et le duo était complètement éreinté par les efforts physiques de la journée, sans parler de l'angoisse intenable de ne pas savoir s'ils avaient été vus. Après le passage surprenant de Willy C, ils avaient refermé rapidement les porches du fort et avaient jeté un coup d'œil discret par-dessus la palissade pour voir si de quelconques ennuis s'annonçaient. Mais, à part les singes qui les observaient d'un air scrutateur du haut des arbres autour d'eux, ils ne virent rien d'alarmant. Même Ben sembla se rasséréner en entendant les sons de la forêt qui jacassait tout autour. « C'est quand la forêt est silencieuse, affirma-t-il, que les ennuis se préparent. »

Le soleil disparaissait à l'horizon, et des ombres noires commencèrent à se former sur les murs du fort. Il était de plus en plus difficile de travailler dans l'obscurité, alors Ben boucha les fenêtres avec de grandes feuilles de palmier et utilisa les allumettes hydrofuges de l'oncle Dunkirk pour allumer sa lampenoix de coco. Bientôt, la pièce baigna dans une lueur chaleureuse qui rappela à Sage les soirées de camping l'été, dans le jardin, avec ses meilleurs amis.

Sage se laissa tomber sur le sol de la cabane et appuya son dos contre le mur. Ben l'imita. Ses genoux craquèrent bruyamment quand il se pencha, et il grogna d'une voix rauque. Sage et Ben étaient complètement épuisés, mais leur nuit ne faisait que commencer. Il leur restait à libérer l'oncle Dunkirk et les autres prisonniers.

« Quand partons-nous pour l'*Hispaniola*? » demanda Sage en souhaitant pouvoir fermer les yeux un mois ou deux.

« Nous pouvons nous rendre au lagon dès maintenant, mais nous n'embarquerons pas sur le navire avant les petites heures du matin, par contre. Il faut que tout le monde à bord soit profondément endormi avant de monter à bord, et c'est à ce moment-là que la vigie de nuit sera le moins attentive. »

« Je ne dois pas m'installer trop confortablement, alors », dit Sage en se mettant à genoux pour se traîner jusqu'à son sac à dos. « Il nous reste quelques petites tâches à effectuer. »

En plongeant sa main dans le sac, Sage en sortit sa trousse de toilette. En faisant glisser la fermeture éclair, il ouvrit le nécessaire en plastique pour en sortir une petite boîte jaune.

« Voici le *Sirop pour enfants* expliqua Sage. C'est un médicament naturel qui soulage les rhumes de cerveau. Vous savez, la toux, les reniflements, les éternuements. Mais il y a aussi quelque chose là-dedans qui endort. Une herbe ou une épice, je ne sais pas trop. »

Intrigué, Ben regarda la boîte tandis que Sage levait la languette de côté, sortait un flacon de la boîte puis dévissait le compte-gouttes sur le dessus. Il donna le compte-gouttes à Ben en indiquant: « Il faut simplement appuyer sur le haut en caoutchouc. Puis mettez quelques gouttes dans un verre d'eau, buvez-le, et voilà, faites de beaux rêves! »

Ben approcha le compte-gouttes de ses yeux puis appuya doucement sur la poire de caoutchouc à son extrémité. Un mince filet du *Sirop pour enfants* en jaillit, et Ben sursauta. En secouant la tête, l'air émerveillé, Ben demanda: « Et comment cette drogue magique est-elle censée nous faire monter à bord de l'*Hispaniola*? »

« C'est simple, répondit Sage. Ma mère me donne du *Sirop pour enfants* pour m'aider à m'endormir quand j'ai l'impression que j'ai la tête dans un rouleau compresseur. Versons-en quelques gouttes dans un contenant d'eau. Arrangeons-nous pour que les gardes en boivent. Une fois qu'ils auront bu cette eau, croyez-moi, ils s'endormiront en quelques minutes, et nous pourrons libérer l'oncle Dunkirk et les prisonniers. »

Ben mordit sa lèvre inférieure en soupesant les points forts et les points faibles du plan. Finalement, il demanda: « Et comment pense-tu inciter les gardes à boire l'eau? »

« J'ai pensé que nous pourrions monter un tonnelet sur le pont, où ils pourront le voir, expliqua Sage. Ils doivent avoir soif de temps en temps. Il faudra simplement attendre que cela se produise. »

« Je ne sais pas, objecta Ben. Je vois la logique de ton plan, et endormir les gardes serait avantageux pour nous. Mais je ne suis pas sûr qu'ils se précipitent pour boire de l'eau. C'est tout ce qu'ils boivent sur le navire. Je pense qu'il faut augmenter la mise quelque peu. »

Sur ces mots, Ben se leva et traversa la pièce pour aller chercher le sac à dos de l'oncle Dunkirk. Il souleva le rabat et sortit délicatement du sac un objet enveloppé d'un chiffon. Ben revint près de Sage et déballa l'objet en le traitant comme si c'était une œuvre d'art très fragile, pour révéler enfin une bouteille de vin.

« Je la gardais depuis trois ans, expliqua Ben d'une voix enrouée. J'en avais une petite réserve, une caisse de douze bouteilles, mais je les ai bues au cours des premiers mois. À la dernière bouteille, je me suis juré de la préserver jusqu'au jour où on viendrait à ma rescousse, sur l'île au Trésor. Mais elle nous sera plus utile maintenant. »

En portant la main sur le gros bouchon qui dépassait du goulot, Ben commença à tourner. Le bouchon sortit en faisant *pop*. Puis, en tendant la bouteille à Sage, Ben demanda innocemment: « Nous devons la vider un peu, n'est-ce pas? »

Sage sourit à Ben puis fit oui de la tête. Ben

porta la bouteille à sa bouche et en prit une petite gorgée, juste assez pour se mouiller les lèvres et goûter au vin. Il se lécha les babines bruyamment, et Sage comprit le plaisir que Ben éprouvait à boire du vin après s'être contenté de l'eau du ruisseau pendant trois ans. Le vieux marin tendit la bouteille à Sage, mais Sage déclina en secouant la tête. « Merci quand même, Ben, mais je suis loin d'avoir l'âge légal pour boire. » D'un ton déterminé, Sage ajouta: « Remplissons la bouteille. » *Je retrouve l'oncle Dunkirk ce soir*, pensa-t-il.

Ben croisa ses jambes devant Sage et posa la bouteille sur le sol. Sage trempa le compte-gouttes dans le flacon du *Sirop pour enfants*, pressa la poire puis versa son contenu dans la bouteille de vin. Après avoir répété l'exercice quatre fois, Sage posa le flacon de *Sirop pour enfants* et tendit la bouteille à Ben.

Une fois qu'ils eurent terminé, Ben agrippa le goulot de la bouteille et remit le bouchon à sa place rudement. Il le força à descendre dans le goulot avec des petits coups de son poing fermé.

« Cela devrait aller », affirma Sage, ce qui mettait un terme à leurs préparatifs. Il prit la bouteille et la fit tourner quelques fois, en la tendant vers la lumière de la bougie pour juger du succès de l'opération: aucune trace visible de sabotage dans le précieux liquide. « Quelques gorgées de ce liquide, et les gardes sur le pont devraient compter les moutons », annonça Sage joyeusement.

CHAPITRE 31

LONG JOHN SILVER déambulait sur le pont, entouré des échos festifs de son équipage, qui s'en donnait à cœur joie. Les hommes levaient des pintes de grog dans les airs en portant des toasts au capitaine qui passait, et Silver acceptait aimablement leurs éloges.

Le chef coq du navire, Lippert, avait fait griller le sanglier à la perfection, et penché sur la carcasse juteuse, il en découpait de savoureuses tranches à l'aide d'une dague. Les hommes, en file, attendaient leur portion du festin, tandis que d'autres chahutaient autour du tonneau de vin mis en perce, en remplissant leur coupe à ras bord et en buvant tant qu'ils pouvaient.

Sur le poste d'équipage d'avant, le groupe de musiciens de Tom Toppin avait installé une petite scène. Toppin, qui jouait de l'accordéon comme personne, dirigeait deux marins, à la flûte et à la mandoline. Leur gigue enlevée faisait lever du pied les hommes, qui tournoyaient, en s'accrochant par le bras.

C'était une fête grandiose, et Silver savourait la reconnaissance chaleureuse de son équipage. Il s'étonnait tout de même qu'un simple tonneau de grog et un repas chaud suffisent pour acheter la confiance des hommes. *Des sots, tous autant qu'ils sont.*

Malheureusement pour le capitaine, il y avait des questions à régler, et les festivités devraient attendre. Silver parvint à se frayer un chemin parmi ses hommes, en acceptant de nombreuses tapes dans le dos et d'innombrables toasts avant d'atteindre l'entrée du poste d'équipage d'avant. En regardant autour de lui, il aperçut McGregor à quelques pas de lui, qui dansait joyeusement sur la gigue de Tom Toppin et chantait faux avec son accent cockney des plus grinçants.

« McGregor, l'interpella Silver, je veux vous dire un mot. »

McGregor se dépêcha de venir à la rencontre du capitaine, et le suivit dans les entrailles du poste d'équipage d'avant. Arrivé devant la porte des quartiers des prisonniers, Silver se retourna et donna ses instructions à McGregor: « Attendez-moi ici, et n'entrez que si vous entendez des signes de pagaille. »

« Oui, mon capitaine », réussit à articuler McGregor d'un ton joyeux. Silver choisit une clef du jeu accroché à sa ceinture, et l'inséra dans l'immense serrure. La serrure fit entendre un déclic, et Silver pénétra dans la cabine des prisonniers, en refermant la porte fermement derrière lui.

« Bonsoir, messieurs, lança Silver poliment du pas de la porte. J'espère que le repas de ce soir vous plaît. »

Les prisonniers sursautèrent et levèrent les yeux d'où ils se trouvaient dans la cabine. Ils avaient tous une portion entamée de sanglier grillé devant eux ainsi qu'une coupe de vin. Bien que les prisonniers apprécient la générosité du capitaine, disposé à partager le festin avec eux, ils semblaient douter de la sincérité du geste. Trelawney, par contre, avait la tête plongée dans son assiette.

« Le sanglier est succulent! » s'exclama le châtelain en pourléchant ses lèvres graisseuses. La bouche pleine de sanglier à peine mâché, il ajouta: « Je veux *absolument* savoir quel assaisonnement utilise votre chef coq. »

Silver ignora le radotage de parvenu du châtelain et poursuivit: « Je suis venu vous informer de nos plans futurs sur l'île au Trésor. » Silver avait passé une bonne partie de la journée dans sa cabine, à soupeser les choix qui s'offraient à lui, tandis que son équipage préparait les festivités. La machine volante lui procurerait richesse et gloire infinies. Néanmoins, la colère bouillonnait dans ses tripes, et Silver avait du mal à l'ignorer. Il y avait plus d'une semaine qu'ils avaient touché les côtes de l'île au Trésor et ils avaient cherché le trésor de Flint en vain. Et pendant tout ce temps, Ben Gunn les avait épiés dans l'ombre, en se moquant des hommes de Silver qui s'étaient esquintés à chercher midi à quatorze heures. Silver était sûr et certain que Ben Gunn était en possession du trésor de Flint, et en tournant la question dans tous les sens, il mit un plan au point. Un plan qui lui permettrait de mettre la main sur la machine volante *et* sur le trésor de Flint.

« Il a été porté à mon attention qu'un homme appelé Ben Gunn vit sur cette île », déclara Silver brusquement. Bien que ses yeux noirs aient fait rapidement le tour des prisonniers pour intercepter tout tressaillement, aucun d'entre eux ne sembla mordre à l'hameçon. Imperturbable, Silver continua: « Il se cache quelque part sur l'île, mais il a été aperçu près du vieux fort. » Puis, après une courte pause, Silver fit une déclaration fracassante: « Et il n'est pas seul. »

L'oncle Dunkirk retenait son souffle nerveusement depuis que Silver avait mentionné Ben Gunn. Il avait fait une prière silencieuse, en espérant que Sage n'ait pas été aperçu aussi, mais les mots du pirate transpercèrent le cœur de l'oncle Dunkirk comme la pointe glaciale d'une flèche. Silver savait que Sage se trouvait sur l'île. Ce n'était qu'une question de temps, et le garçon serait capturé.

« J'ai mes soupçons quant à l'identité du second homme », poursuivit Silver, en s'adressant à l'oncle Dunkirk d'un air moqueur. « Et demain, mes soupçons seront confirmés. »

« Comment? Que se passera-t-il demain? » demanda Jim Hawkins nerveusement.

« Demain, jeune maître Hawkins, répondit Silver, j'enverrai l'un de vous au fort, accompagné de monsieur Hands et de quelques-uns de mes hommes.

Votre tâche sera des plus simples: négocier avec Ben Gunn pour qu'il vous remette jusqu'au dernier doublon du trésor du capitaine Flint. »

« Quelle sera notre monnaie d'échange? » demanda le docteur Livesey.

« Votre vie », répondit Silver froidement.

L'oncle Dunkirk se leva immédiatement. « J'irai. » Il se doutait que Silver refuserait puisqu'il soupçonnait probablement que le deuxième homme était venu à bord de la machine volante, mais l'oncle Dunkirk devait tenter le coup. Après tout, c'était peut-être sa dernière chance de voir Sage, et d'échafauder un autre plan avant qu'il ne soit trop tard.

« Oh non, rétorqua Silver. Je crois qu'il vaut mieux vous garder sain et sauf à bord. Après tout, vous êtes le seul à pouvoir piloter la machine volante, et je ne veux vous faire courir aucun risque. »

« Alors, vous devez m'envoyer, moi, déclara le capitaine Smollett, en avançant d'un pas. Ce n'est que justice. Après tout, je suis capitaine de vaisseau et j'ai présidé à de nombreuses négociations délicates. De surcroît, je n'ai nul besoin de vous rappeler, capitaine Silver, que je suis un homme de parole. Si vous m'envoyez, vous avez ma parole d'honneur que je reviendrai. »

« Bien que j'aie confiance en votre parole, capitaine Smollett, je dois malheureusement refuser à nouveau, rétorqua Silver d'un ton calme. Dois-je vous rappeler que certains membres de l'équipage ont servi directement sous vos ordres? Je ne voudrais pas que vous empoisonniez leurs esprits à nouveau. »

Clopin-clopant, Silver traversa la pièce pour se planter droit devant Jim Hawkins. Le jeune garçon leva d'abord les yeux nerveusement vers le pirate. Néanmoins, Jim changea son expression pour un air défiant, avertissant ainsi Silver de ne pas le sous-estimer. « Jim Hawkins, ordonna Silver, demain, vous vous rendrez sur l'île au Trésor avec mes hommes. Ce sera à vous, et à vous seul, de négocier la vie de tous les prisonniers. C'est une tâche colossale, mais je sais que vous êtes à la hauteur. »

« Mais Jim n'est qu'un enfant! » s'écria le docteur Livesey en repoussant sa chaise et en sautant sur ses pieds pour affronter Silver. « Arrêtez de tarabuster ce pauvre garçon! Envoyez-*moi*. Envoyez un homme, et ne mêlez pas Jim à cette folie. »

Silver se retourna comme une panthère assassine pour faire face au docteur Livesey. Ses mains, qui étaient restées cachées dans son dos, se glissèrent dans les poches de sa redingote pour en sortir deux pistolets chargés. En les pointant directement sur le docteur Livesey, Silver le menaça en ces termes: « Je vous conseille de garder vos opinions pour vous, docteur Livesey. *Je* suis le capitaine de l'*Hispaniola* et *je* décide qui part et qui reste. Demain, Jim Hawkins se rendra sur l'île au Trésor. »

Le docteur Livesey octroya à Silver un regard qu'on réserve normalement aux déchets putrides. Avec une colère qu'il ne pouvait plus contenir, le docteur Livesey jeta ces paroles à la face de Silver: « Si vous êtes le capitaine de l'*Hispaniola*, moi, je suis Jean Lafitte. Vous n'êtes rien d'autre qu'un scélérat menteur qui tient la laisse d'une douzaine de chiens qui mordent à votre place. Vous n'avez rien d'un être humain. »

Puis, en se tournant vers le capitaine Smollett, le docteur Livesey fit un salut provocateur au capitaine déchu. Étonné, Smollett se leva rapidement, se mit au garde-à-vous et retourna le salut militaire.

« Nous sommes sur le navire du *capitaine Smollett*, affirma le docteur Livesey. Et il est le seul maître à bord. »

Enragé, Silver le fixa derrière le canon de ses pistolets. « Si telle est votre opinion, gronda le pirate, je devrai y remédier. »

En se tournant vers la porte, Silver aboya « McGregor! » La porte s'ouvrit bruyamment, et le marin saoul entra en trébuchant, son sabre pendu mollement à sa main. Il tourna sur lui-même, à la recherche d'un belligérant. « Enfermez le capitaine Smollett dans la cale! » ordonna Silver. Ensuite, il se tourna vers Jim Hawkins et décréta: « Je vous donne jusqu'aux coups de six heures demain pour négocier vos vies avec Ben Gunn. Si vous ne revenez pas à l'*Hispaniola* chargé du trésor de Flint jusqu'au dernier doublon, le capitaine Smollett marchera sur la planche. »

Le docteur Livesey eut le souffle coupé par la

surprise. Cela ne faisait pas partie de leur plan. Le capitaine Smollett était désormais condamné si le plan de sauvetage échouait.

« Attendez, capitaine! bredouilla le docteur Livesey sur un ton d'excuse. Pardonnez-moi, j'étais en proie à la colère. J'ai laissé ma frustration obscurcir mon jugement. J'ai dépassé les bornes et je vous présente mes excuses les plus sincères. *Je vous en prie*, capitaine Silver, ne punissez pas mon insolence en vous en prenant au capitaine Smollett. Mon impertinence est à blâmer, et non la sienne. »

Un sourire diabolique sur les lèvres, Silver répondit: « Je vous en prie, docteur Livesey, vous n'avez pas à vous excuser. Vous n'avez qu'affirmé la vérité. Le capitaine Smollett est le vrai capitaine de l'*Hispaniola*. Vous le savez, je le sais, et l'équipage le sait. » Un frisson glacial descendit sur la cabine comme si un coup de vent sibérien venait de traverser la goélette. Silver poursuivit: « Je crois qu'il est grand temps de corriger cette méprise pour de bon. »

Chapitre 32

EN PLEINE OBSCURITÉ, Ben et Sage traversèrent la forêt. La splendeur tropicale de l'île au Trésor s'était éclipsée avec le soleil, en faisant place à un paysage plus sinistre. Au-dessus d'eux, des éclats de la lumière de la lune perçaient entre les branches tordues de la futaie, et chaque fois que Sage osait lever la tête, il avait l'impression qu'un géant attendait qu'il ait le dos tourné pour le soulever de terre avec ses pinces noueuses.

Ben, au contraire, marchait sans peur. Il avait vécu dans l'obscurité nocturne la moitié de son séjour sur l'île au Trésor et semblait avoir perdu toute crainte depuis fort longtemps. Le fait d'habiter une grotte sombre avait également amélioré sa vision de nuit. Les yeux aussi perçants qu'un hibou, Ben trouvait son chemin dans la forêt sans aucune difficulté et les mena tout droit à l'extrémité du lagon.

Comme Sage sortait du sous-bois et faisait ses premiers pas sur le sable fin de la plage, ses yeux furent immédiatement attirés par l'*Hispaniola* ancré dans l'eau. À différents endroits sur le pont et sur la mâture, des lanternes allumées brillaient dans la nuit comme des diamants étincelants posés sur un fond de velours noir. Les sons joyeux de la musique flottaient sur l'eau, et ils pouvaient voir les contours sombres des hommes dansant gaiement sur le pont. Apparemment, une fête battait son plein à bord de l'*Hispaniola*.

« Ils sont loin d'avoir fini, se plaignit Sage, en se laissant tomber sur le sable et en soulevant ses genoux pour les coller contre sa poitrine. Il lui semblait que la fête ne faisait que commencer. »

« En vérité, cela peut jouer en notre faveur », affirma Ben. En s'asseyant à côté de Sage, Ben réfléchit tout haut: « Les hommes s'en mettront plein la panse, boiront jusqu'à plus soif et danseront jusqu'à ce que leurs jambes ne puissent plus les porter. Ils dormiront comme des loirs cette nuit. Quand nous monterons à bord, pas même un coup de canon ne saurait les réveiller. »

Sage se laissa convaincre par la logique de Ben, et la bonne humeur lui revint. Aussi épuisé qu'il était, il préférait perdre encore quelques heures de sommeil pour améliorer leurs chances de succès. Au cours des longues heures de la nuit, Ben et Sage virent les festivités s'essouffler lentement. Une fois ou deux, Sage s'assoupit légèrement en se réveillant en sursaut après quelques minutes, trouvant Ben bien réveillé, le regard vissé sur l'*Hispaniola* devant lui. Enfin, dans la nuit profonde, on éteignit une à une les lanternes sur le navire jusqu'à ce qu'il en reste une seule, brûlant comme un phare solitaire près du poste d'équipage d'avant.

Sage se réveilla en sursaut au moment où Ben lui prit le coude et chuchota: « Allons-y. » Il frotta ses yeux avec le revers de ses doigts et fut pris d'un grand bâillement en se levant pour suivre Ben, qui retournait dans l'épaisseur de la végétation, à la lisière du lagon. Comme des fantômes, ils firent le tour du lagon jusqu'à ce que l'*Hispaniola* se trouve à bâbord. Puis, à côté d'un gros banian, Ben lui montra une petite barque qu'il avait taillée dans un arbre mort il y avait des années, pour pêcher dans le lagon.

Ben se campa solidement devant la barque et tira sur elle pour la libérer. La barque glissa sur le sable vers l'avant. Sage posa ses mains sur l'arrière de l'embarcation et aida Ben à la pousser jusqu'à l'eau. Une fois là, ils avancèrent dans l'eau jusqu'aux genoux puis montèrent à bord prudemment.

Ben souleva la pagaie qu'il avait confectionnée à partir d'une branche et la plongea dans l'eau. Il rama pour s'éloigner de la rive. Comme ils glissaient sur l'eau, Sage baissa la tête et regarda cette encre trouble, normalement translucide, et se demanda quelles créatures menaçantes tournaient en cercles sous eux. En frissonnant, il chassa les requins de son esprit et se concentra sur leur mission: libérer l'oncle Dunkirk et les prisonniers.

Comme ils approchaient de l'*Hispaniola*, le

volume d'une conversation monta graduellement. Les silhouettes des deux gardes se découpaient dans la nuit, près du poste d'équipage d'avant. Ils semblaient plongés dans une discussion animée sur « la machine volante magique du capitaine ». Les mots « monter en flèche » et « oiseau » résonnèrent sur les flots tandis que Ben accotait la barque contre la chaloupe amarrée à la coque de l'*Hispaniola*.

Ben fit signe à Sage d'être silencieux. Puis, en prenant la bouteille de vin dans une main, il grimpa sur le filet de cordage qui pendait sur le côté de l'*Hispaniola*. Les craquements et les gémissements de l'échelle de corde étaient couverts par les mêmes sons provenant de la goélette.

« Je te le dis, Bloom, se vanta l'un des gardes. C'était comme regarder un faucon jouer. La machine s'est élevée haut dans les nuages, tourna comme une toupie et plongea comme une mouette. Je n'ai jamais rien vu de pareil. »

Ben tenta un regard furtif par-dessus le bastingage et vit les deux gardes près du poste d'équipage d'avant. Leur conversation retenait davantage leur attention que leur besogne de vigie. Après tout, il y avait plus d'une semaine que l'*Hispaniola* mouillait dans le lagon, et l'île au Trésor ne fourmillait pas d'activité.

Ben passa la main par-dessus le bastingage et posa délicatement la bouteille de côté, puis, en baissant la tête sous le pont, il retint son souffle, murmura une prière silencieuse et laissa tomber la bouteille. Quelques instants plus tard, l'*Hispaniola* se balança doucement en suivant le courant du lagon, et la bouteille roula bruyamment sur le pont.

Les deux gardes sursautèrent et avancèrent rapidement en sortant leur épée de leur fourreau. Ils passèrent le pont au peigne fin, en regardant chaque ombre et dans chaque recoin avant que l'un d'eux ne remarque la bouteille de vin par terre. Il se pencha pour la ramasser.

« On dirait bien que la fête n'est pas finie, O'Malley, mon vieux! lança-t-il par une bouche édentée. Hands a dû oublier de ranger l'une des bouteilles du capitaine, et elle est pleine! »

Le deuxième pirate enleva la bouteille des mains du premier, et la leva devant son œil gauche – l'autre étant couvert d'un cache noir. La bouteille était pleine, *en effet*. Il prit le bouchon de liège entre ses dents cariées, mordit fort et le sortit du goulot. Puis, en se tournant sur le côté, il cracha le bouchon par-dessus le bastingage.

Tout en bas, dans la barque, Sage attendit, sans faire un bruit, que les gardes mordent à l'hameçon. Il avait entendu la bouteille rouler sur le pont et les paroles enthousiastes des gardes. En levant la tête, Sage vit un petit objet passer par-dessus le bastingage dans la lueur de la lune, faire un arc dans les airs et filer vers le bas. Il tomba comme une pierre et atterrit au milieu de la barque avec un bruit sourd. En regardant par-dessus son épaule, Sage vit qu'il s'agissait d'un bouchon de liège et comprit tout de suite qu'il aurait dû faire *plouc* en tombant dans l'eau.

Sage leva la tête vers Ben, toujours accroché au cordage, se collant contre la coque autant qu'il le pouvait. Le regard résigné de son ami voulait tout dire. Ils avaient fait tant d'efforts, avaient sué sang et eau pour en arriver là, et ils allaient échouer, si près du but, à cause d'un bouchon envoyé par-dessus bord. Ils ne pouvaient rien faire, il n'y avait pas d'issue. Ils étaient cuits.

Sur le pont, O'Malley baissa la bouteille, l'air suspicieux, et murmura: « Je n'ai pas entendu de *plouc* ». Il se précipita vers le bastingage, son sabre dans sa main libre.

Juste au moment où il allait regarder par-dessus bord, son compagnon Bloom s'exclama: « Donne-moi ça! »

« Hé, laisse-m'en un peu! gueula O'Malley, ses soupçons immédiatement oubliés. S'éloignant du bastingage, il chassa Bloom à travers le pont, et ils se bousculèrent pour mettre la main sur la bouteille.

En levant les yeux vers Ben, Sage soupira de soulagement. Il tendit la main, prit le bouchon et le souleva pour le montrer à Ben. Ben hocha la tête. Puis en passant sa main par-dessus la rambarde de la barque, Sage laissa tomber sans bruit le bouchon de malheur dans le lagon et le regarda s'éloigner.

En quelques minutes, les gardes assoiffés avaient bu toute la bouteille de vin. Ben et Sage pouvaient en être sûrs, puisqu'ils avaient entendu *plouc* quand les gardes avaient lancé la bouteille dans le lagon. Heureusement, ils avaient choisi de jeter la bouteille vide de l'autre côté de l'*Hispaniola*, loin de la barque de Ben.

Dix minutes plus tard, le silence descendit sur l'*Hispaniola*. Après avoir jeté un autre regard par-dessus le bastingage, Ben fit signe à Sage de monter. Sage grimpa par l'échelle de corde pour rejoindre Ben. Les deux gardes s'étaient installés confortablement et étaient assis, le dos contre le mestre. Ils avaient allongé leurs jambes, et avaient la bouche grande ouverte. Ils avaient les yeux clos, et leur poitrine se soulevait doucement, le navire qui tanguait doucement les entraînant dans un sommeil de plus en plus profond. La potion soporifique était bel et bien efficace.

En prenant ses précautions, Ben passa par-dessus le bastingage et trouva un bâton qui lui servirait de gourdin si les gardes remuaient trop. Néanmoins, le son caverneux de leurs ronflements d'ivrognes fit taire les doutes de Ben. Non seulement les hommes de guet s'étaient-ils assoupis, mais ils étaient plongés dans un sommeil d'une profondeur abyssale. Exactement comme l'avait prédit Sage.

Sage prit la main de Ben pour passer par-dessus le bastingage. Depuis leur corniche sur la colline

Artimon, ils avaient vu qu'on enfermait les prisonniers dans le poste d'équipage d'avant. Ben et Sage se
dirigèrent donc dans cette direction. Étant donné que
le poste d'équipage d'avant n'avait qu'une porte
d'entrée, ils devaient passer directement devant les
gardes endormis. Malheureusement, afin de libérer
l'espace pour une piste de danse de fortune ce soir-là,
les pirates avaient disposé des caisses et des barils de
bois le long du bastingage. Les gardes endormis, qui
ronflaient maintenant à plein régime, avaient les
jambes allongées, bloquant ainsi le passage de Ben et
de Sage.

Ben avança le premier, en posant le pied
délicatement entre les jambes du premier garde. Le
vieux marin bourru dormait profondément. Sa
poitrine se soulevait et retombait comme la marée. Il
laissait échapper un ronflement long et décousu entre
ses lèvres pâteuses. À l'occasion, il émettait une petite
plainte nostalgique comme s'il visitait en songe son
endroit préféré, puis il s'humectait les lèvres
bruyamment et reprenait sa respiration régulière. Vif
comme l'éclair, Ben fit un autre pas et passa au-dessus
de sa jambe.

À sa suite, Sage suivit l'exemple de Ben en
faisant extrêmement attention. Il mit un pied entre les
jambes ouvertes de l'autre garde. Sage venait de
poser son pied droit sur le sol quand le garde édenté
bougea soudainement. Sage se figea, en se tenant en
équilibre sur un pied, tandis que le pirate inclina la

tête et s'humecta les lèvres. Tout à coup, les joues du garde se gonflèrent comme celles d'un tromboniste de jazz, et il expulsa un rot de vin directement dans le visage de Sage. Celui-ci combattit l'envie de tousser et de repousser les vapeurs nocives. Il marcha rapidement vers l'avant et passa au-dessus de l'autre jambe du pirate et rejoignit Ben, qui observait la scène avec inquiétude.

Ils avancèrent sur le pont en direction du poste d'équipage d'avant, et Ben dit tout bas à l'oreille de Sage: « Ils doivent se trouver quelque part dans le poste d'équipage d'avant. Mais pas un bruit, car il y a des quartiers d'équipage en bas aussi. »

Ben tendit la main vers la poignée de la porte, il la fit tourner lentement et ouvrit la porte. Les pentures rouillées firent entendre un petit *couic*. Pour Ben et Sage, cependant, le bruit leur sembla aussi fort qu'une cloche d'église. Soulagés d'entendre que les gardes continuaient à dormir, Ben et Sage refermèrent la porte derrière eux puis descendirent les marches qui menaient à la coursive centrale.

Une fois à l'intérieur, Ben et Sage furent accueillis par une série de portes fermées de chaque côté de la coursive. Des ronflements avinés venaient de tous les côtés. Les ronflements étaient si forts qu'ils faisaient pratiquement vibrer les murs, mais ils constituaient la distraction idéale pour couvrir l'intrusion de Ben et de Sage.

Ben alla sans un bruit de porte en porte, en

tournant les poignées sans ouvrir de porte. Sa logique était simple. Les prisonniers étaient détenus dans une cabine verrouillée à clef, et si une porte n'était pas verrouillée, elle donnait sûrement sur une cabine réservée à l'équipage. Ben et Sage parvinrent au fond de la coursive et trouvèrent rapidement ce qu'ils cherchaient: une porte ornée d'un gros cadenas.

« Comment entrerons-nous là-dedans? » chuchota Ben.

Sage étudia le cadenas et jugea qu'il ne poserait pas trop de difficulté. Il s'agissait d'un mécanisme ancien dont le trou de serrure était de la taille de son index. Ça n'avait rien à voir avec les cadenas à cadrans compliqués qu'ils avaient à l'école.

« Poussez-vous », chuchota Sage. Il enfouit sa main dans sa poche et en sortit tout un bric-à-brac: quelques pièces de monnaie, sa boussole Jim Hawkins porte-bonheur, des peluches multicolores et la clef de chez lui.

Sage tourna sa clef entre ses mains, en étudiant ses contours puis il haussa les épaules. *Tentons le coup.* Il enfonça la clef dans le trou de la serrure et commença à la remuer. La taille de ce vieux trou de serrure lui donnait beaucoup d'espace pour manœuvrer, et Sage savait exactement ce qu'il cherchait. À Spruce Ridge, il avait appris à maîtriser l'art raffiné d'ouvrir, à l'aide d'un cure-dents, une porte verrouillée, lorsqu'il avait envie de lancer de l'eau glacée à son père quand il était sous la douche.

Jamais il n'aurait pensé que cette adresse lui servirait un jour, hors de chez lui.

Quelques secondes plus tard, quelque chose céda au bout de la clef. Sage sortit doucement la clef en dégageant le ressort et avec un *clic*, le mécanisme de verrouillage céda.

Ben et Sage échangèrent un regard étonné. Sage enleva le cadenas de ses gonds, puis, aussi silencieusement qu'il le put, Ben tourna la poignée et ouvrit lentement la porte.

CHAPITRE 33

LONG JOHN SILVER fut réveillé par des coups incessants à sa porte, le matin suivant la fête. Les esprits du capitaine étaient embrouillés par la buverie de la veille, et il avait une migraine qui semblait lui fendre le crâne en deux.

En soulevant sa tête lourde de l'oreiller, Silver cria: « Quoi? » Les coups cessèrent, et la porte s'ouvrit à peine.

Une tête hirsute de marin passa dans l'embrasure avec appréhension. « Toutes mes excuses, mon capitaine, mais on a des ennuis. »

Silver était irrité. *Pourquoi ne puis-je pas avoir une bonne nuit de sommeil sans être dérangé par mon équipage de grands dadais?* En fusillant du regard le matelot, Silver l'attaqua, d'un air dégoûté: « Que se passe-t-il encore? Pas d'eau fraîche pour déjeuner? Il n'y a personne sur le pont pour vous dire quoi faire? L'un de vous a l'estomac dérangé? »

« En vérité, je me sens assez bien, répondit l'idiot de marin. Mais monsieur Hands m'a demandé à l'instant de vous informer que les prisonniers ont disparu. »

Dans un tourbillon de soie et de coton, Silver repoussa ses draps et sauta hors du lit. Il portait une chemise de nuit trois quarts. Il s'élança à travers la cabine comme un cobra qui fonce sur sa victime. Craignant pour sa vie, le marin à la porte s'enfuit et monta sur le pont en courant, Silver sur les talons.

En arrivant sur le pont comme un ouragan, Silver trébucha à cause de la lumière du matin qui l'aveugla momentanément. Il se releva, frotta sa chemise de nuit de la main et se tint fièrement debout. Ses cheveux entremêlés par le sommeil étaient hirsutes sur sa tête, évoquant la Méduse. En protégeant ses yeux de la main, Silver inspira profondément puis il rugit comme un lion: « *Haaaaaannnnnds!* »

Comme si un pistolet venait de donner le signal de départ, les hommes sur le pont s'éparpillèrent pour se cacher du mieux qu'ils le pouvaient. Certains grimpèrent sur le mât, alors que d'autres se réfugièrent derrière des tonneaux. Quand le capitaine Silver était de cette humeur-là, mieux valait disparaître de sa vue.

« *Haaaaaannnnnds!* » hurla Silver à nouveau, en enlevant les mains de sur ses yeux et en traversant le pont à toute vitesse.

La porte du poste d'équipage d'avant s'ouvrit brusquement, et Hands sortit à vive allure, un couteau à la main. Le suivait la silhouette titanesque de Red. Il tenait une lanterne à la main.

« Hands! Où sont mes prisonniers? » l'interrogea Silver.

« Cap'taine, nous avons cherché partout sur le

navire, l'informa Hands. Et ils ne sont nulle part. Ils ont dû s'échapper au cours de la nuit. »

La furie courait dans les veines de Silver comme de la lave en fusion. Elle bouillonnait et brûlait en son for intérieur. Ses narines étaient dilatées et ses yeux, exorbités. Une fine veine bleue lui apparut immédiatement au coin de l'œil droit, et en battant, elle s'accordait avec un plissement nerveux de la paupière du même côté. « Et Smollett, lui? »

« Smollett est toujours enfermé dans la cale », répondit Hands, soulagé d'avoir au moins une bonne nouvelle à donner au capitaine.

« Qu'est-il arrivé aux gardes? Qu'est-ce qu'ils fabriquaient la nuit dernière? »

« Ils prétendent qu'on les a drogués, cap'taine, répondit Hands. Ils disent qu'ils ont trouvé une bouteille de vin sur le pont, ils l'ont bue, puis ils sont tombés dans les pommes. »

« Et où se trouve cette mystérieuse bouteille de vin? » vociféra Silver.

« Eh bien, répondit Hands en se balançant d'un pied à l'autre, ils disent qu'ils l'ont jetée par-dessus bord. »

« Comme c'est *commode*, répliqua sèchement Silver. Enfermez-les tous les deux dans la cale avec Smollett. Ils paieront cher leur faute. »

« Et les prisonniers, cap'taine? Devrais-je réunir un détachement pour m'élancer à leurs trousses? » demanda Hands.

« Armez une douzaine d'hommes, Hands, calcula Silver. Par contre, il est inutile de lancer des recherches. Je sais exactement où ils sont. Faites descendre un homme à la cale pour qu'il garde Smollett. Et quand je dis garde, je veux dire *garde*. Personne ne dort alors qu'il est en devoir! »

« Bien, mon cap'taine! » dit Hands d'un ton brusque.

« Mais surtout, je veux que vous protégiez la machine volante. Postez une demi-douzaine de gardes auprès d'elle, jour et nuit. Je ne veux pas que Smiley ou les prisonniers s'approchent de mon butin. »

« Entendu, cap'taine », répondit Hands.

« Et enfin, je veux que vous vous rendiez au vieux fort avec des renforts. Les prisonniers s'y trouveront, avec le trésor de Flint et Ben Gunn. Dites-leur que je suis toujours prêt à leur laisser la vie sauve. Nous leur accorderons la liberté en échange du trésor de Flint. »

« Et s'ils refusent de se rendre, cap'taine? » demanda Hands.

« Oh, ils obtempéreront, répondit Silver d'un air suffisant. Ils connaissent les conséquences de leurs actes. Si le trésor de Flint, dans son intégralité, n'est pas à bord de l'*Hispaniola* ce soir, quand la cloche sonnera six coups, Smollett marchera sur la planche. Ensuite, nous réduirons ce fort en poussière avec notre canon. »

CHAPITRE 34

L'ONCLE DUNKIRK JETA un coup d'œil par-dessus la palissade du vieux fort pour voir le mur d'arbres qui les entourait. Le soleil s'était levé deux heures plus tôt et il réchauffait maintenant son dos courbaturé alors que la température grimpait peu à peu. *Ils arriveront bientôt.*

Les prisonniers avaient raconté n'avoir presque pas fermé l'œil de la nuit, l'oreille tendue vers le bruit de la fête sur le pont, en espérant que les festivités ne nuiraient pas à leur évasion. Au fur et à mesure que les heures passaient et que la fête se terminait, les prisonniers expliquèrent à Sage et à Ben qu'ils s'étaient mis à écouter les sons du navire, la multitude de craquements et de plaintes des poutres qui bougent, le *couic-couic* insupportable d'une lanterne se balançant sur ses charnières, le son apaisant de l'eau clapotant contre la coque. Et alors que la fatigue commençait à avoir raison de leur volonté à rester éveillés, ils entendirent un son qui leur remonta instantanément le moral déclinant, deux mots magiques chuchotés dans la profondeur de la nuit: « *Oncle Dunki.* »

Le reste de l'évasion était un flou d'adrénaline et

d'anticipation. Après avoir échangé quelques sourires silencieux, les prisonniers étaient montés sur le pont, étaient passés, sur la pointe des pieds, entre les jambes des gardes endormis, et étaient descendus jusqu'à la barque par l'échelle de corde. L'embarcation surchargée s'éloigna du navire, grâce aux évadés qui ramèrent jusqu'au rivage.

Une fois sur la plage du lagon, les prisonniers prirent le temps de remercier leurs sauveurs, avec une tournée vigoureuse de poignées de mains, de tapes dans le dos et même d'accolades. L'oncle Dunkirk souleva Sage dans ses bras et le serra fort contre lui. « Je savais que tu y arriverais, Sage, dit-il, un pétillement malicieux dans le regard. Tu es un Smiley après tout. »

Après s'être présentés les uns aux autres, ils se mirent en route dans la forêt pour se rendre au vieux fort. Ils allaient y tenir un siège contre Long John Silver et sa horde de pirates.

« Vois-tu quelque chose? » demanda Sage en se glissant sans bruit aux côtés de son oncle sur la palissade.

« Pas pour l'instant, mais ils seront bientôt là », répondit l'oncle Dunkirk en souriant. En regardant Sage, une vague d'affection pour son neveu le souleva. Il put prononcer, finalement: « Tu sais, Sage, je suis fier de toi. Ce ne sont pas les vacances que je rêvais de t'offrir, mais tu as été très brave. Tu as réussi à survivre sur une île déserte, à échapper à des pirates et même à mener une opération de sauvetage audacieuse sur un navire ennemi. Tu es un héros, Sage. Et je dois dire que je suis fier de t'avoir comme neveu. »

« Merci, oncle Dunkirk, répondit Sage tout rougissant. Mais pour être franc, je passe des vacances géniales. »

L'oncle Dunkirk fit basculer sa tête en arrière et se mit à rire. Il ébouriffa les cheveux de Sage et fit: « Voilà une attitude que j'aime! Tu auras une foule d'histoires à raconter quand tu seras plus vieux, je te le promets! »

« *Si* vous vivez assez vieux pour ce faire », lança une voix étrangère, interrompant leur conversation de manière cavalière. L'oncle Dunkirk mit rapidement Sage derrière lui pour le protéger. À vingt mètres devant eux, Hands émergeait du bois.

« Ah, monsieur Hands, nous vous attendions », l'accueillit l'oncle Dunkirk.

Alors que le maigre timonier faisait quelques pas dans la clairière, l'oncle Dunkirk murmura à Sage discrètement: « Va avertir les autres. »

Sage se baissa vivement pour passer sous les remparts et glissa le long de la palissade jusqu'au sol. Il courut jusqu'à l'abri pour sonner l'alarme.

« Vous avez réalisé un véritable exploit la nuit dernière, le félicita Hands. Vous auriez dû voir le cap'taine Silver. Il était furieux! Plus enragé qu'une abeille chassant un pot de miel chapardé. »

« Je présenterais bien mes excuses pour notre départ soudain, rétorqua l'oncle Dunkirk, mais il en va du devoir d'un prisonnier de s'évader. »

Hands avait traversé la clairière et se tenait à quelques pas de la palissade, juste en dessous de l'oncle Dunkirk. « Je ne suis pas venu ici pour bavarder. Le cap'taine m'a envoyé pour négocier vos vies. J'ai pensé que nous pourrions en discuter face à face, comme des gentilshommes. »

« Et pourquoi négocierions-nous avec Silver? demanda l'oncle Dunkirk. Après tout, nous sommes déjà libres. »

« Oui, mais l'un de vous est encore captif, répondit Hands. Le cap'taine Smollett est toujours enfermé dans la cale. » Puis il ajouta: « Enfin, jusqu'aux coups de six heures. »

Du coin de l'œil, l'oncle Dunkirk épiait les mouvements des autres prisonniers qui prenaient position autour du fort.

« Pourquoi? Que se passera-t-il aux coups de six heures? » demanda l'oncle Dunkirk.

« Aux coups de six heures, le cap'taine Smollett marchera sur la planche », répondit Hands sans broncher. « À moins que l'on ne parvienne à s'entendre. »

« À quel sujet? »

Hands regarda par-dessus son épaule, et l'oncle Dunkirk suivit son regard. À la lisière de la forêt, une demi-douzaine d'hommes attendaient le signal de Hands pour attaquer. Chacun d'entre eux avait le regard menaçant et un sabre d'abordage à la main.

Néanmoins, un homme se détachait du lot d'une bonne tête: Red. Le géant tenait fermement un gourdin dans sa main et le balançait en signe d'intimidation.

En baissant la voix pour que seul l'oncle Dunkirk puisse l'entendre, Hands poursuivit: « J'ai pensé que le moment serait bien choisi pour discuter de notre marché, monsieur Smiley. Nous pourrions tous deux en sortir gagnants. »

L'oncle Dunkirk sourit intérieurement. Il avait parfaitement deviné les desseins de Hands. Le timonier n'était rien de plus qu'un maraudeur des mers qui cherchait à faire fortune à tout prix. Néanmoins, Hands avait toujours la pierre d'ambre en sa possession, et l'oncle Dunkirk en avait besoin pour pouvoir dire adieu à l'île au Trésor pour de bon.

« Laissez votre sabre et votre couteau là où vous êtes, ordonna l'oncle Dunkirk. Rendez-vous au porche principal. On vous laissera entrer. Mais je vous avertis, monsieur Hands, s'il y a du grabuge pendant que vous êtes à l'intérieur du fort, *c'est vous* qui ne verrez pas le jour se lever, et non pas mon neveu. »

Hands dégaina son sabre et le laissa tomber sur le sol. Puis il porta la main à la longue dague à l'allure redoutable attachée à sa ceinture et la posa sur le sol, près du sabre. Puis Hands se rendit au porche principal et attendit.

L'oncle Dunkirk regarda une dernière fois vers les bois les entourant puis il appela le docteur Livesey. « Ouvrez le porche rapidement et laissez entrer monsieur Hands. Si jamais vous m'entendez crier, refermez-le le plus vite possible. »

S'exécutant aussitôt, le docteur Livesey leva la barre de bois qui fermait le porche et l'ouvrit rapidement. La porte s'ouvrit vers l'intérieur, et Hands entra calmement dans l'enclos puis attendit. Quand le docteur Livesey eut refermé la porte, il se retourna et appuya le bout d'une lance sur la poitrine de Hands.

« N'ayez aucune crainte, docteur Livesey, lui lança l'oncle Dunkirk. Il n'est pas armé et il nous a donné sa parole qu'il agirait en gentilhomme. Maintenant, si vous voulez bien prendre ma place sur la palissade, je dois échanger quelques mots avec monsieur Hands. Soyez bien prudent, Hands cache quelques amis dans le bois. »

L'oncle Dunkirk sauta dans l'enclos et fit entrer Hands dans la cabane. Une fois à l'intérieur, ils s'assirent sur deux bancs de bois et continuèrent à négocier, sans être entendus des autres.

« Nous y voici, monsieur Hands, nous sommes seuls, déclara l'oncle Dunkirk. Que voulez-vous? »

« Le trésor de Flint, pardieu », répondit Hands tout aussi directement.

« Et qu'est-ce qui vous fait croire que nous avons le trésor de Flint? » lui demanda l'oncle Dunkirk d'un air innocent.

« Parce que Ben Gunn est parmi les hommes qui a sauvé votre peau, répliqua Hands. Il se cachait tout ce temps sur l'île, et nous observait dans le bois. Je suis au courant, et le cap'taine Silver aussi. Et il n'était pas seul, n'est-ce pas? Il était avec votre petit neveu. Comment l'avez-vous appelé? *Sage?* »

L'oncle Dunkirk tressaillit à la mention de Sage, mais s'efforça de rester calme. « Laissez mon neveu en dehors de tout cela, monsieur Hands. Il ne fait pas du tout partie de ce troc. Nous marchandons le trésor de Flint et débattons à savoir qui mettra la main dessus, vous ou Long John Silver. »

« Comme le cap'taine Silver n'est pas présent, discutons donc de cette affaire entre nous », dit Hands en saisissant sa chance. Sur ces mots, il plongea sa main dans sa vareuse et sortit la pierre d'ambre. « Votre collier *et* votre liberté contre le trésor. »

« Et le capitaine Smollett? » demanda l'oncle Dunkirk.

« Oubliez Smollett, conseilla Hands de manière cynique. Vous le connaissez à peine, et il est condamné de toute façon. Le cap'taine n'aime pas être déjoué, et vous l'avez humilié devant tout l'équipage. Connaissant le cap'taine comme je le connais, Smollett marchera sur la planche que je lui rapporte le trésor de Flint ou pas. »

L'oncle Dunkirk soupesa ses options quelques instants. La pierre d'ambre était de loin plus précieuse à ses yeux qu'un coffre rempli de trésors et de colifichets d'or. Cependant, Sage lui avait dit que le trésor était toujours dissimulé dans une grotte, dans la colline Artimon. Même avec l'aide des prisonniers, il serait impossible de le transporter jusqu'au navire avant les coups de six heures.

Évidemment, il était possible que les pourparlers de Hands ne fussent rien de plus qu'un stratagème pour inciter les prisonniers à quitter le fort. Les hommes de Silver étaient peut-être postés dans la forêt, prêts à bondir sur le premier prisonnier qu'ils trouveraient sur leur chemin.

D'une façon ou d'une autre, trop de variables entraient en ligne de compte. La parole de Silver ne valait rien pour les prisonniers et donc, le trésor de Flint demeurerait où il était, à l'abri, dans la grotte de Ben. C'était la seule solution raisonnable.

Le capitaine Smollett restait donc à la merci de Long John Silver, et l'oncle Dunkirk était convaincu que dans ce cas-ci, Silver respecterait la parole donnée. Quand la cloche sonnerait six coups, le capitaine Smollett *marcherait* sur la planche et plongerait dans les eaux infestées de requins du lagon. Et ils ne pouvaient rien y faire. *À moins que…*

L'oncle Dunkirk parla enfin: « J'ai une offre à vous faire, monsieur Hands, qui ne renforcera pas seulement notre pacte, mais vous rendra très riche. Regardez autour de vous. Le trésor de Flint n'est pas dans le fort. Je peux transporter les coffres dans la machine volante d'ici minuit. Retournez au navire avec vos hommes, et nous irons chercher le trésor. À la faveur de la nuit, vous vous glisserez hors du navire et vous rendrez jusqu'à la machine volante, et je vous emmènerai, ainsi que votre or, où bon vous semblera. »

« Comment puis-je être sûr que vous ne me menez pas en bateau? » l'interrogea Hands d'un air soupçonneux.

« Parce que je suis votre associé et non celui de Long John Silver, affirma l'oncle Dunkirk. Et parce que je suis disposé à vous remettre un acompte à l'instant. Même si je vous menais en bateau, et je vous garantis qu'il n'en est rien, cet acompte sera suffisant pour assurer votre fortune quelque temps. »

Sur ces mots, l'oncle Dunkirk se leva et traversa la pièce pour se rendre à son sac à dos. Sage lui avait parlé du sac de toile rempli de doublons d'or que Ben avait apporté au fort. L'éclair de génie de Ben était en train de leur acheter leur liberté.

En plongeant sa main dans le sac à dos, l'oncle Dunkirk tira le sac de toile et le laissa tomber sur le sol, aux pieds de Hands. En entendant le tintement unique des doublons d'or, Hands s'anima immédiatement.

« Voici des doublons d'or qui proviennent du trésor de Flint. Ce n'est qu'un petit échantillon de ce qui vous attend. Vous n'en gagnerez jamais autant en une vie passée à sillonner les mers. Pour vous prouver que je suis un homme de parole, je vous le donne immédiatement. Ce que vous en ferez m'importe peu. Vous pouvez l'enterrer dans le sable et ne le partager avec personne. Cette transaction demeurera un secret entre vous et moi. »

L'oncle Dunkirk vit l'avidité s'emparer de Hands par l'ombre dans ses yeux, tandis que le timonier évaluait le poids du sac et la valeur de son contenu. Une fine moustache de sueur s'était formée sur la lèvre supérieure de Hands, et ses yeux de fouine jaugeaient le sac avec convoitise. Il semblait lutter de toutes ses forces contre l'envie primitive de déchirer le sac de toile à ses pieds.

« Afin de me prouver *votre* bonne foi, vous devrez me remettre le collier, poursuivit l'oncle Dunkirk. Quelle bonne affaire pour vous: un bijou sans valeur contre un sac du trésor de Flint! »

Après un moment d'hésitation, Hands sourit puis passa le collier par-dessus sa tête et le lança. L'oncle Dunkirk attrapa le collier dans les airs et sentit la chaleur de la pierre d'ambre dans sa paume. Il la tendit vers un rayon de lumière qui traversait la fenêtre de la cabane et aperçut brièvement la poussière d'étoiles magique en son centre. Soulagé, l'oncle Dunkirk fit un grand sourire et passa le collier autour de son cou et pressa la pierre contre sa poitrine.

« Associés », proposa Hands en tendant sa main.

Fort de la pierre d'ambre à nouveau en sa possession, l'oncle Dunkirk n'eut aucun scrupule à prendre la main offerte et à la serrer chaleureusement. « Associés ».

CHAPITRE 35

AU MOMENT OÙ la cloche de l'*Hispaniola* sonna six coups, Long John Silver, debout sur le pont, accoudé au bastingage à côté de Hands, fixait la rive du lagon, au loin.

« Il semble que notre offre généreuse soit tombée dans l'oreille d'un sourd, déclara Silver. Monsieur Smiley n'a pas obtempéré à nos ordres. »

« Je suis étonné », affirma Hands en mentant effrontément. Hands savait fort bien que les prisonniers ne s'approcheraient pas de l'*Hispaniola*, et il se consolait de devoir mentir au capitaine en songeant au sac de doublons d'or qu'il avait caché dans la souche pourrie d'un arbre mort. En vérité, Hands avait passé un après-midi des plus agréables. Il avait bluffé devant le capitaine depuis son retour sur le navire, en déclarant que les prisonniers apporteraient le trésor de Flint sur la rive du lagon aux coups de six heures, en échange de leur liberté et de la vie du capitaine Smollett.

« Smiley m'a promis que le trésor de Flint se trouverait sur la plage aux coups de six heures, raconta Hands. *'Jusqu'au dernier doublon'*, a-t-il dit. »

« Eh bien, ce lâche devra essayer de trouver le

sommeil en sachant qu'il a la mort de Smollett sur la conscience, dit Silver sèchement. Demain, nous chargerons un canon sur la chaloupe puis nous ramerons jusqu'à la plage. Un après l'autre, les prisonniers périront, transpercés par ma lame quand nous anéantirons le fort. »

Une fois que son plan fut établi pour le lendemain, Silver tourna le dos à l'île et ordonna: « Faites monter les prisonniers de la cale et rassemblez les hommes. Au moins, nous pourrons divertir l'équipage ce soir. »

Quelques minutes plus tard, on alla chercher le capitaine Smollett et les deux autres prisonniers, les gardes endormis O'Malley et Bloom, à la pointe de l'épée. Ils montèrent les marches du poste d'équipage d'avant et sortirent sur le pont où se trouvaient les hommes rassemblés, discutant à voix basse.

On avait placé une table près du bastingage. Avaient pris place à cette table Silver, Hands et monsieur McGregor, afin de présider cette cour martiale de mascarade. Les trois prisonniers furent poussés juste devant la table.

Le silence se fit sur le pont tandis que Silver dévisagea les prisonniers, un par un.
Bien que le visage du pirate fût impassible, ses yeux étincelaient de plaisir puisqu'il lisait la peur dans les visages des hommes devant lui.

Finalement, Hands se leva, s'éclaircit la gorge et prononça: « Messieurs, vous êtes accusés d'avoir commis un crime contre ce navire, l'*Hispaniola*, et contre son cap'taine, John Silver. »

Le capitaine Smollett était l'image même d'un soldat de carrière. Il se tenait le dos droit, et ses yeux fixaient droit devant lui, sans se défiler, alors qu'O'Malley et Bloom voulaient rentrer sous terre comme deux enfants pris en défaut.

« Billy O'Malley et Richard Bloom, déclara Hands en jetant un bref regard à ses compagnons, on vous accuse de négligence envers vos fonctions à bord. Votre mépris pour votre poste de vigile a mené à l'évasion de quatre prisonniers. Avez-vous quelque chose à dire pour votre défense? »

Billy O'Malley fit un pas vers Silver et tenta de plaider sa cause en bégayant: « Mais, capitaine, on a été drogués! On nous a envoyés dans les pommes! »

Bloom joignit sa voix à celle du matelot: « Soyez indulgent, capitaine! Soyez indulgent! »

« Silence! » aboya Silver en frappant la table de son poing. Les deux gardes se turent. « Votre conduite répréhensible a permis à quatre prisonniers de s'enfuir. Pour cela, vous devrez payer par *vingt* coups de fouet dans le dos! »

O'Malley et Bloom reculèrent terrorisés, en entendant la sentence cruelle de Silver. *Vingt coups de fouet!* Des mains les saisirent par derrière et les traînèrent sur le pont jusqu'au mestre, où on les attacha par les bras. Les deux prisonniers hurlèrent de terreur, en implorant pitié, mais leurs appels tombèrent dans l'oreille d'un sourd. Silver avait rendu sa sentence, et rien n'aurait pu le faire changer d'avis maintenant.

« Laissez-les pour le moment », ordonna Silver pour couvrir les murmures fébriles de son équipage, « pendant qu'on s'occupe du prochain prisonnier. » Puis en se tournant vers Smollett, Silver annonça: « Monsieur Smollett, vous êtes accusé de haute trahison. »

La raideur militaire du capitaine Smollett s'écroula finalement sous l'accusation farfelue de Silver. « De *trahison*? Je suis le capitaine de l'*Hispaniola*! J'ai servi fidèlement mon pays et je n'ai rien fait pour mériter ces fausses accusations! *Vous*, par contre, Silver, êtes le mutin qui méritez d'être pendu à la vergue! »

« Vous voyez, s'insurgea Silver en s'adressant à son équipage et en montrant du doigt le capitaine Smollett. Il prétend *être* le capitaine de l'*Hispaniola*. C'est de la haute trahison! »

Une haine féroce sembla brûler au fond des yeux du capitaine Smollett alors qu'il toisait Silver. « Retenez mes paroles, Long John Silver, vous paierez pour *votre* félonie. Puis en s'adressant à l'équipage, il leur dit: Et c'est ce qui arrivera à chacun d'entre vous pour vous être associés à ce mécréant! Qu'en avez-vous retiré? Où est le trésor que Silver vous a promis? »

Les paroles de Smollett semblèrent toucher une corde sensible chez les hommes puisqu'ils relancèrent une autre ronde de murmures.

« Vous vous êtes assez exprimé, rugit Silver.

Malheureusement, c'est votre parole contre la mienne, *monsieur* Smollett, et vous serez bientôt réduit au silence à jamais. » Puis Silver sourit sournoisement avant de crier un ordre: « Sortez la planche! Monsieur Smollett va faire une petite promenade! »

CHAPITRE 36

« **LE TEMPS EST** venu d'agir », annonça l'oncle Dunkirk en regardant par la longue-vue de Sage. Il se trouvait sur la corniche, à l'extérieur de la grotte de Ben Gunn.

Après le départ de Hands du fort et son retour à bord de l'*Hispaniola*, accompagné de ses hommes, Ben, Sage, et l'oncle Dunkirk entreprirent l'ascension de la colline Artimon, jusqu'à la cachette de Ben. Le docteur Livesey, Trelawney et Jim Hawkins étaient restés au fort pour le protéger contre toute estocade.

En entrant dans la grotte, l'oncle Dunkirk avait été ébloui par les coffres étincelants d'or, de diamants et d'autres pierres précieuses. Néanmoins, contrairement à la plupart des hommes, l'oncle Dunkirk ne s'imagina pas la fortune et les privilèges que le trésor pourrait lui procurer. Au contraire, l'oncle Dunkirk était d'abord et avant tout un historien, et il s'interrogea, avec fascination, sur l'origine du butin chatoyant et sur ce que symbolisait chaque pièce inestimable.

Une fois que les coffres eurent été préparés pour la phase suivante du plan de l'oncle Dunkirk, les trois hommes organisèrent une ronde de guet pour garder un œil sur l'*Hispaniola*. Ils se passaient la longue-vue et assistaient, à tour de rôle, au drame qui se déroulait sur le pont du navire, une fois que les trois prisonniers se retrouvèrent devant Silver.

En regardant par la longue-vue, l'oncle Dunkirk vit le capitaine Smollett emmené devant la cour de Silver. Il admira beaucoup le sang-froid de Smollett qui resta au garde-à-vous tout au long de son épreuve. La gravité du moment le frappa quand un des marins ouvrit une petite porte sur le bastingage de bâbord, et que deux autres marins glissèrent une planche de bois au-dessus de l'eau. Hands n'avait pas menti quand il avait prédit que le capitaine Smollett marcherait sur la planche aux coups de six heures.

« Sage, s'écria l'oncle Dunkirk, en abaissant la longue-vue. Je veux que tu te rendes au fort avec Ben le plus vite possible. Assure-toi que tout soit prêt pour le départ. Mais méfie-toi des hommes de Silver. On ne sait jamais ce que ce fou furieux mijote. »

Sage hocha la tête. « Mais où seras-tu, oncle Dunkirk? »

« Je dois m'occuper d'une chose ou deux », répondit l'oncle Dunkirk, mais je vais te retrouver au fort. Promets-moi que tu seras bien prudent. »

Sage traversa la corniche et serra fort son oncle contre lui.

« Promis, mais toi aussi, sois prudent. »

L'oncle Dunkirk se dégagea et ébouriffa les cheveux de son neveu. « Ne t'inquiète pas, Sage, tout ira bien. J'ai récupéré notre petite amie. » En guise d'explication, l'oncle Dunkirk tira la pierre d'ambre sous sa chemise.

« La pierre d'ambre! » s'exclama Sage tout excité. Comment l'as-tu prise à Hands? »

« Je l'ai échangée contre un sac d'or du trésor de Flint », fit l'oncle Dunkirk avec un large sourire.

« Un échange payant. »

« *Une aubaine!* Tout fonctionne comme je l'avais prévu. Tu dois y aller maintenant. »

L'oncle Dunkirk regarda Ben et Sage redescendre sur le versant de la colline Artimon. Il était fier de son neveu et de son attitude au cours des événements. En regardant Sage, il se reconnut un peu lui-même, une version plus *jeune* de lui-même, évidemment, et en souriant, l'oncle Dunkirk se dit que Sage était *un vrai* Smiley.

Puis, en reportant son attention sur la situation présente, l'oncle Dunkirk se prépara pour la prochaine étape de son plan. En portant la longue-vue à son œil, il vit qu'on poussait le capitaine Smollett vers la planche. *Il est temps d'y aller*, pensa l'oncle Dunkirk, en rétractant la longue-vue et en la rangeant dans sa poche. Puis il s'approcha du bord de la corniche et regarda avec précaution au fond du précipice.

Le versant de la colline Artimon était d'une profondeur étourdissante de cent cinquante mètres avec une inclinaison de soixante-cinq degrés à donner le vertige. Bien qu'il s'agît d'un défi réalisable pour un alpiniste chevronné, l'escarpement impressionna tout de même l'oncle Dunkirk, qui devait atteindre une vitesse folle en un court laps de temps. Il espérait seulement pouvoir bouger assez rapidement pour parvenir à se transporter de la colline Artimon jusqu'à l'*Hispaniola*, sans atterrir entre les deux, compte tenu que les bêtes voraces du lagon n'aimaient pas trop les visiteurs.

L'astre du jour baissait rapidement tandis que l'oncle Dunkirk se préparait. Il touchait déjà l'horizon, et le ciel au-dessus de l'île au Trésor avait un aspect menaçant comme si des doigts rouges sang de lumière dardaient l'azur en jaillissant de l'océan. L'oncle Dunkirk frissonna, en priant pour que ce ne fût pas un mauvais présage. Puis, en prenant une profonde inspiration, il s'élança dans le précipice.

L'oncle Dunkirk dévala le flanc de la colline Artimon sur une distance de cinq mètres en battant les bras frénétiquement pour rester à la verticale avant que ses pieds ne retouchent le sol. En s'efforçant de garder son équilibre, l'oncle Dunkirk prit appui sur sa jambe droite et rebondit, en couvrant trois fois la distance d'un pas normal à cause de la forte inclinaison de la pente. Mais l'oncle Dunkirk poursuivit sa course en ignorant la sensation lancinante qu'il allait perdre l'équilibre d'un moment à l'autre. Avec le vent battant ses cheveux et sifflant bruyamment dans ses oreilles, l'oncle Dunkirk dégagea son esprit, se concentra sur un endroit et cria: « Sur les ailes du vent, je m'envole! »

Il sentit un éclair familier d'énergie le soulever et fut momentanément aveuglé par la brillance de la lumière. Il avait le vertige, et sentit qu'il flottait dans le temps, en voyageant à une vitesse incroyable.

Puis en un clignement de paupière, il revint à la réalité. Il sentit la montée d'énergie étourdissante s'évanouir, et l'éclat de lumière rouge éblouissante qui passait entre ses paupières s'éteignit. Et surtout, l'oncle Dunkirk sentit la terre ferme sous ses pieds et non pas l'eau, signe d'un atterrissage prématuré dans le lagon. En ouvrant les yeux, l'oncle Dunkirk constata que ses calculs avaient été justes. Il avait réussi à se téléporter sur le pont de l'*Hispaniola*. Il était caché derrière un gros tonneau d'eau douce qu'il avait repéré avec la longue-vue, depuis la colline Artimon.

Son arrivée à bord de l'*Hispaniola* fut accueillie sans fanfare ni trompettes. À ce moment précis, tous les yeux sur le navire étaient rivés sur Smollett au moment où il avançait tout au bout de la planche. Sans perdre une seule seconde, l'oncle Dunkirk sortit en trombe de derrière le tonneau et fila à travers le pont. Il contourna une pile triangulaire de boulets de canon et sauta ensuite par-dessus un amas de filets en atterrissant après une grande enjambée, comme un coureur de haies olympique. À part ces quelques objets, le pont était presque nu. L'équipage se pressait contre le bastingage et assistait au spectacle dans la mâture et sur le poste d'équipage d'avant et celui de l'arrière. Le principal obstacle entre l'oncle Dunkirk et le capitaine était le dos large de Long John Silver, posté à l'extrémité de la planche, pour observer l'exécution de Smollett.

En baissant les épaules, l'oncle Dunkirk plaqua le pirate dans le dos, en lui donnant un coup qui aurait fait trembler les dents d'un joueur de hockey de la Ligue nationale. Silver laissa échapper un souffle fort en allant frapper, ventre en premier, le bastingage. Puis en rebondissant sur le bastingage, le pirate tomba à la renverse sur le pont où il s'étala dans la douleur et en cherchant son souffle frénétiquement.

L'équipage porta enfin son attention sur le pont, mais il était trop tard. L'oncle Dunkirk s'était déjà ressaisi et courait sur la courte planche pour attraper le capitaine Smollett.

Le capitaine Smollett avait déjà les orteils au-dessus des eaux infestées de requins. Avec la bravoure des hommes de sa trempe, il avait avancé lui-même pour faire le pas ultime.

L'oncle Dunkirk vit le capitaine Smollett avancer, en se livrant à la destinée qui lui était réservée. L'oncle Dunkirk tenta désespérément de l'attraper, en espérant le retenir par une pièce de vêtement ou quoi que ce soit qui pût arrêter le plongeon du capitaine, mais il arrivait une seconde trop tard.

Sans y réfléchir à deux fois, l'oncle Dunkirk sauta sur le bout de la planche et plongea la tête la première. En tombant, ses bras entourèrent la taille du capitaine Smollett et ses mains s'accrochèrent à lui fermement.

Les deux hommes tombèrent à pic comme des pierres dans le lagon et vers les dents acérées des requins qui les attendaient. L'oncle Dunkirk s'écria: « Sur les ailes du vent, je m'envole! ». Puis, l'eau salée emprisonna leur tête.

CHAPITRE 37

LONG JOHN SILVER était affalé sur le pont de l'*Hispaniola*, secoué et désorienté. Il haletait péniblement, mais à chaque inspiration laborieuse, l'intense douleur dans sa poitrine se répercutait dans son dos et ses côtes, comme si on avait rajouté une autre bûche pour alimenter le feu brûlant dans sa poitrine.

Silver réussit à éclaircir ses idées confuses tandis que les visions floues qui dansaient devant ses yeux se remirent en place. Le contour des hommes grimpés sur le mestre, qui s'élevait vers le ciel dégagé, se précisa. *Joli point de vue*, pensa Silver toujours un peu dans les vapeurs. Puis des visages étrangement familiers se réunirent au-dessus de lui, le ramenant légèrement à la réalité.

« Capitaine, est-ce que vous allez bien? », demanda McGregor, parmi les nombreux hommes penchés sur le capitaine.

Silver cligna des yeux quelques fois tout en se demandant comment il avait pu se retrouver dans cette étrange position. Il s'assit lentement et grimaça en ressentant des élancements dans tout son corps. Une paire de mains robustes passèrent sous ses bras, et Silver se sentit soulevé et remis sur pied. Une autre personne approcha rapidement une chaise de bois, et Silver se laissa tomber mollement sur cette surface réconfortante.

Après quelques secondes, Silver réussit finalement à prendre une vraie respiration qui lui remplit les poumons. L'oxygène frais opéra des miracles pour son esprit, fit du ménage dans ses idées et calma ses nerfs éprouvés.

« Qu'est-il arrivé? » murmura Silver d'une voix rauque et faible.

« C'était le bonhomme Smiley, répondit McGregor vivement. Je ne sais pas d'où il est sorti, mais il vous a frappé par derrière et *a suivi Smollett dans le lagon.* »

A suivi Smollett dans le lagon? Cette suite de mots n'avait ni queue ni tête, mais ils réveillèrent quelque chose dans la conscience de Silver, et lui éclaircirent les idées.

Il était le capitaine Long John Silver, à bord de la goélette britannique l'*Hispaniola*, ancrée dans le mouillage de l'île au Trésor. Il venait de condamner le capitaine Smollett à la planche et il l'avait vu avancer sur la planche de bois quand tout était devenu noir. *Smiley était-il réellement monté à bord pour sauver le capitaine Smollett, pour ensuite couler au fond de l'océan avec lui?*

Sans égard pour sa douleur, Silver se leva et envoya valser sa chaise sur le pont. Il se précipita vers le bastingage et se pencha pour étudier les eaux cristallines du lagon. Juste sous la planche, un frisson d'eau circulaire s'étendait sur quelques yards, alors que les requins tournaient paresseusement en rond, sous la surface.

Cette vision le troubla. Quelque chose clochait ici. Si Smollett et Smiley avaient bel et bien *plongé* dans l'eau, où était donc le sang? Ou alors le buffet sanglant qui s'en serait sûrement suivi. *Ai-je perdu connaissance assez longtemps pour tout rater?*

« Où sont-ils? » demanda Silver.

Comme un seul homme, les marins tournèrent la tête vers le lagon. L'eau était remarquablement translucide, et on voyait nettement les pierres et les plantes aquatiques au fond. Même les déchets jetés par l'équipage de l'*Hispaniola* étaient visibles du pont. Et il n'y avait aucune trace du capitaine Smollett ou de Smiley. Étonnamment, les deux hommes avaient complètement disparu.

« Je les ai vus toucher l'eau », répondit l'un des marins perché au-dessus du lagon, sur le mât. « J'en suis *sûr*. »

« Moi aussi, lança un autre homme sur le bastingage. Je les ai vus plonger dans l'eau. »

Perplexe, l'équipage de l'*Hispaniola* se grattait la tête quand une voix retentit du mât de hune, surplombant le pont. « Capitaine! Capitaine! Sur la rive! Sur la rive! »

À l'unisson, l'équipage de l'*Hispaniola* et Long John Silver levèrent les yeux vers le rivage de l'île au Trésor. Sur la plage, se trouvaient les deux prisonniers manquants. L'oncle Dunkirk et le capitaine Smollett couraient pour se mettre à l'abri dans le sous-bois.

« Chargez les canons! » vociféra Silver. L'équipage réagit immédiatement. Les hommes descendirent le long des mâts, semblables à des singes habiles, et coururent comme des souris sur le pont, en se hâtant de prendre leur position de combat.

Les boulets de canon parfaitement empilés furent placés dans les tubes béants sur le devant des canons de métal noir puis furent poussés avec de longs refouloirs. Le son des allumettes frottées contre le bois voyagea sur le pont et fut rapidement suivi par le grésillement des mèches allumées comme des feux de Bengale sur des gâteaux d'anniversaire. Des volutes de fumée âcre flottèrent dans le ciel, avant que le premier canon ne fasse feu.

Bada boum!

Le premier boulet de canon fut lancé au-dessus du lagon. Il sembla flotter dans les airs un instant avant de frapper les arbres de la forêt au fond de la plage, en faisant entendre des *cric* et des *crac* de bois cassé. Il fut rapidement suivi par un second, un troisième et bientôt toute une volée de canon. Les boulets dessinaient de hauts arcs dans le ciel et détruisaient tout sur leur passage, une fois arrivés à destination.

Bada boum! Bada boum! Bada boum!

Durant la canonnade, Silver arpentait le pont furieusement, en surveillant son équipage charger et recharger les canons enflammés. Hors de lui, il hurlait des ordres à ses hommes: « Plus vite que ça! » et « Faites feu! », mais son estomac noué lui disait qu'il était trop tard. Le capitaine Smollett et Smiley avaient échappé à leur vue et étaient maintenant protégés de l'assaut brutal de l'*Hispaniola* par la végétation luxuriante de l'île au Trésor.

« Monsieur Hands! » s'écria Silver soudainement, en décidant de changer de tactique. Les hommes de Silver relayèrent son appel sur tout le navire, d'un canon à l'autre, mais l'appel fit le tour du bâtiment, de la poupe à la proue, sans rencontrer autre chose que les regards vides des membres de l'équipage. Hands était introuvable.

Finalement, l'un des canonniers hurla, en pointant vers l'île un doigt noir de poudre: « Capitaine, dans le lagon! »

Silver accourut vers le bastingage et regarda par-dessus bord. Il fut rejoint une fraction de seconde plus tard par Red. Complètement désarçonnés, les deux hommes virent Hands dans la chaloupe, ramant sur un rythme régulier vers la rive, déjà à mi-chemin. Le timonier avait quitté son poste, sans parler du navire, durant un siège.

« *Hands!* » s'écria Silver furieusement entre deux coups de canon.

Sur l'eau, Hands arrêta de ramer un instant et se retourna vers l'*Hispaniola*.

« Cessez le feu! » aboya Silver, et une fois de plus, l'ordre passa d'homme en homme sur toute la goélette. Quand les canons se furent arrêtés, Silver se retourna vers le lagon et s'écria à nouveau: « Hands! Que faites-vous, *tonnerre de sort?* »

En faisant un porte-voix de ses mains, Hands lui répondit: « Ne vous inquiétez pas, cap'taine, je vais les capturer! »

La colère sourdait en Silver. C'était *lui,* le capitaine, et c'était *lui* qui donnait les ordres. Pourquoi le timonier prenait-il la poudre d'escampette en pleine bataille?

De plus, avec Hands seul dans la chaloupe, Silver se voyait dans l'impossibilité de lancer une expédition à terre pour pourchasser les évadés. Son timonier était parti avec la seule chaloupe à leur disposition, et avec les requins féroces qui fréquentaient le lagon, aucun homme sain d'esprit n'oserait nager jusqu'à la rive pour ramener la chaloupe. « Revenez à bord *immédiatement*! cria Silver. *C'est un ordre!* »

En percevant la rage dans la voix de Silver, Hands se remit à ramer. « Mille excuses, mon cap'taine, mais il ne faut pas perdre de temps, répondit-il. Je vais capturer les prisonniers et les ramener! »

En regardant derrière lui une dernière fois, Hands vit Red. Le géant avait la souffrance imprimée sur le visage. En voyant la déception sur le visage de Red,

Hands se contenta de sourire et de hausser les épaules. Il avait trahi Red, il n'y avait aucun doute là-dessus, et dans un recoin de son cœur malfaisant, il ressentit un pincement de regret d'avoir trahi le gros balourd. Mais le début de remords qu'il éprouva fut rapidement chassé par la pensée que sans le géant, sa part du trésor serait deux fois plus grosse. Sans une autre pensée pour Red, Hands continua à ramer vers la rive.

« Hands! cria Silver, la voix cassée par la furie. Revenez ici! *Tout de suite!* »

Alors que Silver continuait de hurler après la chaloupe qui s'éloignait rapidement, personne ne remarqua Red enjamber furtivement le bastingage de l'autre côté et descendre par le cordage accroché au navire. Suspendu au dernier échelon, Red regarda l'eau par-dessus son épaule. Bien que certains requins, privés du festin attendu, soient allés explorer des territoires de chasse plus prometteurs, certains étaient restés dans le lagon et ondulaient doucement sous les vagues.

En jetant un dernier regard à l'*Hispaniola*, Red glissa une dague entre ses dents et mordit fort. Puis, sans aucune crainte, il glissa silencieusement dans l'eau pour aller rejoindre les requins.

CHAPITRE 38

BEN ET SAGE se rendirent au fort dans un temps record et furent soulagés de constater que les hommes de Silver n'étaient pas dans les parages. En les voyant émerger de la végétation, le docteur Livesey descendit rapidement de la palissade nord et leva la barre de bois pour leur permettre d'entrer dans l'enceinte. Puis le docteur Livesey accueillit Ben et Sage sur un ton angoissé: « Comment cela s'est-il passé? »

« Nous n'en sommes pas certains, répondit Sage avec franchise. L'oncle Dunkirk a dit qu'il avait certains détails à régler et qu'il nous rejoindrait ici. Il a dit de se méfier des hommes de Silver et d'effectuer les préparatifs pour le départ. »

« Cela me semble fort prometteur, dit le docteur Livesey. Pourquoi ne commencez-vous pas à empaqueter les provisions? Jim peut vous aider. Je monterai la garde dehors avec le châtelain. » Sur ces mots, le docteur se tourna pour informer le châtelain, qui dévorait des yeux l'une des dagues incrustées de pierres précieuses que Ben avait sortie d'un des coffres de Flint.

Ben et Sage traversèrent l'enclos pour se rendre à la cabane où se trouvait Jim

Hawkins. Le trio commença à faire des provisions. Tout ce qui pouvait se trouver ailleurs sur l'île comme des noix de coco, pour se sustenter, ou des pierres pour se défendre, fut laissé sur place. Ils entassèrent le reste des provisions dans les deux sacs à dos et rassemblèrent la pile de lances qui leur restait.

Ils s'affairaient depuis une vingtaine de minutes quand ils entendirent un cri d'allégresse provenant de la palissade. En se précipitant hors de la cabane, ils virent le docteur Livesey courir au porche. Il leva la barre à nouveau et ouvrit la porte. Quelques instants plus tard, l'oncle Dunkirk pénétra à l'intérieur de l'enclos. À la surprise générale et au grand soulagement de tous, il était suivi du capitaine Smollett.

« Capitaine Smollett! Dunkirk! s'exclama le docteur Livesey. Je suis tellement heureux de vous voir! » Les deux hommes entrèrent se mettre à l'abri dans le fort, sous les applaudissements du groupe. Ils reçurent une pléiade de tapes amicales dans le dos.

Sage courut jusqu'à son oncle et le serra dans ses bras, soulagé de le voir de retour sain et sauf, avec le capitaine Smollett, à sa suite.

« Comment vous y êtes-vous pris? demanda le docteur au capitaine Smollett. Comment vous êtes-vous échappés? »

« Nous n'aurions jamais pu nous revoir sans l'intervention héroïque de monsieur Smiley », déclara le capitaine Smollett en se passant la main dans les cheveux. Étrangement, le dessus de sa tête était trempé alors que son corps était entièrement sec.

« Mais je ne sais pas exactement ce qui s'est passé. J'étais déjà sur la planche, prêt à faire le saut, quand on m'a pris par la taille. En plongeant dans l'eau, j'ai entendu une voix... »

« Je suis navré de couper court à votre accueil si chaleureux », l'interrompit l'oncle Dunkirk, qui était dans le même état que le capitaine: la tête mouillée et le corps sec. « Mais nous avons peu de temps devant nous. Les hommes de Silver sont probablement dans leur chaloupe, en train de ramer, au moment où l'on se parle. »

L'oncle Dunkirk sourit au capitaine. « Disons seulement que j'ai fait appel à un peu de magie pour vous sauver. Nous aurons le temps de poursuivre notre conversation plus tard, mais pour l'instant, nous devrions partir d'ici. »

« Je ne sais pas comment vous vous y êtes pris, répondit le capitaine Smollett, mais je vous dois la vie, monsieur Smiley. Vous êtes un vrai gentilhomme et vous pourrez compter sur mon aide quand vous aurez besoin de moi. Je vous en donne ma parole. » Le capitaine Smollett prit la main de l'oncle Dunkirk et la serra vigoureusement.

L'oncle Dunkirk fit un signe de tête au capitaine puis se tourna vers Sage.

« Les préparations ont-elles été faites? »

« Les sacs sont prêts, nous pouvons partir », indiqua Sage.

« Parfait, dit l'oncle Dunkirk. Allons-y, alors. »

Ben, Jim et Sage retournèrent dans la cabane à toute allure. Ben mit l'un des lourds sacs sur ses épaules, tandis que Jim et Sage prirent chacun une sangle du second sac pour le transporter jusqu'à l'enclos. Une fois sur place, Sage retourna à l'abri pour aller y chercher une petite quantité de lances. L'oncle Dunkirk donnait ses instructions: « Docteur Livesey, je voudrais que vous transportiez l'un de ces sacs. Ben, il faudrait que vous accompagniez tout le groupe jusqu'à votre grotte. Une fois arrivés, refermez les coffres au trésor… »

« Des coffres au trésor? » balbutia Trelawney, par-dessus l'épaule de l'oncle Dunkirk.

« Oui, des coffres au trésor », répéta l'oncle Dunkirk.

« Vous parlez du trésor de Flint, n'est-ce pas? » insista Trelawney.

« En fait, non, répondit l'oncle Dunkirk d'un ton ferme. Il appartient à Ben. Maintenant, si vous voulez bien, monsieur, le temps presse, et nous avons du travail. »

« Oh, toutes mes excuses, bafouilla Trelawney. J'ai fait le guet toute la journée, et il doit me manquer des renseignements sur notre plan. »

« Contentez-vous de suivre les autres, dit l'oncle Dunkirk. Je vous expliquerai ce qu'il en est quand le temps le permettra. » Puis, en se tournant vers Ben, l'oncle Dunkirk continua: « Quand vous serez dans la grotte, refermez bien les coffres. Vous trouverez un rouleau de corde résistante dans mon sac. Assurez-vous qu'ils soient fermés hermétiquement. Ensuite, attendez mon retour. »

« Vous ne venez pas avec nous? » s'étonna le capitaine Smollett.

« J'ai bien peur que non », répondit l'oncle Dunkirk. En serrant la mâchoire fermement, il ajouta: « Cette lutte doit se finir dans les airs. »

CHAPITRE 39

L'ONCLE DUNKIRK REGARDA le groupe disparaître dans la forêt. Puis il sauta de la palissade dans l'enclos. En observant le soleil, il évalua qu'il était revenu de l'*Hispaniola* depuis environ trente minutes, en espérant ne pas se tromper.

En collant son dos sur l'un des murs du fort, l'oncle Dunkirk prit une grande respiration et s'élança. Il fonça à toutes jambes en direction du mur opposé. En traversant rapidement la petite enceinte, il dégagea son esprit, se concentra sur un lieu et il cria: « Sur les ailes du vent, je m'envole! »

Juste avant de frapper le mur opposé, la tête la première, l'oncle Dunkirk disparut dans un éclair éblouissant. Le fort de Ben Gunn était à nouveau désert.

Quelques secondes plus tard, l'oncle Dunkirk sentit l'éclair brûlant se dissiper et il ouvrit lentement les yeux. Il se trouvait en bordure de la clairière, au pied de la colline Artimon, à deux cents mètres de Willy C. L'avion était exactement à l'endroit où il l'avait laissé après le vol terrifiant avec Long John Silver. Il n'y avait pas âme qui vive dans la clairière.

Le sourire aux lèvres, l'oncle Dunkirk traversa la clairière en courant. Arrivé devant l'hélice noire étincelante de Willy C, il la caressa affectueusement pour se porter chance. Puis il longea le côté de l'appareil, passa sous l'aile et monta sur l'avion. Il ouvrit la verrière et se glissa rapidement dans le cockpit.

L'oncle Dunkirk prépara Willy C pour le décollage, en faisant les vérifications d'une manière frénétique. En jetant un œil sur l'indicateur de niveau de carburant, il sursauta légèrement en constatant que les réservoirs étaient à moitié vides. Sage et lui avaient vidé un quart du réservoir pour se rendre à l'île au Trésor, et le vol avec Silver avait brûlé un quart de réservoir également. L'oncle Dunkirk se promit de mesurer attentivement sa consommation de carburant s'il voulait ramener Sage à Spruce Ridge sain et sauf. Ils avaient absolument besoin d'au moins un quart de réservoir, sinon ils voleraient sur des vapeurs de carburant, incapables d'atteindre l'altitude et la vitesse nécessaires.

Puis, l'oncle Dunkirk mit le contact, et le moteur puissant de Willy C revint à la vie. L'explosion soudaine, semblable à un coup de tonnerre, fit s'envoler des nuées d'oiseaux qui quittèrent les arbres autour de la clairière et s'éparpillèrent dans le ciel, pour s'éloigner du bruit assourdissant. L'oncle Dunkirk vit les quatre pales de l'hélice tourner de plus en plus vite jusqu'à ne plus être distinguables.

« À l'assaut du firmament », murmura-t-il en tendant la main vers le frein à main.

Tout à coup, il entendit un *clic* derrière la tête, et

une voix familière roucoula dans son oreille droite: « Bonsoir, monsieur Smiley. »

L'oncle Dunkirk tourna lentement la tête et se retrouva face à face avec le canon noir d'un pistolet pointé droit sur lui. Hands souriait derrière le pistolet armé.

« J'avais le pressentiment que vous passeriez par ici, dit Hands. Je dois avouer, par contre, que vous me décevez. Vous n'êtes pas un homme de parole, monsieur Smiley. » Puis avec un gloussement sec, il ajouta: « Moi non plus, d'ailleurs. »

« Si vous cherchez le trésor de Flint, dit l'oncle Dunkirk, il n'est pas ici. »

« Oh, c'est sans importance, répondit Hands. J'ai déjà une bourse bien garnie et un trésor qui vaut beaucoup plus: votre machine volante. Il vaut mieux pour moi de faire mes adieux à Long John Silver et à sa bande et de quitter l'île au Trésor, couvert de richesses. Avec cet or et votre machine volante, je deviendrai riche en vin, en femmes et en ritournelles pour un bon bout de temps. »

« Qu'attendez-vous de moi? » demanda l'oncle Dunkirk pour jouer le jeu.

« Que vous me preniez à bord, pardieu. Je veux quitter cette île maudite et retourner à Londres. J'en ai plus qu'assez de Silver et de ses recherches pour le trésor de Flint. Je suis prêt à fréquenter le grand monde. »

« Je vous emmènerai à Londres, concéda l'oncle Dunkirk. Mais baissez d'abord votre pistolet. S'il se déclenche en plein vol, nous mourrons tous les deux. »

Hands hésita. Puis il baissa lentement son pistolet en relâchant la gâchette avec son pouce. « N'oubliez pas, le mit en garde Hands. Je suis juste derrière vous, et je peux facilement vous trouer la tête. »

« Oh, je n'en ai aucun doute, fit l'oncle Dunkirk. Tout ce que je veux, c'est que nous nous en sortions tous les deux vivants. Je vous suggère de vous asseoir et de vous détendre. Le trajet est long jusqu'à Londres. »

Sur ces mots, l'oncle Dunkirk se pencha vers l'avant et attacha sa ceinture. Il relâcha ensuite le frein à main et poussa le moteur à une vitesse supérieure pour que Willy C avance. Une fois parti, Willy C gagna de la vitesse graduellement, en rebondissant rudement sur chaque bosse et chaque sillon de la clairière avant de monter dans les airs avec grâce.

Les yeux écarquillés, Hands regarda sur le côté de l'appareil tandis qu'ils frôlaient la cime des arbres et laissèrent ensuite la clairière loin derrière, en montant de plus en plus haut, au-dessus de l'île au Trésor.

Willy C accéléra, et le vent se mit à fouetter Hands au visage avec une furie plus puissante que la pire des tempêtes, en secouant ses cheveux graisseux de bâbord à tribord.

« Ne devrions-nous pas refermer le toit? » cria Hands en tentant d'enterrer le vent hurlant.

« Quoi? » s'écria l'oncle Dunkirk par-dessus son épaule. Bien qu'il eût parfaitement entendu Hands, il choisit de l'ignorer.

« J'ai *dit*, ne devrions-nous pas refermer le toit? »
beugla Hands. Cette fois-ci, Hands leva son pistolet et
donna un petit coup sur l'épaule de l'oncle Dunkirk.

Soudain, Willy C dépassa les arbres et survola
le lagon. Sur un côté, l'*Hispaniola* s'animait, son
équipage se ruant à droite et à gauche, en pointant du
doigt la machine volante dans le ciel. L'oncle Dunkirk
pouvait voir les hommes courir vers leurs canons, et
sut qu'il n'aurait pas pu choisir un meilleur moment.

« Regardez à bâbord, lança l'oncle Dunkirk par-
dessus son épaule. C'est l'*Hispaniola*. »

Hands jeta un œil sur le côté de l'avion, vers le
navire ancré en dessous d'eux. En mettant ses mains
en porte-voix, Hands les appela: « Ohé, du bateau!
Regardez-moi! Je suis un oiseau! »

En entendant l'appel de Hands, l'oncle Dunkirk
sourit et s'écria, en direction du pirate: « Eh bien,
pourquoi ne pas leur montrer vos ailes? » Sur ces
mots, il poussa le manche vers la gauche pour faire
entrer Willy C dans une spirale.

Dans le cockpit arrière, le sourire de Hands fondit
plus vite qu'un cube de glace à l'équateur, en sentant
l'avion tourner et son corps se soulever de son siège.
Il éprouva une étrange sensation au creux de
l'estomac, presque comme s'il flottait. Tandis que
l'avion poursuivait son tonneau, la gravité agit, et

Hands quitta le rassurant cockpit pour le ciel.

Hands regarda à sa gauche et vit, intrigué, que la queue de la machine volante passait devant lui, avant de comprendre qu'il flottait *véritablement*. Il était sorti de la machine volante et flottait dans les airs.

Ensuite, comme le vent commença à le ballotter de plus en plus fort, Hands osa regarder en bas. En poussant un cri qui perça le silence du ciel, Hands se rendit compte qu'il ne *flottait* pas. Il *tombait*. Et plus horrifiant encore, il tombait de très haut.

Comme une poupée de chiffon, Hands bascula, la tête la première. Il filait tout droit vers les eaux cristallines du lagon. Hands constata avec satisfaction qu'il tenait toujours la bourse d'or de Flint dans la main gauche. Puis, en regardant de l'autre côté, il vit qu'il avait toujours le pistolet dans la main droite.

Enfin, en regardant en bas, Hands aperçut les ombres lisses qui se croisaient sous la surface de l'eau. Les requins patrouillaient leur territoire, en attendant patiemment qu'un intrus en franchisse le seuil. En pointant le pistolet vers eux, Hands s'écria: « Me voilà, espèces de bestioles immondes! » et il tira sa seule balle de plomb dans l'eau.

Quelques secondes plus tard, il s'écrasait.

CHAPITRE 40

MUETS D'ÉTONNEMENT, SAGE et les autres observaient le clapotis des vagues dans le lagon. D'innombrables anneaux naissaient du point d'impact et s'en éloignaient. Les secondes devinrent des minutes, mais Hands ne refaisait pas surface. Après un moment de silence, le docteur Livesey commenta abruptement: « Je crois bien que nous ne reverrons pas monsieur Hands de sitôt. »

En traversant l'île au Trésor à pied, le groupe avait entendu le ronronnement caractéristique qui signalait que Willy C s'envolait. C'est le capitaine Smollett qui, le premier, remarqua Hands dans le siège du passager, et ensemble, ils avaient vu le pirate plonger dans le ciel.

« Eh bien, qu'attendons-nous? » les éperonna Sage, sachant qu'ils devaient quand même se mettre à l'abri. « Avançons! »

Fort d'une nouvelle décharge d'adrénaline, le groupe parcourut la dernière ligne droite de leur ascension de la colline Artimon. Bientôt, la dernière corniche fut visible, et Ben donna un coup de main aux autres pour franchir les derniers mètres.

« C'est ici? » lança le châtelain d'un ton

méprisant, en époussetant de la main sa fine redingote couverte de terre et de poussière. En voyant la vigne qui recouvrait l'entrée de la grotte de Ben, il s'exclama: « Vous pensez sincèrement que *je* vais entrer *là-dedans*? »

Le capitaine Smollett fit un pas vers l'avant et écarta les vignes. Puis en pénétrant dans la grotte, il dit, par-dessus son épaule: « Monsieur, vous pouvez rester à l'extérieur pour accueillir Long John Silver si cela vous chante. »

La suggestion du capitaine Smollett flottant au-dessus de lui comme une épée de Damoclès, Trelawney entra rapidement dans la bouche de la grotte avant que les vignes ne se remettent en place. Il frissonna en entrant dans la grotte, et ses yeux explorèrent nerveusement les lieux, de haut en bas, d'un côté à l'autre.

Une fois que Ben eut traversé la grotte et allumé une bougie de fortune, l'attitude du châtelain changea du tout au tout. Sa crainte disparut au moment où la bougie de Ben éclaira les quatre coffres remplis d'or.

« Est-ce le trésor de Flint? » demanda Trelawney, sa voix ténue par l'ébahissement.

« Ça l'est, répondit Ben avec nonchalance. Jusqu'au dernier doublon. »

Sans un moment d'hésitation, Trelawney traversa la grotte en courant, et comme un enfant dans une confiserie, il plongea ses mains dans les coffres. Les doublons d'or lui glissèrent entre les doigts, et il laissa échapper un rire cupide: « Mes amis, il y a ici plus d'or que le roi n'en possède! »

Les autres membres du groupe regardèrent avec stupéfaction le châtelain agir. Il affichait un comportement enfantin et écervelé. S'il existait une affection connue sous le nom de fièvre de l'or, le châtelain en était certainement atteint. Il était même possédé.

Finalement, en voyant les regards inquiets qu'il suscitait, Trelawney réussit à contenir son rire d'un coup sec. Il laissa retomber sans ménagement dans le coffre les pièces d'or qu'il avait dans la main, choisit une dague incrustée de pierres précieuses et se mit à marcher d'un air nonchalant. Puis, tout à coup, il tourna de façon maladroite, saisit Jim Hawkins par la taille et recula vers l'entrée de la grotte. « Je suis navré, messieurs », annonça-t-il, en appuyant la dague contre la gorge de Jim, « mais j'ai bien peur de devoir confisquer le trésor. »

Le désarroi se lut sur tous les visages. Bien que la dague fût une arme de cérémonie, sa lame tranchante était bien réelle, de même que la peur dans les yeux de Jim.

« Vous avez perdu la tête! bredouilla le docteur Livesey. Libérez Jim immédiatement! Le trésor appartient à Ben. »

« Eh bien, je semble être le seul parmi nous qui soit armé, et j'affirme que le trésor *m'appartient*, rétorqua Trelawney brutalement. Maintenant, déposez ces brindilles que vous appelez lances et poussez-les du pied vers moi. »

Tous les occupants de la grotte laissèrent tomber leur lance en bois au sol et la poussèrent du pied vers le châtelain. Le capitaine Smollett, l'un des hommes les plus proches du châtelain fou, fit suivre son coup de pied d'un pas parfaitement orchestré dans le but de se rapprocher légèrement de Jim. Néanmoins, le châtelain releva la ruse et mit le capitaine en garde: « Vous voilà assez près, Smollett. Soyez assuré que je sais me servir d'un couteau. Même si mon apparence dément mes paroles, j'ai reçu mon enseignement des plus grands maîtres. »

« Et moi de même, rugit le capitaine Smollett. Je vous ordonne de poser cette dague, monsieur. »

« Pourquoi le ferais-je? persifla Trelawney. Que ferez-vous, Smollett? Votre formation de maître, pfifff! Vous n'avez même pas su empêcher un maniaque comme Long John Silver de subtiliser votre navire *au complet*! Et vous osez vous faire appeler *capitaine* de sa majesté! »

La colère luisait dans les yeux du capitaine Smollett, mais ainsi désarmé, il lui était difficile de réagir. En fait, aucun d'entre eux ne pouvait le faire. S'ils attaquaient le châtelain, Jim risquait d'être tué. Le châtelain avait toutes les cartes dans son jeu.

« Comment ferez-vous pour nous surveiller tous? demanda le docteur Livesey. Après tout, vous êtes seul, et nous sommes quatre. »

Tandis que les hommes argumentaient, Sage crut

apercevoir une ombre passer devant l'entrée de la cave. Il s'apprêta à crier à l'aide, mais pensa tout à coup qu'il pouvait s'agir de l'oncle Dunkirk se téléportant à la grotte. Sage retint sa langue et vit, fasciné, un bras massif, fortement musclé, passer à travers la vigne.

« C'est fort simple, répondit Trelawney. Vous attacherez les autres, et ensuite Jim Hawkins vous attachera. Une fois que cela sera fait, je… »

Subitement, l'expression suffisante de monsieur Trelawney fut remplacée par l'ahurissement le plus total. La main qui avait passé à travers les vignes s'était emparée brutalement de sa chemise. Elle entraîna le châtelain de l'autre côté du rideau végétal, hors de la grotte. Heureusement, dans ce bref moment de surprise, le châtelain avait relâché son emprise sur Jim, et le garçon avait réussi à lui échapper en se dégageant de son étreinte.

Le capitaine Smollett et le docteur Livesey se précipitèrent pour attraper le châtelain après avoir ramassé deux lances au sol. Ils traversèrent les vignes et à leur plus grande surprise, ils trouvèrent Trelawney, coincé entre les bras gigantesques de Red, qui lui faisait la prise de l'ours. Pratiquement incapable de respirer, le châtelain était rouge tomate, et de grosses gouttes de sueur perlaient sur son visage. Il donnait des coups de pied frénétiques, en faisant pleuvoir les coups sur les énormes cuisses de Red, mais le géant sourcilla à peine. En guise de riposte, Red le serra encore plus fort.

« Laissez-moi, réussit à dire Trelawney d'une voix sifflante. Je vous en prie, laissez-moi! »

En avançant prudemment vers le châtelain, le capitaine Smollett et le docteur Livesey levèrent leurs lances et les pointèrent vers le pirate. « Lâchez-le, Red. Immédiatement! » ordonna le capitaine Smollett.

Instantanément, Red relâcha son emprise et laissa le châtelain retomber au sol, au bord de l'évanouissement. Ce dernier roula jusqu'au bord de la corniche. Il se recroquevilla en position fœtale et se mit à tousser sans pouvoir s'arrêter. Sa poitrine se soulevait, en cherchant en vain de l'air, un filet de salive pendait au coin de sa bouche.

« Où sont les autres? » cria le capitaine Smollett, sa lance effilée toujours pointée vers la poitrine de Red.

« Il n'y a personne d'autre, répondit Red d'un ton calme. Je suis seul. »

Sur un signe de tête du capitaine Smollett, le docteur Livesey tourna prudemment autour de Red et jeta un coup d'œil par-dessus la corniche. Il s'attendait à voir un bataillon de pirates escaladant le versant de la colline Artimon, mais il n'y avait personne.

« Il dit la vérité! » s'exclama le docteur Livesey, à la fois étonné et perplexe.

« Je ne suis pas venu vous capturer » reprit Red.

« Pourquoi êtes-vous venu alors? » demanda le capitaine Smollett.

En se balançant nerveusement sur un pied et sur l'autre, Red baissa sa tête démesurée et fixa le sol. Le géant murmura alors tout bas: « Je voudrais partir avec vous. »

« Comment? s'écria le docteur Livesey. Vous voulez *partir avec nous*? »

« Oui », répondit Red. Il leva les yeux pour rencontrer ceux du docteur. « Je ne veux plus être pirate. Je veux seulement rentrer chez moi. »

« Et pourquoi devrions-nous vous faire confiance? » insista le capitaine Smollett.

« J'ai sauvé le petit, pas vrai? répondit Red. J'aurais pu laisser le châtelain le découper comme du petit lard, mais je ne l'ai pas fait. Le petit n'a fait de mal à personne et ne méritait pas de souffrir. »

« Il reste que c'est peut-être une ruse, rétorqua le docteur Livesey. Comment être sûrs que Silver n'est pas en train d'encercler la colline en ce moment même? »

En soupirant, Red retira son gilet et exposa son corps musclé. En se tournant lentement devant le docteur Livesey et le capitaine Smollett, Red exhiba son large dos couturé de petits tatouages décoratifs. « Vous voyez ces marques? demanda Red par-dessus son épaule. Ce ne sont pas des cicatrices de combat ou des signes de bravoure. Ce sont les marques d'une torture lâche signée Silver. C'est lui qui m'a fait cela. Et vous savez *pourquoi*? »

Le capitaine Smollett et le docteur Livesey fixèrent Red sans comprendre, choqués par la brutalité des coupures sur le dos du géant.

« Quand Silver a pris le contrôle du navire, j'ai dû participer à la mutinerie. Je vous prie de me pardonner, capitaine Smollett pour ne pas m'y être opposé, mais je n'avais pas beaucoup de compères à bord qui m'auraient soutenu. Et j'ai pensé que l'équipage de Silver m'accepterait comme l'un des leurs. »

« Mais Silver avait d'autres plans. Il se dit qu'il me donnerait en exemple. Après tout, s'il pouvait dominer le plus costaud d'entre nous, personne n'oserait s'opposer à lui. » La voix de Red se brisa sous le coup de l'émotion, mais il poursuivit. « Il me fit venir à sa cabine un soir après le dîner et m'accusa d'un acte que je n'avais pas commis. Silver prétendit qu'on m'avait entendu menacer de dénoncer l'équipage aux autorités une fois qu'on arriverait au port. C'était un mensonge, mais c'était sa parole contre la mienne. »

« On m'a condamné. Les hommes m'ont saisi et m'ont attaché au mestre. Silver m'a administré son châtiment en personne. En brandissant une dague, il a couvert mon dos d'estafilades. Il a tailladé ma chair jusqu'à ce que mon dos se retrouve dans cet état. Quand il eut fini, ils m'ont attaché à l'arrière de la chaloupe et ils m'ont tiré dans l'eau. »

« Mon Dieu, s'écria le docteur Livesey en cherchant ses mots. Comment avez-vous survécu? »

« Je réussis à me détacher les mains sous l'eau, répondit Red. Et je me suis éloigné du sillage de la chaloupe. L'eau était si claire que je pouvais voir à une trentaine de yards autour de moi. Je me suis retourné pour vérifier s'il y avait des requins dans les parages, en me disant que je les verrais au moins arriver. »

« Et en avez-vous vu? demanda le docteur Livesey captivé par le récit, un requin, je veux dire? »

« Pardieu! » répondit Red. Les yeux du géant regardaient au loin. « J'en ai vu un. Il devait bien mesurer cinq yards. Sa mâchoire était assez grosse pour m'engloutir d'une seule bouchée. Et il avait un sourire féroce. Il m'avait repéré, et je savais que mon temps était compté. Je me suis donc retourné pour faire face à mon destin. »

« Et ensuite? » l'interrogea vivement le capitaine Smollett.

« Et ensuite, dit Red d'un ton nonchalant, en haussant les épaules, je l'ai assommé. »

« Vous avez fait *quoi*? » s'écria le docteur Livesey incrédule.

« Je l'ai assommé, répéta Red. J'ai reculé le bras et je l'ai frappé sur la tête de toutes mes forces. »

« Qu'a fait le requin? » demanda le capitaine Smollett ébahi.

« Étonnamment, il a déguerpi. Et il s'est tenu loin de moi. Je réussis à nager jusqu'à la chaloupe, et ils m'ont soulevé par-dessus bord sans une égratignure. Depuis ce temps-là, je n'ai pas la frousse de ces bestioles. »

Le capitaine Smollett et le docteur Livesey échangèrent un regard rapide. Le géant martyrisé avait été un prisonnier autant qu'eux, et il n'aspirait maintenant qu'à être libre.

« Je vous en prie, les supplia Red. Vous pouvez me lier les mains si vous voulez ou m'attacher à un arbre, si bon vous chante. Mais je veux retourner chez moi. Les hommes à bord de l'*Hispaniola* n'ont jamais été mes compagnons. Je ne les tiens pas en haute estime. Je vous en prie, soyez cléments. Emmenez-moi avec vous. »

En entendant la supplique du géant, le capitaine Smollett baissa doucement la pointe de sa lance. En voyant cela, le docteur Livesey suivit son exemple. La main tendue en signe d'amitié, le capitaine fit un pas en avant. « Bienvenue à bord, Red. »

CHAPITRE 41

« **MONSIEUR MCGREGOR!** » **CRIA** Silver sur le pont de l'*Hispaniola*. Tout autour de lui, c'était le branle-bas de combat. L'équipage s'activait furieusement, en chargeant les canons pour abattre la machine volante qui volait au-dessus d'eux, et l'odeur âcre de la poudre à canon flottait dans l'air.

Au cœur de l'agitation, le marin cockney accourut et fit un salut hagard. « Vous m'avez appelé, capitaine? »

« Félicitations, McGregor, l'informa Silver. Je vous nomme timonier. » Quelques instants auparavant, Silver et l'équipage de l'*Hispaniola* avaient assisté, interdits, à la chute spectaculaire de monsieur Hands dans le lagon. Ils avaient également remarqué, au plus grand ravissement de l'abominable capitaine, que Hands n'était pas remonté à la surface.

McGregor n'en crut pas ses oreilles et il bégaya: « Je, je… Merci, capitaine. »

« Levez l'ancre immédiatement et sortez-nous de ce maudit lagon! » ordonna Silver sans autre forme de cérémonie. « Je veux avoir le vent dans le dos quand j'abattrai cette machine volante. »

McGregor regarda au-delà du pont vers l'horizon

et nota que le crépuscule avançait à grands pas. « Mais capitaine, le soleil est presque couché, et ces eaux sont fort trompeuses. »

Silver dévisagea McGregor et murmura entre ses dents: « Règle numéro un, monsieur McGregor, mes paroles sont des *ordres*. Est-ce bien clair? »

« Oui, capitaine. Compris », bafouilla McGregor. Puis, tournant sur ses talons, il hurla pour couvrir le vacarme sur le pont: « Parez-vous à lever l'ancre! Toutes voiles dehors, matelots! »

Comme un seul homme, les marins de l'*Hispaniola* lancèrent à McGregor un regard empli de doute. Ils regardèrent leur capitaine pour savoir ce qu'ils devaient faire, mais le visage de Silver ne laissait pas de place à l'hésitation. Les hommes abandonnèrent leur position de canonniers et coururent se préparer pour l'appareillage.

En quelques minutes, l'équipage de l'*Hispaniola* avait remonté l'ancre du fond marin et avait levé la petite voile de misaine. Les hommes déployaient les autres voiles, qui seraient prêtes en un tournemain une fois que l'*Hispaniola* aurait atteint le large.

Survolant l'île au Trésor en très haute altitude, l'oncle Dunkirk observa la frénésie à bord de l'*Hispaniola* et fit un grand sourire. Tout se passait exactement comme il l'avait planifié. Silver avait levé l'ancre, et se dirigeait en haute mer. Cela signifiait que Sage et les autres seraient en sécurité sur le rivage. Allaient s'affronter l'*Hispaniola*, la goélette menaçante de Silver, et le fidèle Cracheur de feu de l'oncle Dunkirk, Willy C. *Il est temps de régler nos comptes une fois pour toutes.*

En inclinant le manche, l'oncle Dunkirk fit descendre Willy C en piqué. L'avion fila à travers le ciel, en se dirigeant tout droit vers les vagues de l'océan, d'un bleu de plus en plus obscur. À trente mètres, l'oncle Dunkirk fit remonter le Spitfire, en faisant basculer la voilure légèrement pour emmener l'appareil dans la trajectoire de l'*Hispaniola*. Puis quelques secondes après que Willy C eut dépassé le lagon, il fila au-dessus des voiles du navire comme une comète.

Partout sur le navire, les marins épouvantés se tapirent sur le pont, en couvrant leur tête de leurs bras pour échapper au rugissement furieux de la machine volante diabolique. Seul Silver demeura debout. Il fit un geste furieux à la machine volante.

« Allez, McGregor », rugit Silver, d'humeur guerrière. « Emmenez-nous au large! »

Comme une locomotive gagnant de la vitesse, la voile de misaine de l'*Hispaniola* claqua et s'agita sous la brise légère du soir, et le navire commença à glisser sur l'eau. Silver monta les marches du poste d'équipage d'arrière et prit le gouvernail en main. Le récif de corail autour de l'île au Trésor était aussi coupant qu'une lame de rasoir, et Silver ne se fiait qu'à lui-même pour naviguer dans ces eaux.

Alors que l'*Hispaniola* quittait le lagon, l'oncle Dunkirk dessinait des cercles paresseux au-dessus du navire, en narguant Silver et son équipage. Willy C était hors de la portée des canons, mais l'oncle Dunkirk s'arrangea pour voler assez bas de sorte que Silver entende le moteur puissant du Spitfire. Comme un clairon sonnant la charge, le vrombissement du moteur de Willy C invitait l'*Hispaniola* au combat.

L'*Hispaniola* sortit du lagon et passa devant la dernière anse boisée pour atteindre des eaux plus profondes. McGregor jeta un coup d'œil par-dessus le bastingage et observa que l'eau translucide s'était assombrie avec la tombée du jour. La navigation à travers le récif de corail n'en serait que plus difficile. Il remarqua également, à sa grande surprise, que les maîtres des lieux, les requins, semblaient suivre la goélette à la trace, comme si elle était le joueur de flûte de Hamelin. Comme elles s'étaient repues toute la semaine des restes jetés par-dessus bord, les bêtes n'entendaient pas abandonner leur garde-manger aussi facilement.

« Capitaine, il commence à faire sombre », fit remarquer McGregor en espérant que Silver fasse preuve de prudence.

« Hissons une autre voile alors et gagnons la haute mer plus rapidement, monsieur McGregor, vociféra Silver. Hissez le grand hunier avant et la grand-voile! »

Deux voiles de plus s'élevèrent au-dessus de l'*Hispaniola*, et le vent naissant les gonfla rapidement. La goélette bondit vers l'avant, en ajoutant des nœuds à sa vitesse et en s'approchant du périlleux récif de corail qui encerclait l'île.

McGregor prêt à recevoir ses ordres à ses côtés, Silver regarda la machine volante faire des cercles à une centaine de yards au-dessus du navire. « Elle rôde autour de nous comme un faucon qui flaire sa proie. Voilà comment nous abattrons la machine volante infernale, monsieur McGregor. Il ne suffit que d'attendre le bon moment. Quand l'oiseau fondra sur nous, nous le pulvériserons. »

Puis Silver ordonna brusquement: « Monsieur McGregor, veillez à ce qu'on charge quatre canons, deux à bâbord et deux à tribord et qu'ils visent haut, vers la machine volante. »

« Mais capitaine », bredouilla McGregor, en jetant un regard inquiet vers les vagues furieuses s'écrasant par-dessus le récif. Libéré de l'abri naturel du lagon, le vent océanique arrivait de l'est et fouettait les vagues sans pitié. « Le récif est… »

« Règle numéro *un*, monsieur McGregor, rappela Silver froidement. On ne discute pas… »

« Vos ordres », maugréa McGregor en complétant sa phrase. McGregor lança un dernier regard angoissé vers le récif avant de relayer l'ordre de Silver: « Armez les canons deux, quatre, huit et neuf. Chargez-les et attendez mes ordres. »

Les canonniers coururent se poster devant les canons pour les charger à vive allure. Une fois qu'ils eurent bourré les tubes de boulets et de poudre à canon, ils restèrent en place, dans l'attente de recevoir d'autres ordres.

Dans le cockpit de Willy C, l'oncle Dunkirk vit l'*Hispaniola* entrer en eaux plus profondes et s'approcher du récif de corail. *C'est maintenant ou jamais*, se dit-il. Avec un dernier regard vers sa cible, il passa à l'action.

En poussant le manche, l'oncle Dunkirk fit plonger, une fois de plus, Willy C dans une fulgurante descente en piqué. Comme les vagues agitées venaient à sa rencontre, l'oncle Dunkirk stabilisa l'avion à trois mètres de la surface. Il fila par-dessus les flots, en traversant un mur d'embrun qui parut chasser l'appareil. L'oncle Dunkirk pouvait apercevoir, au loin, Long John Silver, à bâbord sur le pont, beuglant des ordres pour se préparer à l'attaque imminente. En se concentrant sur sa cible, l'oncle Dunkirk continua de pousser Willy C vers l'avant à une vitesse folle.

« Il arrive, capitaine! » cria la vigie du haut de la grand-voile. Silver regarda d'un air avide la machine volante s'approcher de lui en survolant l'océan. Smiley suivait une route de collision avec la goélette, et Silver nota, avec un petit sourire satisfait, qu'il était en droite ligne avec ses canons.

« Capitaine, devrions-nous faire feu? » l'interrogea l'un des canonniers, une allumette à la main, suspendue au-dessus de la courte mèche du canon.

« Patientez encore », répondit Silver, en tenant sa main dans les airs comme un drapeau de départ. Il fixa la surface de l'eau comme s'il mettait l'oncle Dunkirk au défi. La machine volante filait droit sur eux. Silver savait que l'engin devrait remonter tôt ou tard et lorsqu'il le ferait, il exposerait son ventre large. C'est à ce moment-là qu'il donnerait l'ordre de faire feu. Smiley serait pris au dépourvu, et l'un des canons de l'*Hispaniola* réduirait la machine volante en charpille. *Plus que quelques secondes à attendre.*

L'oncle Dunkirk regarda l'*Hispaniola* par la verrière. Elle était de plus en plus grosse devant lui. Les vagues entourant la goélette étaient de plus en plus hautes et vigoureuses, et elles léchaient la coque en envoyant des jets d'embrun dans toutes les directions. Sur le faux-pont, on pouvait distinguer Long John Silver, sans se tromper. Il dardait l'oncle Dunkirk d'un regard enragé, un bras tendu dans les airs. Comme Willy C s'approchait à toute vitesse du navire, l'oncle Dunkirk se résolut à redresser le manche.

« *Allez-y!* » hurla Silver. Il abaissa son bras, et le canonnier descendit la flamme en produisant des flammèches sur la mèche du canon. Le temps sembla s'arrêter à bord de l'*Hispaniola* au fur et à mesure que la mèche se consumait tranquillement.

Willy C réagit instantanément à la manœuvre de l'oncle Dunkirk en faisant un arc vers le haut, sa queue entièrement exposée à une canonnade. En tirant le manche vers la droite, l'oncle Dunkirk fit basculer les ailes contre le côté bâbord de l'*Hispaniola*, en s'approchant des canons de Silver.

Juste au moment où les canons de bâbord rugirent, en catapultant leur charge explosive vers le ciel, Silver entendit un *crac*, et le sol sous ses pieds trembla violemment.

« Nous sommes sur le récif! » hurla la vigie épouvantée, du haut du mestre.

Le courant houleux de l'île au Trésor poussant l'*Hispaniola* vers l'avant, la goélette fut projetée violemment contre le récif à bâbord. La membrure éclata comme du petit bois alors que le corail en dents de scie découpait allégrement le dessous du navire. L'eau surgit sur le pont, en envoyant valser les hommes, les tonneaux et les caisses comme s'ils étaient malmenés par un typhon.

Au milieu de tout cela, Silver resta seul sur le faux-pont, en hochant la tête de stupéfaction. L'*Hispaniola* coulait. Son magnifique navire sombrait au fond de l'océan.

Dans un silence ahuri, Silver vit ses hommes, en proie au désespoir, courir sur le pont, à la recherche de quelque chose qui puisse les garder à flot. La chaloupe, qui eut pu sauver quelques hommes, avait été abandonnée par Hands sur la rive du lagon. Et à part quelques tonneaux qui flottaient, il n'y avait absolument rien qui puisse ressembler à une bouée de sauvetage.

Au fur et à mesure que les vagues frottaient l'*Hispaniola* contre le récif de corail, comme du fromage qu'on râpe, l'équipage se rendit à l'évidence et commença à quitter la goélette en sautant à l'eau. Il n'y avait pas trente-six solutions: on pouvait nager jusqu'au rivage (en espérant éviter le récif de corail coupant comme le verre et les requins mangeurs d'hommes) ou alors couler dans les bas-fonds avec le navire.

Soudainement, la porte du poste d'équipage d'avant s'ouvrit, et McGregor en sortit, portant un gros tonneau de vin dans les bras.

« Qu'est-ce que vous fabriquez, monsieur McGregor? demanda Silver, n'en croyant pas ses yeux. Le navire coule, et vous pensez à boire *du vin*? »

« Je ne sais pas trop nager, répondit McGregor, craintif. Je me dis que je pourrais flotter là-dessus jusqu'au rivage. »

Le dernier des hommes d'équipage venait de rejoindre l'écume tourbillonnante à côté de l'*Hispaniola*. Silver les observa patauger alors qu'ils tentaient de demeurer à la surface des vagues agitées et de se défendre contre les prédateurs affamés dans le fond.

« Laissez-moi vous aider, proposa Silver, en traversant le pont pour se rendre jusqu'au bastingage de bâbord. Je vous lancerai le tonneau une fois que vous serez dans l'eau. »

Dans sa grande nervosité, McGregor remit le tonneau à Silver. « Juré, craché? » demanda-t-il, en passant la jambe droite par-dessus le bastingage.

« Pardieu, je le jure! lança Silver avec colère. Hors de mon navire, allez ouste! »

McGregor s'élança du bastingage en tentant d'établir assez de distance entre lui et la carcasse de l'*Hispaniola* qui s'effondrait. En remontant à la surface, il cracha de l'eau et agita ses bras en éclaboussant, il cria: « Le tonneau, capitaine, le tonneau! »

Silver sourit d'un air sournois avant de répondre: « Merci d'avoir pensé à votre capitaine, monsieur McGregor. Vous étiez un excellent timonier. »

Par-dessus le vacarme du navire agonisant, un bourdonnement entêté se fit entendre, et Silver leva la tête pour voir la machine volante filer au-dessus de l'*Hispaniola*. Les boulets de canon avaient manqué leur cible, et Willy C survolait le lagon vers l'intérieur de l'île. Au moment où Silver tourna la tête pour suivre la machine infernale des yeux, il vit ses ailes se balancer comme pour lui dire adieu.

Avec un dernier frisson, les reins de l'*Hispaniola* s'effondrèrent sous le poids des vagues, et le navire commença à glisser sous l'eau. Long John Silver réserva un dernier regard à l'île au Trésor, agrippa fermement le tonneau de vin puis sentit les vagues froides de l'océan le submerger.

Silver flotta sur les débris du naufrage, en entendant les cris perçants des matelots autour de lui. Des morceaux de bois flottaient de ci de là, et quelques hommes avaient réussi à s'y agripper, en repoussant sauvagement du pied les requins qui tournoyaient sous eux. Plus loin, McGregor luttait pour rester à la surface, mais la marée l'entraînait vers le large et bientôt, Silver vit les bras du marin, qui battaient l'air, retomber et disparaître sous les vagues pour ne plus jamais remonter.

Une vague souleva Silver et le tonneau, et les

transporta vers le récif de corail. Silver apercevait dans l'eau cristalline le récif multicolore. Quand la vague le fit retomber, il sentit ses piques acérées déchirer sa vareuse. Les coraux l'éraflèrent profondément à la taille, en troublant l'eau autour de lui d'un nuage de sang. Une autre vague le souleva et l'éloigna du récif. Il flottait à la dérive.

Silver regarda par-dessus son épaule et vit les derniers hommes de son équipage s'enfoncer sous les vagues. Tout ce qu'il restait de l'*Hispaniola* était les deux hauts mâts qui se dressaient encore fièrement hors de l'eau, mais qui coulaient, eux aussi, lentement sous l'océan.

Tandis que Silver observait les mâts disparaître sous la surface, un énorme aileron gris apparut entre les vagues devant lui. Il patrouillait les pourtours du récif. Il suivit le mur de corail dentelé en ondulant vers la gauche avant de bifurquer vers le rivage, Silver et son tonneau flottant dans sa trajectoire.

Silver battit des jambes frénétiquement en direction du point du rivage le plus proche, à une soixantaine de yards de distance, mais le tonneau ne faisait que tourner en rond dans l'eau. En regardant derrière lui, Silver comprit pourquoi. *Ma jambe de bois! Qu'est-ce que c'est commode pour nager!*

Le tonneau tourna lentement vers le récif de corail, et Silver redressa la tête pour faire face à son ennemi. La tête du requin brisa la surface de l'eau, et il ouvrit grand les mâchoires, en dévoilant des rangées de dents étincelantes et humides.

Silver hurla de la même voix haut perchée de fillette qu'il avait laissé échapper sur le siège arrière de la machine volante. Les mâchoires du requin se refermèrent sur lui, de la tête à la poitrine, avec un *crac* épouvantable.

CHAPITRE 42

LE LENDEMAIN, SAGE se réveilla en proie à une fébrilité extraordinaire. Après la célébration victorieuse de la veille, lui et l'oncle Dunkirk avaient veillé jusqu'aux petites heures du matin afin de résoudre un dilemme: comme ramener leurs amis à Londres *et* retourner à Spruce Ridge avec une quantité de carburant négligeable. Et bien sûr, de la place pour deux passagers seulement.

Sage savait qu'ils s'étaient rendus trop loin – en assurant la défaite de Long John Silver et de sa horde de pirates – pour abandonner maintenant. Il songeait à son ami Ben, et combien le marin abandonné rêvait de retourner à Cardiff. Il songeait aux autres qu'il avait rencontrés, le docteur Livesey, le capitaine Smollett, Jim Hawkins, et Red, et à quel point il s'était attaché à eux en si peu de temps.

Et en embrassant l'île du regard, le lieu de ses vacances, maintenant connu sous toutes ses coutures: le lagon, le fort, les forêts denses dans l'ombre de la colline Artimon, la clairière, en pensant que ce dernier obstacle était insurmontable, l'inspiration avait visité Sage. Aujourd'hui, on allait mettre à l'épreuve le plan du garçon.

« Allons, tout le monde debout! lança l'oncle Dunkirk d'un ton joyeux, en rentrant dans la grotte. Il nous reste des choses à faire avant de faire nos adieux à l'île au Trésor. »

Une fois qu'ils furent tous levés, l'oncle Dunkirk assigna une tâche à chacun. Les provisions restantes et les articles de première nécessité furent comprimés dans les deux sacs à dos alors que les effets inutiles ou trop encombrants furent abandonnés dans le fond de la grotte.

Ben hérita de la tâche d'empaqueter le trésor vu qu'il lui appartenait de droit. Par souci de commodité, l'oncle Dunkirk suggéra que Ben divise le butin en paquets de grosseur raisonnable pour que tous puissent les transporter. Néanmoins, une fois que les deux sacs à dos furent remplis de doublons d'or et de joyaux précieux, il resta deux coffres pleins contre la paroi de la grotte.

« Tant pis, décréta Ben tout à coup. Nous avons déjà plus de richesses que nous n'en aurons jamais besoin. »

« Que voulez-vous dire par *nous*? » demanda Jim Hawkins innocemment en roulant les sacs de couchage en rouleaux compacts.

« Chacun garde ce qu'il transporte, annonça Ben. Et c'est un ordre. »

« Pardonnez-moi, Ben, l'interrompit le docteur Livesey, étonné, ai-je bien entendu? Nous *gardons* ce que nous *transportons*? »

« Parfaitement, docteur, répondit Ben, avec un grand sourire. Vous garderez ce que vous pourrez transporter. Une seule bourse du trésor de Flint vous permettra de mener grand train toute votre vie. »

L'annonce de Ben prit tout le monde par surprise. D'un seul geste de générosité, il venait de les rendre riches, très riches. Ils se rassemblèrent gaiement autour des bourses qui leur étaient données, plus que jamais disposés à transporter un lourd fardeau. Ils soulevèrent leurs bourses, en les secouant joyeusement pour que la fortune à l'intérieur tinte comme le son le plus doux qui soit, puis ils les hissèrent sur leurs épaules pour en tester le poids.

Le châtelain était assis contre la paroi rocheuse et pleurnichait bruyamment: « Chacun *garde* ce qu'il *transporte*! Chacun *garde* ce qu'il *transporte*! Quelles sottises! »

Finalement, ils n'en purent plus de l'entendre délirer et ils fabriquèrent un bâillon, avec une des chemises de l'oncle Dunkirk, pour faire taire le châtelain.

Une fois que tous eurent leurs bagages sur les épaules, le groupe sortit sur la corniche pour entreprendre leur dernière randonnée sur l'île. Ben se trouvait dans l'entrée et retenait les vignes de son bras. Il regardait la grotte qui lui avait servi de maison pour quelques années. La table et les chaises qu'il avait fabriquées, poussées dans un coin, lui rappelaient tristement son existence sur l'île.

« Triste de partir? » demanda Sage en prenant place aux côtés de son ami.

« Oh non, répondit Ben d'un ton serein. Je suis simplement heureux que ce jour arrive enfin. » Puis, en souriant, il ajouta: « Je rentre à la maison, je rentre enfin à la maison. »

En laissant la grotte derrière eux, le groupe franchit le rebord du talus et entreprit la lente descente de la colline Artimon. Cet exercice, difficile dans des circonstances ordinaires, l'était doublement vu que chacun d'entre eux transportait une partie du trésor de Flint, soit le poids maximal qu'il était humainement possible de transporter. C'était encore plus difficile pour Red qui traînait Trelawney attaché par une courte laisse. Toutefois, les efforts physiques exténuants étaient compensés par une ambiance de fête. Chacun était ravi de se mettre en route, et la conversation fut légère et enjouée toute la matinée.

Au pied de la colline Artimon, le groupe s'enfonça dans la forêt une fois de plus, et Sage prit la tête en suivant le sentier qui menait à la clairière. En débouchant sur cette dernière, ils furent heureux de retrouver Willy C, mais au grand dépit de tous, Sage poursuivit son chemin. Il se tourna vers le sous-bois derrière Willy C et continua à marcher.

Après quelques minutes à peine, Sage aperçut le soleil à travers la cime des arbres, et il sut qu'ils étaient arrivés. En voyant les branches noueuses de l'arbre qui lui avait sauvé la vie, il déposa ses deux paquets de pierres précieuses et de joyaux, et dit à l'oncle Dunkirk: « C'est ici, c'est l'endroit dont je t'ai parlé. »

L'oncle Dunkirk posa son paquet sur ceux de Sage puis se pencha doucement vers l'avant. En agrippant fermement l'une des branches de l'arbre, il se pencha autant qu'il le pouvait pour voir le ravin dans lequel Sage était presque tombé le jour de leur arrivée sur l'île au Trésor.

L'oncle Dunkirk se tourna vers les hommes. « Sage et moi avions un dilemme dont nous n'avons pas voulu vous parler. Voyez-vous, nous ne savions pas comment vous ramener chez vous étant donné que la machine n'a presque plus de carburant. Comme je tentais de trouver une solution la nuit dernière, Sage m'a rappelé une de mes aventures datant d'il y a quelques années. Nous détenions notre solution. Vous avez déjà entendu parler d'un saut dans le vide? »

« Un saut dans le vide? » répéta le docteur Livesey.

« Oui, c'est très simple, en fait », expliqua l'oncle Dunkirk. « Il existe une île reculée dans l'océan Pacifique appelée l'île de Pentecôte. Sur cette île, une tribu célèbre chaque année la récolte d'igname avec un rituel appelé le *Nagol*, qu'elle observe depuis plus d'un millier d'années. Les anciens de la tribu choisissent des lianes dans la forêt. Ils grimpent sur une tour de vingt mètres et attachent ces lianes à leurs chevilles. Puis ils se jettent dans le vide. Si leurs calculs sont exacts, les lianes arrêtent leur chute juste avant que leur tête ne touche le sol. »

Sage vit l'incompréhension envahir les yeux de ses compagnons. Après tout, de leur point de vue, quel était le rapport entre un rituel célébré lors de la récolte d'igname et leur départ de l'île au Trésor?

Afin de clarifier les choses, l'oncle Dunkirk ajouta: « Ce que je vous demande, c'est de me faire confiance et de sauter de cette falaise. Je vous jure qu'en ouvrant les yeux, vous vous retrouverez chez vous. »

Le docteur Livesey gloussa nerveusement: « Mais vous vous moquez de nous, Dunkirk. »

« Je n'ai jamais été aussi sérieux de ma vie », rétorqua l'oncle Dunkirk. Puis, en se tournant vers le capitaine Smollett, il l'interrogea: « Capitaine, vous vous souvenez de l'intervention magique qui vous a sauvé des requins dans le lagon? C'est de cela qu'il s'agit. Ce fut efficace, et ce le sera cette fois-ci encore, je vous le promets. Tout ce que vous avez à faire, c'est me prendre la main et vous jeter en bas de la falaise. La magie préservera votre vie. Me faites-vous confiance? »

Sage vit le capitaine Smollett réfléchir intensément à la requête. Après tout, qui ne serait pas nerveux à l'idée de se jeter en bas d'une falaise? Par contre, sans l'oncle Dunkirk, le capitaine Smollett aurait fini ses jours dans le lagon de l'île au Trésor, dévoré par les requins. En redressant ses épaules, le capitaine Smollett marcha vers l'avant pour se tenir debout devant l'oncle Dunkirk. « Je vous avais promis que vous pouviez compter sur moi, Dunkirk, et je suis un homme de parole. Je vous suivrai. Je ferai le saut dans le vide. »

Il y avait maintenant trois braves faisant face au reste du groupe. Sage regarda Ben et lut l'inquiétude sur son visage. En croisant le regard de Sage, Ben cligna des yeux puis grogna: « Ah, pourquoi pas. C'est tout de même mieux que de passer une année de plus sur cette île. » Sur ces mots, Ben avança d'un pas.

Sage sourit et se tourna vers le docteur Livesey et Jim Hawkins. Tous deux gardaient le silence, visiblement en train de réfléchir à l'imagination dont il fallait faire preuve pour sauter dans le vide comme l'oncle Dunkirk les invitait à le faire. Puis, comme les hommes de l'île de Pentecôte qui confiaient leur vie à un bout de liane, le duo décida de continuer à accorder sa confiance à l'oncle Dunkirk. En s'échangeant un bref regard, ils avancèrent ensemble.

Finalement, en haussant ses larges épaules, Red avança en entraînant Trelawney à sa suite. Bien que personne ne se soit donné la peine d'enlever le bâillon sur la bouche du châtelain, ils s'entendirent tous pour dire que ses cris étouffés étaient des « oui », malgré ses yeux épouvantés.

Puis, ils hissèrent le trésor de Flint sur leurs épaules une fois de plus. L'oncle Dunkirk leur demanda de se mettre en ligne le long du talus et de se tenir par la main fermement. Il leur expliqua qu'il ne fallait se lâcher la main *sous aucun prétexte*. La magie ne fonctionnait que par le contact, et elle disparaîtrait automatiquement s'ils se séparaient.

Une fois qu'ils furent en position, Sage observa la ligne et vit chaque homme partager un regard empli d'appréhension avec son voisin. Ils avaient traversé de grandes épreuves, et il ne leur restait qu'un petit obstacle à franchir. Un simple saut dans le vide les transporterait chez eux, où les attendraient le luxe et le confort.

« Messieurs, nous avons vécu une aventure grandiose, déclara l'oncle Dunkirk en glissant sa main dans sa chemise et en empoignant la pierre d'ambre. Mais j'ai bien peur qu'il faille faire nos adieux à l'île au Trésor. »

Puis ils avancèrent d'un seul pas dans le vide.

CHAPITRE 43

QUELQUES INSTANTS PLUS tard, ils se retrouvèrent dans une rue londonienne, devant le pont de Londres. Quelques passants, sous le choc, les accueillirent par des regards sidérés, mais ils les ignorèrent complètement, bouleversés qu'ils étaient par la vue et les sons qui les entouraient. Comme si elle annonçait leur présence, Big Ben sonna six coups, en faisant résonner son écho dans toute la cité.

« Eh bien, messieurs, vous voici de retour à Londres », déclara l'oncle Dunkirk sur un ton officiel. Puis en agrippant le bras d'un jeune garçon qui passait en courant, il lui demanda: « Jeune homme, quelle date sommes-nous? »

« Eh bien, le sept août », répondit-il aimablement.

« De quelle année? »

« 1789, pardieu, poursuivit-il, avec un sourire étonné. Exactement comme hier. »

L'oncle Dunkirk fouilla dans sa poche et mit un doublon dans la main du garçon avant de le relâcher. Le garçon cligna deux fois des yeux en voyant la pièce d'or puis il regarda l'oncle Dunkirk avant de filer en laissant éclater sa joie.

Pendant ce temps, les autres regardaient autour

d'eux avec émerveillement, en reconnaissant les éléments familiers de la ville et en riant d'une voix forte en songeant à l'étrange magie qui les avait amenés jusque là. Finalement, le capitaine Smollett s'approcha de l'oncle Dunkirk et de Sage. « Dunkirk, je ne sais pas comment vous avez fait, mais vous nous avez ramenés à la maison. Vous êtes un homme de parole, et je m'élancerai dans le vide n'importe quand, avec vous à mes côtés. »

« Merci, capitaine, vos paroles me touchent », répondit l'oncle Dunkirk.

« Quant à vous, jeune homme, poursuivit le capitaine Smollett en se tournant vers Sage, je fonde de grands espoirs sur vous. Faites notre fierté. »

Sage sourit et répondit: « Merci, capitaine, je ferai de mon mieux. » Puis en voyant le drôle de regard sur le visage de Ben, Sage demanda: « Est-ce que ça va, Ben? »

Depuis qu'il était apparu miraculeusement à Londres, Ben avait l'air ahuri et se tournait de tous bords et tous côtés en se laissant imprégner par la vue de ce qu'il avait cru perdu pour toujours. En se tournant vers Sage, il sourit et lui dit: « J'avais bigrement raison: tu es un sorcier! »

Soudain, le marin avança et prit Sage dans ses bras en le serrant fort contre lui. Il prononça d'une voix enrouée: « Je n'arrive pas à croire que je sois aussi près de chez moi. Et c'est à toi que je le dois, Sage. Merci de m'avoir fait sortir de cette île maudite. »

« Je n'aurais jamais réussi sans vous », répondit Sage en lui rendant son accolade.

L'oncle Dunkirk les observait quand, tout à coup, une pensée lui traversa l'esprit. Il leur demanda de l'excuser et se précipita vers une échoppe de l'autre côté de la voie. Il revint un instant plus tard, un grand sourire aux lèvres. Après avoir salué tout le monde une dernière fois, lui et Sage étaient prêts à se téléporter une fois de plus à l'île au Trésor.

En saluant de la main leurs compagnons de voyage, l'oncle Dunkirk et Sage grimpèrent sur le garde-fou en mortier du Pont de Londres. Ils baissèrent la tête vers l'eau brune de la Tamise coulant tout en bas, puis s'élancèrent dans le vide.

CHAPITRE 44

UNE FOIS DE retour sur l'île au Trésor, l'oncle Dunkirk et Sage firent subir à Willy C une vérification avant le vol. La membrane tenait toujours bon sur l'aile endommagée, et l'oncle Dunkirk avait hâte de décoller et de quitter cette île désolée.

Avant de monter dans le cockpit, l'oncle Dunkirk se tourna vers Sage et lui dit: « J'allais oublier quelque chose. » Puis en fouillant dans la poche de sa chemise, il sortit un petit morceau de papier. C'était une illustration du Pont de Londres. « Je t'ai trouvé un petit souvenir de Londres. C'est ce que j'ai pu trouver de plus ressemblant à une carte postale, puisqu'elles n'ont pas encore été inventées. Je l'ai achetée dans l'échoppe à côté du Pont de Londres. Le pauvre type a failli faire une crise cardiaque quand je lui ai donné un doublon d'or en lui disant de garder la monnaie. Mais on n'est jamais perdant quand on encourage les arts, Sage. »

Sage prit la carte d'aspect fragile qui représentait le Pont de Londres. Le dessin avait manifestement été exécuté avec soin par un artiste de talent. « Merci, oncle Dunkirk. Cette carte-ci vaut plus à mes yeux que toutes les autres combinées. Je l'ajouterai à ma collection et la conserverai précieusement. »

Puis en surveillant du regard l'indicateur de niveau de carburant et l'altimètre en même temps, l'oncle Dunkirk fit grimper Willy C dans le ciel des Caraïbes. L'aiguille qui représentait les réserves de carburant penchait dangereusement vers le zéro, mais le bon vieux Willy C se hissa jusqu'à l'altitude voulue, en emportant l'oncle Dunkirk et Sage au-dessus de l'océan.

Avec un dernier coup d'œil à l'île au Trésor tout en bas, l'oncle Dunkirk fit basculer l'appareil vers la terre. Willy C se mit à filer à la verticale. Cette fois-ci, au lieu de mourir de frayeur à l'idée de s'écraser au sol, Sage se détendit et profita de cette cascade trépidante. Le sourire aux lèvres, il regarda les nuages défiler devant le hublot du cockpit et l'océan apparaître à sa droite.

Le périple à l'île au Trésor s'était avéré être des vacances exaltantes pour Sage. Il avait accompagné l'oncle Dunkirk dans une aventure extraordinaire au lieu d'en lire le compte-rendu sur une carte postale. Il avait très hâte de tout raconter en détail à ses amis. Mais en plongeant en piqué de plus en plus vite vers la mer, Sage eut soudain un doute. Il était certain que ses amis adoreraient entendre le récit de ses aventures ; il s'était téléporté sur l'île au Trésor à l'aide de la pierre d'ambre magique de l'oncle Dunkirk et avait joué au plus fin avec Long John Silver, mais est-ce qu'ils le croiraient? Il serait peut-être préférable de commencer l'année scolaire en ayant l'air d'un garçon normal et non pas d'un illuminé à l'imagination fertile. Mais il y avait peut-être une troisième option.

« Tu sais, oncle Dunkirk, je pense à écrire un journal. »

« Quel genre de journal? » demanda l'oncle Dunkirk par dessus le sifflement du vent, en dehors du cockpit.

« Un peu comme tes cartes postales, expliqua Sage. J'ai envie de raconter mes vacances sur l'île au Trésor. »

« C'est une excellente idée, Sage. Tous les grands explorateurs écrivent leur journal. Tu pourrais raconter à ta façon notre aventure à tous les deux. »

« Et je crois avoir trouvé le titre parfait, lança Sage avec un pétillement malicieux dans les yeux, *les Chroniques de mon oncle*. »

« C'est génial! rigola l'oncle Dunkirk. Avec un titre pareil, c'est le succès assuré! Là, par contre, pourrais-tu ranger cette idée un instant et aider ton oncle Dunki à nous téléporter à la maison? »

Alors que Willy C fonçait à la vitesse de l'éclair, l'oncle Dunkirk et Sage s'écrièrent d'une seule voix: « *Sur les ailes du vent, je m'envole!* »